証言と抒情

詩人石原吉郎と私たち

野村喜和夫

白水社

父の霊に捧ぐ

証言と抒情——詩人石原吉郎と私たち　目次

Ⅰ　主題　石原吉郎へのアプローチ――9

Ⅱ　変奏　六つの旋律――87

証言と抒情——詩人石原吉郎と私たち

だが、危機のあるところでこそ、
救うものは育つ。

——ヘルダーリン

Ⅰ　主題　石原吉郎へのアプローチ

はじめに

これから、戦後の代表的な詩人のひとり、石原吉郎の作品を読みながら、それを軸にさまざまなことを考えてみようと思う。作品の魅力や作品が孕む問題の所在をあきらかにし、できればそれを現在の私たちと結びつけて考えてみること。おりしも今年二〇一五年は、戦後七十年の節目にあたり、各方面で戦争や戦後の意味が問い直されているが、ちょうど石原の生誕一〇〇年にもあたる。もちろんそれだけではない。私たちの時代の空気からしても、私自身の気分からしても、甦れ石原吉郎——いやすでに甦りつつあるのかもしれないが、どこからかそんな促しの声が聞こえてきそうな気もするのである。

石原は敗戦後シベリアに抑留され、旧ソ連スターリン体制下の強制収容所、いわゆるラーゲリを経験した詩人である。その経験——およびそこに現出した存在の極限——の今日的意味を問うことが、本稿でも主要な論筋のひとつとなる。

というのも、私たちへと、おそらく、極限からこそ照らし出されるものがある。極限を照射することによって、私たちという存在においても、いわばレントゲン写真のように、みえなかったものがみえてくるということがあるのではないか。もとより強制収容所とは、石原自身も清水昶《あきら》との対談で言うように、「考えてみると非常に特殊な世界で、あれが人生の縮図だとは簡単に言い切れない」。そこは人生の縮図というより、誰の人生にもあってはならない非人間的な実験室なのだ。そこでは、誰が外からそれ自体を目的に観察しているわけでもないけれど、人間を極限的な状況に置きつづけたらどういうことになるか、その人間の精神はどのように変容し、その肉体はどのような様相を呈するにいたるかが、誰のためでもなく、いわばどこまでも無益に、だがひとつの自律的なシステムによるごとく実験されていたのである。しかしながら、たとえばイタリア現代思想を代表するひとり、ジョルジョ・アガンベンは、そのような事態をフーコーの唱えた「生政治」という概念で捉え、現代社会は潜在的にはいつでもそうした生政治的状況にさらされており、それが二十世紀において途方もない規模で現出してしまったのがナチス・ドイツの強制収容所にほかならないとする。シベリアのラーゲリもまたこの文脈に置くことができるだろう。極限からこそ照らし出されるものがあるといま私が述べたゆえんである。アガンベンの思想は本稿の第Ⅲ部で大いに参照することになろうが、とりあえずいま、石原吉郎の場合にそれをあてはめてみれば、彼もまた運命のいたずらによってそのような生政治的な実験室のひとつに送り込まれ、だがかろうじてそこから生還して、後日その実験をほかならぬ被験者として言語化し始めたのだといえようか。はじめは戦慄的で難解な詩として、さらにはより詳しく証言的にエッセイというかたちで。それらは人々に大きな衝撃を与えた。その衝撃の今日的意味を問い直してみなければならない。

そしてそこから、本稿の場合、とりわけポエジーの問題が浮かび上がってくるはずである。今日、詩は必要以上に貶められている。その流通というものがほとんど考えられない以上、市場原理主義社会にあってそうした扱いは当然といえば当然であるが、しかし、詩にしかなしえないこともあるのではないか。端的にいうならそれは、語り得ないもの——たとえば存在の極限——を語るということだ。ほとんど不可能ともいえるその当為を実践することが真の詩人の身分証明であるとして、石原吉郎の詩には、その身分証明がもっともシンプルに、もっとも深く、そしてもっとも痛ましく果たされていると考えられる。それをこれからあきらかにしてみようと思うのである。言い換えれば、石原吉郎を通して、なによりも私は、ポエジーの復権について語りたいのだ。

石原吉郎の生涯

まずは石原自身による「自編年譜」などによって、石原吉郎の生涯を辿ってみよう。石原吉郎は一九一五（大正四年）年十一月十一日、静岡県伊豆土肥村（現・伊豆市）に生まれた。父稔は電気技術者であった。母秀は弟健二を出産後に死去したため、東北農家出の継母に育てられたという。生母によって与えられるべき愛の欠如は、生涯にわたって、癒しがたい寂しさを詩人にまとわせたようだ。父の仕事の関係で各地を転々としたあと、一九二六（大正十五）年、十一歳のときに東京に移り住む。家庭環境は暗かったようで、そのことも要因としてはたらいたか、十代の終わりには自殺未遂事件を起こしている。東京外国語学校ドイツ部貿易科を出たあと、いったん大阪ガスに就職、研究部に勤務したが、迫り来る戦争をまえに、死への不安からキリスト教に入信し、さらには神学校進学を決意する。その準備をすすめていた一九三九（昭和十四）年、召集令を受け応召、静岡市歩兵砲中隊に所属したが、のちに北方情報要員として教育を受け、一九四一年七月、関東軍司令部へと転属となった。そして旧満州に渡り、ハルピンの特務機関に配属された。仕事の内容はおもにロシア語の翻訳であった。一九四五年、すなわち敗戦の年の十二月、ソ連内務省軍隊によって連行されて、トラックでハルピン郊外に輸送され、貨車に乗せられソ連領に運ばれる。シベリア抑留という苦難の始まりである。最初は中央アジアの捕虜収容所に留め置かれ、数年を過ごす。ついで、一九四九年、反ソ行為のかどで裁判にかけられ、重労働二十五年（死刑廃止後の最高刑）という理不尽な刑を言い渡されて、シベリア奥地バム地帯の強制収容所、いわゆるラーゲリに移る。そうして計八年間の抑留を余儀なくされたのち、一九五三年、スターリンの死去にともなう特赦が出て、ようやく帰国を果たした。

帰国後も今度は日本の戦後社会との違和やそこからの疎外に苦しみながら、しかしシベリアのラーゲリ体験をもとに、切り立ったようなメタファーと断言から成る衝撃的な詩をつぎつぎに発表し、一九六四年には、第一詩集『サンチョ・パンサの帰郷』によってH氏賞を受賞するなど、戦後の詩壇に特異な地歩を築くにいたる。その後も、『いちまいの上衣のうた』（一九六七年）、『斧の思想』（一九七〇年）、『水準原点』（一九七二年）といった詩集をつぎつぎに世に問い、押しも押されもせぬ第一級の詩人として旺盛な活動を示してゆく――

しかしながら、晩年にはまた、シベリア抑留とは別種の不幸に見舞われた。一九六九年以降、石原はラーゲリ体験をエッセイにも――しかもほぼ直接に、証言者としての立場から――書くようになり、詩壇以外からも注目を集めるようになる。一九七二年に刊行された『望郷と海』はとくにひろく読まれ、権威ある詩壇の賞、歴程賞を受賞した。ところが、エッセイ執筆によって蒸し返された忌わしい記憶は石原を精神的な不安定状態に追い込み、アルコール依存に走らせる。この時期、詩集も『禮節』(一九七四年)、『北條』(一九七五年)などが刊行されているが、かつての詩作の減衰的な反復と、奇妙な日本的美意識への傾きがみられるにすぎない。さらには、苦楽をともにした夫人まで心の病を得て入院する事態となり、ますます酒量が増し、奇行も伝えられるなか、一九七七年十一月十四日、自宅で入浴中に急性心不全で死亡、翌朝訪ねてきた女性の詩友に発見される。享年六十二。戦後屈指の詩人の、自死に近い最期だった。詩集『足利』『満月をしも』、歌集『北鎌倉』が死後刊行された。

以上が、おおまかに見た石原吉郎の生涯である。しかしなんといっても、シベリアでの極限的な体験が、この詩人の作品と生涯のほとんどすべてを決定づけたといってよい。そこで、石原の戦時中からシベリア抑留にかけての時期を、もう少し拡大してみよう。

関東軍でロシア語の翻訳をしていたと書いたが、正確に言えば、ソ連の無線通信を傍受するなかから、軍事的に重要とみられる情報をえらんで翻訳し、軍部に伝えていたのである。要するに諜報活動だ。一九四五年八月九日、ソ連が日ソ不可侵条約を破って国境内に侵攻、十五日には日本は敗戦を迎え、旧満州は大混乱となる。石原は十二月、仲間とともにソ連軍に連行され、シベリアに移送される。明けて一九四六年、チタ、イルクーツク、ノボシビルスクを経て、カザフ共和国のアルマ・アタに到着、第三分所というところに収容される。この収容所生活での、とくに食糧をめぐるすさまじい生存競争の模様は、石原がシベリア抑留について最初に書いたエッセイ「ある〈共生〉の経験から」に詳しい。じっさい、シベリア抑留による約七万人の日本人死者のかなりの部分が、最初の淘汰期ともいうべきこの一年目の冬に出たとされる。

四八年には、石原は同じカザフ共和国の北東部、カラガンダ市郊外の日本軍捕虜収容所に収容される。この間、密告などによって、彼の戦時中の情報部員としての活動が問題とされるに至ったのだろう。さらなる過酷な運命が待ちかまえていたのは四九年になってからである。この年の二月、石原は、ロシア共和国刑法五八条（反ソ行為）六項（諜報）により起訴され、死刑廃止後の最高刑であった重労働二十五年という判決を受けた。捕虜から囚人へと身分が下降しつつ定まったのだ。国家レベル的にいうと、当時ソ連には、東西冷戦下において、アメリカとの交渉用に日本人の「人質」――石原吉郎もエッセイ「強制された日常から」などでふれているいわゆる「かくし戦犯」――を確保する必要があったのだとされている。

九月になると、いよいよ石原たち日本人受刑者は、ドイツ、ルーマニア、ロシアなどの受刑者とともに貨車でシベリアのタイシェットという町に移送され、さらにバム鉄道（バイカル～アムール間の略、現在の第二シベリア鉄道）を北上、バイカル湖北西方の、真冬には氷点下四〇度以下にも達する沿線密林地帯の収容所（コロンナ33）に到着した。そこで森林伐採などの強制労働に従事することになったのである。そこは「枕木一本に死者一人」と言われるほどの過酷な徒刑地で、石原にとって「入ソ後最悪の一年」（「自編年譜」より）となった。後年石原は、「僕にとって、およそ生涯の事件といえるものは、一九四九年から五〇年へかけての一年余のあいだに、悉く起ってしまったといえる」（「一九五九年から一九六二年までのノートから」）と書くことになる。その限界状況における生は、エッセイ「ペシミストの勇気について」「望郷と海」ほかに繰り返し衝撃的に語られている。以下は、「確認されない死のなかで」からの一節である。

ある朝、私の傍で食事をしていた男が、ふいに食器を手放して居眠りをはじめた。食事は、強制収容所においては、苦痛に近いまでの幸福感にあふれた時間である。いかなる力も、そのときの囚人の手から食器をひきはなすことはできない。したがって、食事をはじめた男が、食器を手放して眠り出すということは、私には到底考えられないことであったので、驚いてゆさぶってみると彼はすでに死んでいた。そのときの手ごたえのなさは、すでに死に対する人間的な反応をうしなっているはずの私にとって、思いがけない衝撃であった。すでに中身が流れ去って、皮だけになった林檎をつかんだような触感は、その後ながく私の記憶にのこった。はかないというようなものではなかった。

「これはもう、一人の人間の死ではない。」私は、直感的にそう思った。

石原自身、衰弱死ぎりぎりのところで、一九五〇年秋、かろうじてバム地帯を離れる。「車中ほとんど昏睡状態のまま」極東のハバロフスクに移送され、待遇も囚人から捕虜並みの扱いに改善された。そうして一九五三年、前述のように、スターリン死去にともなう特赦により、ナホトカから舞鶴へ、ついに帰国の途につくことができたのである。そのときすでに三十八歳になっていた。

一葉の私にとって忘れられない写真がある。それは石原が舞鶴から列車に乗り、東京品川駅に降り立ったときに写されたというポートレートだ。防寒帽をかぶり、丸眼鏡をかけたその顔は、虚脱というかなんというか、魂そのものを抜かれてしまったというような、茫然自失の表情を浮かべている。

理不尽な判決、酷寒のなかでの重労働、極度の飢え、死と隣り合わせの恐怖、さらには絶望による失語状態――。石原吉郎は、およそ誰も経験できないような存在の極限ともいうべき状況を生きた詩人であり、その意味では現在の私たちからはるかに遠い。にもかかわらず、私たちを惹きつけてやまない何か、とらえて離さない何かがそこにはある。石原は一九七〇年代に、とくにそのエッセイに語られた衝撃的なラーゲリ体験、およびそこから引き出されたいわゆる「単独者」や「日常」といった思想によって、ある種のブームを引き起こしたが、それが過ぎ去ってからも、少数とはいえ、この詩人に関心を寄せる者が後を絶たないのだ。いや、二十一世紀になってその数は増えているかもしれない。二〇〇五年には、講談社文芸文庫から『石原吉郎詩文集』が刊行された。現代詩人の作品が文庫化されるというのは、谷川俊太郎らごく一部を除けば、およそ異例のことである。

石原吉郎は、そのように時代を超えて読み継がれ始めているという意味で、いまやまぎれもない「古典」になりつつある。それはなぜか。繰り返すが、私たちへと、おそらく、極限からこそ照らし出されるものがある。存在の極限は、私たちになり代わって彼が経験したともいえるのであり、潜在的な可能性としては、いつでも私たちの生の基底をなすものなのである。石原吉郎を読むということは、とりもなおさず、私たち自身を掘り下げることでもあるのだ。

「耳鳴り」のインパクト

かくいう私も、つい最近まで、石原吉郎に特別な関心は抱いてこなかった。いま述べた一九七〇年代のブームのときも、それほど熱心に読んだという記憶がない。私自身高校から大学へ、ちょうど詩人になろうとしていた時期だが、私が模索していた詩の書き方や方向性とは、石原作品はあまりにかけ離れているような気がしたのだろう。私はむしろモダニズム系の吉岡実とか、入沢康夫とか、一九六〇年代の詩的ラディカリズムを代表する天沢退二郎や吉増剛造に関心を集中させていた。海外詩では、詩で生を変えようとしたあの天才少年詩人ランボーを読み、その縁で、二十世紀のランボーとも目されるルネ・シャールを発見しつつあり、またべつのルートからパウル・ツェランの詩のたたずまいに惹かれていたが、シャールもツェランも、ある時期、生の極限的な状況を経験しており、とりわけツェランはナチス・ドイツの労働収容所の体験者であり、その意味では石原吉郎と深く通底しているということには思いが及ばなかった。詩的言語の表層的な輝きやイメージの華やかさに眼を奪われていたのである。

誤解を恐れずにいうなら、石原吉郎の詩はおおむね地味だ。一見したところ、その詩的言語は、表情ゆたかに文彩を繰りひろげるというよりは、むしろ簡素であり、簡素なまま、しかし、何か語り得ないものにじかにふれているような趣がある。語り得ないものにふれたからこそ、言葉は簡素になったのかもしれない。石原と同じ世代でも、ふつうなら戦前があり、戦争があり、それから戦後の虚脱と復興があって、そのそれぞれを生きた時間というものがある種の厚みや幅となって作品を支えるだろう。ところが石原の場合は、もちろん戦前の青春も敗戦時の虚脱もなかったわけではないだろうけれど、極限にふれていた人生の宙づり状態と、そこから突然解き放たれて、戦後の日本社会のただなかに放り込まれた人生の再開と、極論すればそのふたつしかない。たとえていうなら、光速に近いスピードで宇宙を旅行したのち、地上に降り立った宇宙飛行士のようなものだ。地上では何十年という歳月が流れたのに、彼にはその歳月がそっくり欠落してしまったのである。簡素にならないほうが変だろう。

いずれにしても、石原作品にあっては、必要最小限の言葉で、断定調で、しかもその切り口に謎めいたメタファーをきらめかせながら、何か語り得ないものにふれたような、何か途方のないことが言われている、読んでいるこちらまで立ちくらんでしまいそうな、何か途方もないことが――

おれが忘れて来た男は
たとえば耳鳴りが好きだ
耳鳴りのなかの　たとえば
小さな岬が好きだ
火縄のようにいぶる匂いが好きで
空はいつでも　その男の
こちら側にある

風のように星がざわめく胸
勲章のようにおれを恥じる男
おれに耳鳴りがはじまるとき
そのとき不意に
その男がはじまる
はるかに麦はその髪へ鳴り
彼は　しっかりと
あたりを見まわすのだ
おれが忘れて来た男は
たとえば剝製の驢馬が好きだ
たとえば赤毛のたてがみが好きだ
たとえば銅の蹄鉄が好きだ
銅鑼のような落日が好きだ
笞へ背なかをひき会わすように
おれを未来へひき会わす男
おれに耳鳴りがはじまるとき
たぶんはじまるのはその男だが
その男が不意にはじまるとき

さらにはじまる
もうひとりの男がおり
いっせいによみがえる男たちの
血なまぐさい系列の果てで
棒紅のように
やさしく立つ塔がある
おれの耳穴はうたがうがいい
虚妄の耳鳴りのそのむこうで
それでも　やさしく
立ちつづける塔を
いまでも　しっかりと
信じているのは
おれが忘れて来た
その男なのだ

第一詩集『サンチョ・パンサの帰郷』に所収の「耳鳴りのうた」から、その全行を引いた。石原が書いたもっともすぐれた詩のひとつである。自己の分裂を語るかのような断定調の冒頭二行のあと、「小さな岬」というイメージがあらわれる。岬は海に隣接している。つまり海の換喩だが、同時に、なにかしら境界的なトポス、あるいは極点のトポスを暗示しているようなところがあり、隠喩としてもはたらいているように思われる。こうして「耳鳴りのうた」は、断定とメタファーと、石原詩学を凝縮したような始まりをもつといってよい。

それにしても、「耳鳴り」のインパクトが圧倒的だ。この詩は石原自身も気に入っていたらしく、二度も自作解説を書いている。そこで石原は、「おれが忘れて来た男」は「シベリヤへ忘れて来た男」と読まれて差し支えないと述べているが、「おれ」とその男とを「耳鳴り」が繋ぐのである。記憶と現在の交錯がはじまるのは、ふつうの回想や追憶を通してではない、あのプルーストの無意志的想起ですらない。もっと身体的生理的な、いや徴候的な「耳鳴り」だと詩人は言いたいのである。このこと自体戦慄的だが、さらに、「おれに耳鳴りがはじまるとき／そのとき不意に／その男がはじまる」——散文的にいえば、耳鳴りがすると過去のシベリア抑留時代の自分が呼び覚まされるということとなのだろうが、それを「その男がはじまる」と表現する。奇妙に反文法的な言い方であり、それだけになおのこと戦慄的である。あたかもいま生きている「おれ」は実存の抜け殻であって、「その男」すなわち真の実存はいまだシベリアにとどまって、繰り返し極限にさらされつづけている、とでもいうかのようだ。のちに石原は、「私に、本当の意味でのシベリヤ体験がはじまるのは、帰国したのちのことである」と書き、さらには、「私にとって人間と自由とは、ただシベリヤにしか存在しない（もっと正確には、シベリヤの強制収容所にしか存在しない）」とまで述べている。

それだけではない。「不意にはじまる」その男は、「咎へ背なかをひき会わすように／おれを未来へひき会わす男」なのである。シベリアは刑罰の比喩を伴いつつ、時間錯誤的に未来でもあるというおののき。

この詩の初出は一九五九年。石原が投稿時代の詩の仲間たちとつくった同人誌「ロシナンテ」の終刊号に掲載された。帰国後すでに六年が経過している。石原吉郎に、遅まきながらどのような戦後が訪れていたのだろうか。「日本の戦後社会との違和やそこからの疎外に苦しみながら」と「石原吉郎の生涯」の項では書いたが、今度はその部分を拡大してみよう。

石原は帰国後すぐに郷里を訪れているが、そこでさっそく親族から冷たい扱いを受ける。それはシベリア抑留者に対する社会全体の無理解や差別の始まりにすぎなかった。彼らは理不尽な抑留を余儀なくされたというのに、帰国してからも、共産主義者として体制の転覆をはかる不穏分子のように見られ（当時まだ日本共産党は武装闘争の路線をとっていて、収容所内で「洗脳」されたシベリア帰りの者がそれに加わるということがあったのである）、就職や結婚にさいして不当な差別を受けたのである。

全集所載の「年譜」（小柳玲子・大西和男編）によれば、石原もなかなか就職口がみつからず、翻訳のアルバイトなどで糊口を凌いだのち、ようやく一九五八年になって、収容所時代の友人の世話により、社団法人海外電力調査会というところに臨時職員として就職したが（のちに正規社員となり、死去の年まで勤務した）、仕事の内容は、ソ連の電気事業の調査研究やロシア語文献の翻訳などであった。なんのことはない、戦時中の情報部員としての仕事が、戦後もそのまま再開されたようなものだ。

結婚したのはその前々年の一九五六年、相手は田中和江という二歳年下の女性だったが、彼女は再婚で、その先夫は、石原と同じくシベリアに抑留され、そこで客死していた。このような女性となら、苦しみを分かち合えるかもしれないと石原は考えたのだろうか。あるいは、このような女性との出会いに何か運命的なものまで感じていたか。いずれにもせよ、戦後を生きる石原に、亡霊のように、どこまでもシベリアはついてくるかのようなのである。どころか、

私は八年の抑留ののち、一切の問題を保留したまま帰国したが、これにひきつづく三年ほどの期間が、現在の私をほとんど決定したように思える。この時期の苦痛にくらべたら、強制収容所でのなまの体験は、ほとんど問題でないといえる。

引用したのは「強制された日常から」というエッセイの一節だが、これに関してふれておかなければならないのは、アウシュヴィッツ体験を語って名高いフランクルの『夜と霧』である。大岡昇平の小説『野火』とともに帰国後の石原が読んでもっともショックと感銘を受けた本であり、その「すなわち最もよき人びとは帰っては来なかった」というフレーズをのちに石原はたびたび引用することになるのだが、とくにそのどこに惹かれたのか。実は同じエッセイの冒頭で石原は、『夜と霧』の「……人びとは文字どおり自分を喜ばせることを忘れているのであり、あらためてそれを学びなおさなければならないのである」という末尾近くのフレーズをエピグラフに引きながら、この書物についてつぎのように述べている。

『夜と霧』を読んで、もっとも私が感動するのは、強制収容所から解放された直後の囚人の混迷と困惑を描写した末尾のこの部分である。

彼らはとつぜん目の前に開けた、信じられないほどの空間を前にしながら、終日収容所の周辺をさまよい歩いたあげく、夜になると疲れきって収容所へ戻ってくるのである。これが、強制された日常から、彼らにとってあれほど親しかったはずのもう一つの日常へ〈復帰〉するときの、いわばめまいのような瞬間であり、人間であることを断念させられた者が、不意に人間の姿へ呼びもどされる瞬間の、恐れに近い不信の表情なのである。

それはおそらく、彼らが経験しなければならなかったかずかずの悲惨の終焉ではない。それは彼らが、〈もう一つの日常〉のなかで徐々に覚醒して行く目で、自分たちが通過して来た目のくらむような過程の一つ一つを遡行して行くその最初の一歩であり、およそ苦痛の名に値するものはそのときからはじまるのであって、それらの過程のことごとくを遡行しつくすまでは、〈もう一つの日常〉への安住などおよそありえないのである。

アウシュヴィッツから奇跡的に生還した直後の「彼ら」のふるまいを通して、つまるところ帰国後の自分の精神状態が語られている。『夜と霧』は、極限をくぐるとはどういうことなのかを、いわば石原に代わって証言してくれていたのである。

そして一九五九年、「耳鳴りのうた」が書かれる。同年、石原は、唯一の肉親である弟に宛てた義絶状（のちに「肉親へあてた手紙」と題されて公にされた）を書いている。そこで彼は、シベリアからの帰国者を迎えた日本社会に対する、やり場のないような憤りと悲しみを表明しているので、それも参照しておくのがよいだろう。

しかし、私自身が一応おちつき場所を与えられ、興奮が少しずつさめてくるに従って、次第にはっきりしてきたことは、私たちが果したと思っている〈責任〉とか〈義務〉とかを認めるような人は誰もいないということでした。せいぜいのところ〈運のわるい男〉とか〈不幸な人間〉とかいう目で私たちのことを見たり考えたりしているにすぎないということでした。しかも、そのような浅薄な関心さえもまたたくまに消え去って行き、私たちはもう完全に忘れ去られ、無視されて行ったのです。

ところが、完全に忘れ去られたと思っていた私たちを、世間は実は決して忘れてはいなかったのだということを、はっきり思い知らされる日がやってきました。私ばかりでなく、ほとんどの人が〈シベリヤ帰り〉というただ一つの条件で、いっせいにあらゆる職場からしめ出されはじめたのです。私たちが、私たちの生きる道を拒みつづける人たちの肩へも当然かかったであろうと思われる戦争の責任、それも特別に重い責任を引受けたのだという自負はきわめて無造作に打ちくだかれ、逆にこんどは、きわめて遠まわしにではあるが、またそれだけ骨身にこたえるような迫害をはじめたわけなのです。

世間から、一方ではシベリアで代理的に戦争責任を果たしたという思いが無視され、他方では「アカ」（共産主義者のこと）呼ばわりされてシベリア帰りを強調され差別される――「耳鳴りがはじまる」のには、このような背景があった。そこには奇妙なパラドックスが生じているように思われる。どこまでもシベリアがついてくるとさきほどは書いたが、それればかりではない。帰国後の日本で思わぬ冷遇に直面し、居場所をなくしたかのような詩人は、詩篇「耳鳴りのうた」において、みずからすすんで、かえってシベリアを自己の存在理由にしようとする。そこを唯一自己の生き得る場所とみなして、特別な光さえあてようとする。「はるかに麦はその髪へ鳴り／彼は　しっかりと／あたりを見まわすのだ」。ありえないことだ、あれほど自分を痛めつけたラーゲリを、存在の極限を、自分の真に帰り着くところであるかのように想い描くということは。しかしそれが石原吉郎における詩と真実であり、詩人自身の言葉を借りれば、「混乱を混乱のままで」作品を起動させる力の源泉なのである。

結句近くの「やさしく立つ塔」というのは、冒頭の「小さな岬」の変奏であろうか、しかしラーゲリの極限的状況にはあまり似つかわしくないイメージである。といって、それを帰国後の安堵の時間――それはすぐさま幻想であることがわかるのだが――のなかに移し替えることは、なおのこと不可能なのだ。極限にだけあらわれる「やさしく立つ塔」とはいったい何か。謎を残して、いや、謎を謎のままに輝かせて、石原の詩は終わる。

つまりはそれが、何か語り得ないものにじかにふれているような趣、というときのその実質である。私たちはいわば、謎をかけるスフィンクスのまえに立たされているということになる。私はといえば、そのことに気づかないまま、長い時をやりすごしてしまったのかもしれない。たとえていうなら、聖杯探求譚中のあの円卓の騎士ペルスヴァルのように。彼は傷ついた漁夫王によってとある城に迎えられ、光り輝く高杯を捧げ持つ奇妙な行列が通り過ぎるのを見たのだが、うかつにもその高杯の用途を尋ねようとはしなかったのだ。

父の死と石原吉郎

石原吉郎はいわゆる戦中世代で、詩の歴史のうえでは鮎川信夫、田村隆一らの「荒地」派と同世代か、あるいはさらに前の世代に属する。のちに石原は、『荒地詩集1958』に作品を掲載して「荒地」同人となってはいるのだが、そのことに私はかなりの違和感をおぼえる。「荒地」の詩人たちと石原とでは、その立ち位置においてもっと根本的なちがいがあったようにも思われるのだ。それはどういうことか、あとでじっくり考えてみたいが、予備的にかいつまんで言うなら、荒地派が確固たる主体として死者を代行しえたのに対して、石原は主体なき存在の深みから、なかば死者そのもののように書いたのである。

年齢だけからいえば、むしろ、戦前に夭折した立原道造とはなんと一歳しかちがわないことに驚くべきであろうか。シベリア抑留から帰国した直後、石原は立原道造の詩をむさぼるように読んだというが、もしかしたら、同じ世代の者に共通の言語感覚のようなものがあったのかもしれない。そういえば、立原道造の詩も生活世界や時間の厚みを感じさせない、どこか希薄なところがある。

いずれにせよ、石原吉郎は、私にとっても詩史にとっても、どこか盲点のような、エアポケットのようなところから出てきた詩人なのだ。

歳月は流れた。時代も変わった。いま、この詩人のことが妙に気にかかる。というより、ある種の切実さをもって読み直したい気持ちが高まっている。それはなぜか。

まず、きわめて個人的な事情として、実は私の父もシベリア抑留を体験したひとりなのである。にわか仕立てのうら若い陸軍将校として満ソ国境で敗戦を迎え、そのまま捕虜として収容所に送られたのち、二年後に復員を果たした。私が子供の頃、父は酔うとよくかの地の酷寒の話をしたり、片言のロシア語を披露したりしたが、それほど過酷な待遇ではなかったとも言った。囚人（石原）と捕虜のちがいもあったかもしれない。しかしながら、「よく帰って来れたよ」と涙ながらに言葉を詰まらせた父の顔が、かすかに記憶に残っているような気もしないではない。父はインテリではなく、収容所体験を通して人間存在の意味を問うというようなことは文章化しなかったけれど、ただ、父の机の近くの柱に、「春の宵むかし流人の狂ひけむ」という自作の句が掲げられていたのはおぼえている。実態はどうだったのだろう。抑留された場所については、たしかマルシャンスクとかいう町の名前を聞いた記憶もあるのだが、手元の世界地図帳程度のものではみつからなかった。

私が成長してからは、あまり父と話す機会もなく、というか、多くの息子と同じように父と話すということが苦手で、抑留体験のこともついぞ聞きそびれてしまったような気もする。ところが、一昨年、病院で寝たきりの父を見舞うあたりから、そのことがすこし気になり、私自身も「昼霞老父いまオビ渡河の夢」などと駄句をひねったりした。病室には、シベリア抑留者慰労金が政府から支給されたという通知のようなものが貼られてあった。二〇一三年四月、父は八十九歳の生涯を閉じた。

それからしばらくして、父の死と入れ替わるようにして、石原吉郎のことが気になり出した。生前、父に聞きそびれてしまったことを、つまり父にとって抑留体験とは何であったのかを、石原の詩やエッセイを通じて、遅ればせながら知ろうとしたのかもしれない。

それと並行して、とりあえず私は、畑谷史代のルポルタージュ、『シベリア抑留とは何だったのか——詩人・石原吉郎のみちのり』（二〇〇九年）を読んでみた。この本は「岩波ジュニア新書」の一冊として刊行され、若い読者向きにやさしく書かれてはいるが、簡潔ながら要を得た石原吉郎の評伝になっており、さらに、石原を軸に抑留者たちの戦後を丹念に追い、シベリア抑留の実態とその体験が彼らに与えた実存的意味を問う好著であるといえる。

畑谷によれば、抑留者の多くはその体験を語りたがらないという。それはそうだろう。悪夢のような過去は、できることなら忘却の作用によって封印してしまいたくなる。そしてときおり、睡眠中のほんとうの悪夢としてそれは噴出するのである。そうか、そういうことだったのか、私の父もまた、程度の差はあれ、このような苦しみを分有したのであろうか。とすれば、私が父に聞き出そうとしても、あまり意味のないことだったかもしれない。私は私の想像力に頼るしかないのだ。

タイタニック号の私たち

ところで、シベリア抑留者を石原吉郎が詩とエッセイにおいて代表するとすれば、批評において代表するのがロシア文学者の内村剛介であり、絵画の分野で代表するのが香月泰男である。ひと口に抑留者といっても、置かれた環境は一様ではなかったようだ。徹底して集団生活を強いられ、強制労働に従事させられた石原に対して、内村の場合は、ロシアの専門家ということもあってか、独房への禁固であった。抑留の時期は石原の八年よりさらに長く、十一年。いわば巌窟王である。後年内村は、石原の「ペシミストの勇気について」ほかを読んで、同じ極限的な体験をした者としての痛みを共有しながらも、そのような痛みを強いた旧ソ連スターリン体制を告発しない石原の姿勢をきびしく批判した（それは石原の死後、『失語と断念　石原吉郎論』として刊行された）。石原はそれを無視するようにこのロシア文学者についてはほとんど言及していないが、わずかに、秋山駿との対談「日常を生きる困難」で、「あのひとは禁固ですよね。禁固刑もつらいだろうと思うんです。（……）よく気が狂わなかったものだと思う」と、両者における環境の違いをほのめかしている。

香月泰男については、石原は「消去して行く時間」と「反俗と執着」という二本のエッセイを書いている。いずれもこの画家の文集への短評だが、画業自体に対しては、「香月氏とほぼ同じ環境を通過した私には……」と展覧会での感想を述べつつ、「ほとんど黒一色にぬりつぶされ、忍苦そのものと化したかにみえる無数の表情。だが私は、これらの表情へ盛上げ、抑えつけた絵の具の層の下に、望郷のねがいそのもののような緑とばら色のイメージをありありと看取できた」と、的確なまなざしを向けている。

前出の畑谷史代は、その香月の「シベリヤのことなんか思い出したくはない。しかし、白い画布を前に絵具をねるとそこにシベリヤが浮びあがってくる」という言葉を引用している。それは石原の、すでに引き合いに出した、「私にとって人間と自由とは、ただシベリヤにしか存在しない（もっと正確には、シベリヤの強制収容所にしか存在しない）」という逆説と響き合う。ひとたび極限を生きた者は、おそらく、一生その極限に照らし出される範囲で生きるほかないのであろうか。だとすれば痛ましいが、そのように極限が持続したからこそ、香月や石原のあの比類のない芸術行為も可能になったのである。

しかし、それだけではない。ひたすらおのれの過去をみつめていた彼のまなざしが、そのまま、いまや私たちの現在および未来にも向けられているのではないか。二〇一〇年代の現在において石原吉郎を読むということは、一九七〇年代にブームになったときとは読み方がちがう、いや、ちがわなければならないと思うのである。

畑谷の本が出て二年後、東日本大震災という正真正銘のカタストロフィーに私たちは襲われた。東京在住の私は、それから数日のあいだ、多くの人と同じようにテレビに釘付けとなって、深い慟哭と怒りと不安の心持ちに沈んだまま失語状態のうちに過ごしたが、とある報道番組で、大津波によって破壊された町をさまよう老婦人の姿が映し出されたとき、不意に詩を書きたい衝動に駆られた。失語がうそのように、半ば自動的に、言葉のかたまりが溢れてきたのである。まるで、指を刃物で切ったとき、痛覚からやや遅れて血がとろりと流れ出すように。それ自体、石原吉郎の詩作のミニマムな反復といえなくもないが、以下が、そのようにして即興的に書きつけた「偶景」という詩である。自作を引用するのは気が引けるけれど、石原吉郎へのアプローチの一環としてお許しいただきたい。

かつて
死とは
固有名詞とおさらばすることだ
と嘯いた詩人がいた
あるいは
魔女イシス
がすべての神々を支配
するに至ったのは
太陽神ラーの本当の名前を知ったからだ
そこにひかりが
痙攣して
きのうもまた
まるで空襲のあとのような
津波で破壊された町を
ひとりの
美しく年老いた女性がさまよっていた

テレビの取材クルーが近づくと
息子を捜しているという
息子さんの
お名前は？
災害伝言板のつもりでクルーは訊ねた
すると突然
彼女は取り乱し始めた
ふるえ
ふるえがさざ波のように口辺を走り
名前は教えたくない
教えたらもう二度と息子は帰ってこない
気がするから
そう言って
顔を手で覆って泣いた
手で覆って
おそらくそこに
永遠に
息子の名前を閉じ込めたのだひかりが

つるもどきの
ひかりが
痙攣
して
テレビをへだてて
私はその顔を
その手を
心の内奥に招き入れる
もう手放すことはない私の生きる糧だ

死は数ではない。東日本大震災をめぐるもろもろの事象において、私がもっとも違和を覚えたことのひとつは、死者数の報道であった。犠牲者の数が問題なのではない、と私はこの詩においても叫びたかった、ひとりひとりの単独の死者がいるだけなのだ、と。そのとき私は、いまから思えば、「確認されない死のなかで」というエッセイ（評論集『日常への強制』に所収）に読まれる、石原吉郎のつぎのような言葉に共振していたのである。「人間は死んではならない。（……）そういう認識は、死を一般の承認の場から、単独な一個の死体、一人の具体的な死者の名へ一挙に引きもどすときに、はじめて成立するのであり、そのような認識が成立しない場所では、死についての、同時に生についてのどのような発言も成立しない」。

私の詩は固有名を問題にしているが、石原吉郎もまた、姓名についてきわめて印象深く語ったことがある。その文章（「詩と信仰と断念と」、エッセイ集『断念の海から』に所収）を引いておこう。

しばしば北へのぼる日本人と、南へくだる日本人とが、おなじペレスールカ（囚人を移送するための一時的な収容施設――引用者注）で落ちあうことがある。お互いに日本人であるというだけで、別に顔見知りでもなんでもない場合がほとんどですが、たとえば北へ行く日本人は、南へ行く日本人に自分の名前をおしえて別れるわけです。そういう場面になんどか出会ってみて、はじめて、人間の名前というものがもつ不思議な重さを実感したわけです。

つまり、言いたいことは山ほどあるにしても、そのようなあわただしい場面で、手みじかに、明確に相手に伝えなければならない、さいごの唯一つのものは、結局は姓名、名前でしかないわけです。その姓名の、自分にとっての重さというのは、結局はその人にしか分らないのですが、せめて名前だけは、南へくだって、さらに別の人へ伝えてほしいという願いの痛切さだけは、相手に伝わるわけです。そのようにして、言いつぎ語りつがれた姓名が、いつの日かは日本の岸辺へたどりつくことがあるかもしれない。その時には、自分はもうこの世にはいないかもしれないけれど、せめて自分の姓名がとどくことによって、その時までは自分が生きていたという確証はのこる。

それはほとんど願望を通りこして、すでに祈りのようなものではなかったかと私は思います。私自身、そのようにしてついに日本に帰らなかった何人かの日本人を知っております。

詩と固有名、詩における固有名という問題は、本稿でも第Ⅲ部「石原吉郎と私たち」で詳しく取り上げるが、ポエジーというものを考えるときの、ひとつのクライマックスを築くことになろう。

そしていわゆる3・11以降を生きる私たち、あるいはもっとひろく、グローバル資本主義経済のもとでの、貧富の格差や生態系の破壊、そして戦争の危機といった、なにかしら黙示録的な状況――『「知の技法」入門』という対談本のなかで小林康夫と大澤真幸はそれをタイタニック号になぞらえているが――を生きているともいえる私たち、そういう私たちにとっても、奇妙に切実に、聞き逃せないものとして、石原吉郎の声が響き始めているのではないか、そんな気もするのである。

言い換えれば、すでにふれたこの詩人の言葉の簡素なたたずまいが、そのたたずまいのまま輝き出しているのである。それはちょうど、戦後の代表的詩人であった田村隆一の華麗なレトリックが、いま読み直してみると、すくなくとも私にはやや空疎な響きを伴ってしまうということと反比例の関係にあるかのようだ。「危機は私の属性である」と田村は言った。それをもじっていえば、危機のほうが石原を属性としているのである――そしておそらく、私たちもまた。

おりしも、冨岡悦子の『パウル・ツェランと石原吉郎』（二〇一四年）というすぐれた評論も出て大いに刺激を受けたということもある。いまや私自身が書き始めるべきときではないのか。もとよりこの詩人について知るところはさして多くはないけれども、石原吉郎をめぐって、それと対になるようなテーマをいくつか立てるならば、同じ詩人として、なんらかの問題意識を共有し、あるいは深め、今日を生きるなんらかの指針まで引き出せるのではないだろうか。

石原吉郎と存在、石原吉郎と言語、石原吉郎とパウル・ツェラン、石原吉郎と現代詩、石原吉郎と他者、石原吉郎と信仰、そして石原吉郎と私たち……

「葬式列車」を読む

とはいえ、すべての胚は出会いのなかに含まれている。何かのアンソロジーにおいて私が最初に読んだ石原吉郎の詩、それは「葬式列車」であったと思う。彼が書いたもっとも有名な詩だ。一読、私にも鮮烈な印象を残した。この詩をベースに、まず何が語れるか。全行を引こう。初出は一九五五年八月の「文章倶楽部」(「現代詩手帖」の前身)で、帰国後一年半ほどして書かれた作品である。

なんという駅を出発して来たのか
もう誰もおぼえていない
ただ　いつも右側は真昼で
左側は真夜中のふしぎな国を
汽車ははしりつづけている
駅に着くごとに　かならず
赤いランプが窓をのぞき
よごれた義足やぼろ靴といっしょに

まっ黒なかたまりが
投げこまれる
そいつはみんな生きており
汽車が走っているときでも
みんなずっと生きているのだが
それでいて汽車のなかは
どこでも屍臭がたちこめている
そこにはたしかに俺もいる
誰でも半分はもう亡霊になって
もたれあったり
からだをすりよせたりしながら
まだすこしずつは
飲んだり食ったりしているが
もう尻のあたりがすきとおって
消えかけている奴さえいる
ああそこにはたしかに俺もいる
うらめしげに窓によりかかりながら
ときどきどっちかが

くさった林檎をかじり出す
俺だの　俺の亡霊だの
俺たちはそうしてしょっちゅう
自分の亡霊とかさなりあったり
はなれたりしながら
やりきれない遠い未来に
汽車が着くのを待っている
誰が機関車にいるのだ
巨きな黒い鉄橋をわたるたびに
どろどろと橋桁が鳴り
たくさんの亡霊がひょっと
食う手をやすめる
思い出そうとしているのだ
なんという駅を出発して来たのかを

私もまたもう「思い出」しようがないのだが、はじめてこの「葬式列車」を読んだとき、この詩がラーゲリに移送されるさいの列車内の光景をもとに書かれたものであるということを、おそらく知らなかったのではあるまいか。極限的な状況が書かれているにはちがいないが、私たちの生もつきつめればこんなものではないか、というような思いで読んだような気がする。言い換えれば、それだけこの作品に描かれた光景は、象徴性を、そして普遍性を獲得していたということになる。

石原は後年、ラーゲリでの体験を散文でも書くようになり、移送列車――より正確に言えば、囚人護送用の貨車「ストルイピンカ」――については、「ペシミストの勇気について」というエッセイのなかでつぎのように語っている。


十月の終りに近い頃、この地方をしばしばおそう苛烈な吹雪《ブラーン》のなかで、とつぜんエタップ(囚人護送)の命令が出た。私たちはつぎつぎに呼び出されて、車輌ごとに編成を終り、夜になって引込線にはいって来た貨車に押しこまれた。サーチライトに照し出された、厳重な監視下での異様な乗車風景は、そのさき、私たちを待ちうけている運命を予想させるに充分であった。それにもかかわらず、暗い貨車のなかに大きな樽が二つ用意されており、一つが飲料水、他が排便用であることを知ったときの私たちのよろこびは大きかった。〈走る留置場〉と呼ばれるストルイピンカでの経験から、人間は飢えにはある程度耐えられても、渇きと排泄にはほとんど耐えられないことを思い知らされていたからである。ストルイピンカでは、排便は二十四時間に一回という、忍耐の限度をこえたものであった。

私たちは貨車に乗りこむやいなや、争って樽の水を飲んだ。飲めるうちに飲んでおかなければ、いつ飲めなくなるかも知れないという囚人特有の心理から、飲みたくない者まで腹一杯飲んだ。便器があるという安心もあったが、その容量まで考えて自制するような余裕は私たちにはまったくなかった。仮にあったとしても、すでに始まった混乱と怒号のなかでは、どうすることもできなかったであろう。発車後数時間ではやくも樽をあふれた汚物が、床一面に流れはじめた。私たちは三日間、汚物で汚れた袋からパンを出して食べ、汚物のなかに寝ころんですごした。収容所生活がほとんど無造作な日常と化した時点で、あらためて私たちをうちのめしたこれらの経験は、爾後徹底して人間性を喪失して行く最初の一歩となった。

なんとも凄まじい証言だが、「葬式列車」のもとになった光景がここにある。石原は鮎川信夫との対談「生の体験と詩の体験と」で、「あれを書いてるときには、自分では、シベリアのことを書いてると思わなかったんですよ。ですからしばらくの間、人がこれシベリアのこと書いたのと言うと、違う違うと言ってたんですがね、そうじゃないんだ、こういうイメージだけができたんだと……」と語っているが、まさかと思う。石原は、体験との関係を人に指摘されて、とっさにはぐらかしたのではあるまいか。いや、それはうがち過ぎにしても、イメージの役割を過小に見積もっている。それと反省的に意識されるより早く、まずイメージとして溢れ出てしまうくらい、シベリア体験は強烈だったのだ。

実は、この詩人におけるシベリア体験と詩の解釈とをいったんは切り離すべきだという意見も出ていて、たとえば今年八月、大部の石原吉郎の評伝『石原吉郎――シベリア抑留詩人の生と詩』を刊行した細見和之は、その執筆を振り返るエッセイでこう述べている。「端的にいって、石原の詩は、とくに一連のシベリア・エッセイが書かれたあと、あまりにシベリア体験に引き寄せて解釈されすぎているのではないか、というのが私の出発点だった。（……）実際、「葬式列車」に出てくる「よごれた義足やぼろ靴」といったイメージは、シベリアよりも戦後の日本の風景を思わせる」。

なるほど、帰国後のある日あるとき乗り合わせた列車内で、ふいにこの詩の着想が生まれたということはありうる。しかしながら、石原自身、渡辺石夫との対談「単独者の眼差」のなかで、「シベリアのような所にいると自分がわざわざ孤独だというような考え方をしないわけです。孤独には違いないんですが。東京あたりでラッシュの通勤電車なんかにのると、ギューギュー押し合っていながらほんとに孤独だなと思いますね」と語っているように、ふたつの列車の根本的なちがいは、そこでの実存の様態、たとえばその孤独なら孤独のありようにある。満員電車では、すし詰めの状態ながらまがりなりにも個々人の孤独は存立を許されているのに対して、「葬式列車」では、孤独を考えることすらもはや意味をなさないような極限状況が現出しているのである。孤独はある意味充実した心的状態で、ひとりひとりの人間的実存を担保しているが、極限状況にそのような余裕は存在しない。

かくして石原は、経験的事実として語るいとまもないままに、彼自身の言葉を借りるなら、いわば「不用意に」、極限なるもののなまなましいイメージに襲われたのだ。そしておそらく、じっさいの詩作にあたり、移送列車の雰囲気だけ残して、なまの具体的な事柄はほとんど捨象してしまったのであろう。逆に、そうしなければ詩が生まれ得なかったのである。のちに石原は、「詩の定義」という短文のなかで、「詩は、「書くまい」とする衝動なのだ」と述べているが、そういうことなのかもしれない。あとでも考えてみたいが、証言のインパクトと詩としてのインパクトとでは、次元がちがうのだ。
それはともかく、詩篇「葬式列車」は、石原作品にはめずらしくどことといって晦渋なところのないテクストである。注釈の必要もないほどだが、「なんという駅を出発して来たのか」という書き出しは、ゴーギャンの有名な絵「われわれはどこから来たか、われわれとは誰であるか、われわれはどこに行こうとしているのか」を思い起こさせる。もちろん、「誰もおぼえていない」。なぜなら、私たち人間存在は、ある日突然世界に投げ出されて生きることを余儀なくされているという、根源的に無根拠なものであるから——

と書くと、これはサルトルの実存主義だ。実存の根源的な無根拠性。だからこそ、とサルトルは言う、絶対的な自由への可能性を私たちは選び取ることができる。しかし、「自由への道」を石原はとらない。ここからがサルトルとちがうところで、石原が向かうのは、あるいは向かわせられるのは、むしろ、レヴィナスの哲学に近い立場である。

エマニュエル・レヴィナス。このユダヤ系の哲学者もまた、捕虜収容所という、強制収容所よりはいくらかましだったとはいえ、ぎりぎりの状況のもとで思考を深め、世界の内に生きてあるとはどういうことなのかを、サルトルやハイデガーとはちがった方向で探求したのだった。石原吉郎の詩の成り立ちを問うのに、このレヴィナスの哲学、とくにその初期の主著『実存から実存者へ』を参照するという誘惑に抗しがたい。章をあらためて試みてみようと思う。

「葬式列車」の三行目から五行目、「ただ　いつも右側は真昼で／左側は真夜中のふしぎな国を／汽車ははしりつづけている」。なんとも幻想的かつ鮮烈なイメージだ。「葬式列車」が私にとって一度読んだら忘れられない詩となったのも、冒頭いきなりのこのイメージの提示によるところが大きい。私は思ったものだ、ただ昼夜が交替するだけの単調な日常を高速度でコマ送りすれば、こんな感じになるだろうか。それだけではない。真昼を生、真夜中を死ととれば、この「ふしぎな国」は、生と死が隣り合った極限的な状況をあらわすメタファーにもなるだろう。石原吉郎について予備知識はなかったにしても、この詩のなにかしらただならぬ背景を、私はすでに感じ取っていたはずである。

じっさい、以下の詩行で展開されるのはそちらのほうである。生と死を隣り合わせる恐るべき分割の線。ふだん、私たちの日常ではそれは隠されているが、この列車のなかでは、まさにその分割の線のうえに人は横たわり、いや、人をその線はつらぬき、「誰でも半分はもう亡霊になって」いるのだ。まるでこのイメージを補足的に説明するように、詩人はのちに、「確認されない死のなかで」というエッセイのなかで、「人間はある時刻を境に、生と死の間《あわい》を断ちおとされるのではなく、不断に生と死の領域のあいまいな入れかわりのなかにいる」と述べている。

このような二分法的なコントラストは、石原吉郎の得意とし、偏愛するものであるが、そうした表現を通して石原は、切り立つような生と死の境界、というよりむしろ境界なき境界が、じっさいに現出し、持続さえしたことを、誰よりも鮮やかに言語化してみせたのである。その言語化とは、前出のレヴィナス流にいえば、「存在者」が「存在者」であることを奪われ、いわば誰でもない者となって「存在」の底なき底に呑み込まれるような状況の告発、ということになろうか。

いや、告発という言葉は石原吉郎に似合わない。シベリアの奥地で、スターリン体制ぬきには語れない過酷な経験を強いられたとはいえ、エッセイなどで繰り返し述べているように、彼の詩作のモチーフは告発ではない。たとえば、「一九六三年以後のノートから」には、端的に、「私は告発しない。ただ自分の〈位置〉に立つ」とある。こうした姿勢が、すでに紹介したように、ロシア文学者内村剛介の批判を招き、吉本隆明なども不満を表明する結果となるのだが、石原はただ単独者としての特異な証言の重みにかけるのである。

それにしても、そうした存在者の、すでに生きる屍と化したかのような誰でもなさにおいて、「俺たちはそうしてしょっちゅう／自分の亡霊とかさなりあったり／はなれたりしながら／やりきれない遠い未来に／汽車が着くのを待っている」ほかはないのである。

正午の弓

繰り返そう。生と死をへだたりなく隣り合わせるこの恐るべき分割の線。私はただちに、石原吉郎のもうひとつの有名な詩篇「位置」を思い出す。第一詩集『サンチョ・パンサの帰郷』の冒頭に置かれている作品である。

しずかな肩には
声だけがならぶのでない
声よりも近く

敵がならぶのだ
勇敢な男たちが目指す位置は
その右でも　おそらく
そのひだりでもない
無防備の空がついに撓《たわ》み
正午の弓となる位置で
君は呼吸し
かつ挨拶せよ
君の位置からの　それが
最もすぐれた姿勢である

初出は一九六一年八月。広範な学生・労働者の渦をつくりだした六〇年安保闘争も終熄し、社会経済的には戦後の復興から高度経済成長へと向かい始めた時代である。石原自身、シベリアから帰還して八年が経っている。彼の過去を知らない読者には、あるいは安保闘争当事者の政治的挫折の内的風景とみえたかもしれない。既成左翼からの思想的自立を確かめる「単独者」のひそやかなマニフェストのようにも。

ともあれテクストは、説明抜きのきりつめた言葉だけで構成された、いわば沈黙と釣り合うような、いかにも石原作品らしい詩であるといえよう。いや、凝縮されたイメージと高い抽象性から成るこの詩の空間の見事さは、石原詩のなかでも白眉というべきであり、こうしたレベルに到達するためには、戦後社会をすっ飛ばしてもっぱらシベリアでの極限体験を素材とした石原作品といえども、それなりにやはり、戦後という時間のなかでの詩的想像力の熟成が必要だったのだろう。

読まれる通り、隠喩的表現が多用されており（「声だけがならぶ」「無防備の空」「正午の弓」）、「葬式列車」と比べてかなり晦渋である。それだけに多様な解釈も生むようで、銃殺刑の場面として捉える者もいれば、作業現場への行き帰りに囚人たちが組まされた隊伍のイメージがあるのではないかという者もいる。さらに驚くべきことに、これはキリストの磔刑を暗示しているのだという解釈もある。

しかし、「正午の弓」というイメージには、なおそういう具体的事実への還元を超えてゆくようなインパクトがあるように思える。私の読み解きはこうだ。「勇敢な男たち」は、「葬式列車」の「俺たち」と別の者ではない。ただ、これもレヴィナス流にいえば、存在の夜の体験をくぐり、ひとりの存在者へと「実詞化」を遂げつつある「俺たち」ではあるだろう。「実詞化」とは、簡単にいえば「存在」の底なき底から、その「本質的な無名性」から存在者が立ち現れることであり、「存在を引き受けるだれかがいる。そしてこの存在はいまやそのだれかの存在なのだ」（レヴィナス）ということだが、それでも分割の線は、「無防備の空がついに撓《たわ》み／正午の弓となる位置」に彼らを置くのである。

つまりこうして、「正午の弓」とは、子午線のメタファーでもあろう。石原吉郎には、帰国後しばらくして俳句に打ち込んだ時期があるが、その前衛俳句風の一句に、

縊死者へ撓む子午線　南風《はえ》の air pocket

というのがある。同時に、「子午線」というイメージから瞬間的に私に想起されるのは、二十世紀ドイツ語圏最高の詩人のひとりとされるあのパウル・ツェランである。ツェランもまたレヴィナスと同じユダヤ人で、両親をナチス・ドイツに殺されている。本人も労働収容所を体験しているが、かろうじて、殺されるという難だけは逃れた。そのツェランの、ビューヒナー賞受賞のさいの記念講演のタイトルが「子午線」なのである。「子午線」——ある地点の天頂と天の南北の極を結ぶ大円——はツェランの詩学の核心をなす言葉のひとつで、「私」と「あなた」、発話と沈黙、生と死といった対極を結びつける言葉の軌道というほどの意味で使われている。

石原吉郎とパウル・ツェラン——なんという照応であろうか。「葬式列車」は、ナチス・ドイツによる絶滅収容所へのユダヤ人の移送列車でもありうるわけだ。ツェランは、その黙示録的な破局の強迫を終生の詩作のモチーフとしながら、ついにはその強迫から逃れられないままセーヌ川に投身自殺を遂げるのだが、石原吉郎もまた、極限的な生を強いられたラーゲリの記憶からついに解き放たれることはなく、自死に近いかたちで世を去るのである。石原とツェランの比較については、前出冨岡悦子の評論が委曲を尽くしているが、それでも、べつに章を立てて私なりにもう一度ふたりの詩をつきあわせ、その類縁と差異の諸相を浮かび上がらせてみようと思う。

「正午の弓」、恐るべき分割の線。おそらくそれは、石原吉郎にとってひとつのオブセッションのようなものになったのではあるまいか。「正午の弓」の変奏として読めるような詩行をいくつか引くことができる。たとえば、「伝説」という詩には、「きみは花のような霧が／容赦なくかさなりおちて／ついに一枚の重量となるところから／あるき出すことができる／きみは数しれぬ麦が／いっせいにしごかれて／やがてひとすじの声となるところから／あるき出すことができる／きみの右側を出て／ひだりへ移るしずかな影よ」とある。「一枚の重量」と「ひとすじの声」が「正午の弓」のヴァリエーションであるが、すぐさまそれらは、「右」と「ひだり」という石原特有の左右の分割線に引き継がれてゆくのである。

あるいは、「棒をのんだ話」と題された一篇――「こうしておれは／つっ立ったままだ／おしこんだ棒が／はみだしたうえを／とっくりのような雲がながれ／武者ぶるいのように／巨きな風が通りすぎる」。いまや「正午の弓」は、グロテスクにも棒として「おれ」に押し込まれているのである。「正午の弓」が、そのオブセッションのあまりに身体化されてしまった例、といってもよいのではないだろうか。棒はいくぶんか隠喩であり、いくぶんか換喩である。詩人がこの棒のイメージにいかにこだわっていたかは、のちにこの詩を、同じ題のかなり長い散文作品に書き換えていることからも察せられる。その「棒をのんだ話」は評論集『望郷と海』に収められているが、石原が書いた唯一の短編小説といってよく、どこか安部公房を思わせるような不条理性を漂わせている。

棒ほど換喩的ではないが、ときに「錘」という隠喩へと「正午の弓」が二重の隠喩化を遂げていることもある。第四詩集『水準原点』に収められた「測錘《おもり》」という散文詩がそれだ。詩人はそこで「測錘《おもり》」つまり「たとえば空間を吊りおろして未知の深みをたしかめるもの」として自己を想い描く。「その一端を固定するたしかな手は火のような深みへ他の一端を開《あ》けはなつ」。たしかにそうだろう。だが、この詩にはさきがあるのだ。吊るものと吊られるものとの関係は、ある時点でつぎのように逆転するのである。

正午の空間をたわわに熟れるその重大な果実の上で そのとき空間は錯誤するそのとき位置は倒錯する そのとき測錘《おもり》は決意するそのとき測錘《おもり》は逆さまに彼らの吊り手を吊るであろう そのとき測錘《おもり》は吊り手となりそのとき虚無は足場となる 縊死者は畜きを絞《くく》るだろう

石原吉郎の希望とはこのようなものである。さきにふれた内村剛介や吉本隆明の、石原作品には告発する姿勢や社会性がないという批判は、やや的外れというべきだろう。単独者の特異性がもつ不意の純粋な暴力的エネルギーに、そしてそれが可能にする関係の逆転(「そのとき測錘《おもり》は吊り手となりそのとき虚無は足場となる 縊死者は畜きを絞《くく》るだろう」)に賭けた、あるいはすくなくとも賭けようとした瞬間があったのである。

いちまいの傘

だがそうした瞬間は、あくまでも例外的なものにすぎなかったのかもしれない。というのも、「正午の弓」については、もう一篇、ぜひとも引いておきたい詩がある。これまで引用した詩はおおおむね第一詩集『サンチョ・パンサの帰郷』からのものだが、時は流れて、石原の死と同年の一九七七年に刊行された詩集『足利』の冒頭を飾るつぎの短い散文詩だ。詩集タイトルと同じく「足利」と題されている。

足利の里をよぎり　いちまいの傘が空をわたった　渡るべくもなく空の紺青を渡り　会釈のような影をまるく地へおとした　ひとびとはかたみに足をとどめ　大路の土がそのひとところだけ　まるく濡れて行くさまを　ひっそりとながめつづけた

「正午の弓」からの何という変容だろう。晩年の石原がなぜ『北條』や『足利』といった、日本中世を想わせるような題名を詩集につけたのか、ここでふれる余裕はないが、仮に主題が中世の風景として仮構されているとしても、テクストには、すでに他界からこの地上をみているような、主体の不思議なまなざしが感じられる。臨死体験においてあらわれるとされるあの二重視線、自分の視線のほかに天井から自分をみているようなもうひとつの視線を感じるという現象とも似ているかもしれない。死の予感はあきらかであろう。加えて、この短さ、この静謐。詩的な情動としてのこのミニマム感。晩年の詩やエッセイで繰り返し語られる「断念」や「疲労」といった言葉が思い出されてくる。

それにしても、この「いちまいの傘」とは何か。隠喩だとすれば、何の隠喩か。「いちまいの」という限定の言葉からは、「いちまいの上衣のうた」という、これも不思議な印象を残す詩篇が想起される。第二詩集のタイトルポエムにもなっているそれは、「おれは 今日／いちまいの上衣をきてあるく／いちまいの上衣をきて／おれがあるく町は／おなじく絵のような／いちまいの町だ」と始まる。石原作品としてはめずらしく奇妙に明るい詩だが、「いちまいの」という限定を共有することで、なにかしら「上衣」と「傘」にはメタファーとして重なるような雰囲気が生まれているような気もする。言葉の関係の不思議である。

つまりこうだ――「正午の弓」は、「いちまいの上衣」として詩人を一見穏やかにつつんだのち、今度は「傘」になって空に戻る。こうして、私には「いちまいの傘」が、あの重く緊迫した「正午の弓」の、長い歳月を経て変貌した姿のように思えてならないのである。それは依然として在る。軽く、弱々しく、「渡るべくもなく空の紺青を渡り」、もうどれほどの衝迫力も拘束力もなく、ただ「会釈のような影をまるく地へおと」すのみだが、それでもまだ、詩人の――すでに末期の――まなざしを去ろうとはしないのだ。

他者の不在

これはいかにも縮減された詩的世界である。石原吉郎をここまで追い込んだのは何だったのだろうかと考える。ひとつには、他者の不在ということがあったのではないか。ツェランには、すくなくとも収容所で生を奪われた死者たちとの対話があった。それからまた、「誰でもないもの」としての、もはやそのあらわれを期待すべくもない神との、皮肉に満ちた否定神学的な対話。しかし、そもそも石原吉郎の詩は対話という構造をもっているだろうか。キリスト者なら対話する相手として神をえらぶこともできようが、奇妙なことに、信仰をもっていたというのに石原の場合には神との対話すらも希薄である。

女性はどうか。ラーゲリに女性はいなかったであろうから、その体験にもとづいて詩を書くときには、当然のことながら女性は登場しない。しかし、帰国してからも、実生活では結婚もしたというのに、エロス的な対象として女性を書くことはなかった。これは十分に不思議なことだ。

そうした石原作品にあって、ただひとつ、他者らしい他者が登場するきわめて印象深い詩がある。「自転車にのるクラリモンド」と題された佳篇がそれである。

自転車にのるクラリモンドよ
目をつぶれ
自転車にのるクラリモンドの
肩にのる白い記憶よ
目をつぶれ
クラリモンドの肩のうえの
記憶のなかのクラリモンドよ
目をつぶれ

冒頭の数行を引用した。「いちまいの上衣のうた」同様、石原作品にしてはめずらしく明るい詩であり、はずむようなリズムが刻まれている。それを運んでいるのが「クラリモンド」という固有名であるわけだが、「クラリモンド」とは誰だろう。佐々木幹郎の『石原吉郎詩文集』解説によれば「少女の名前」だという。すると中央アジアか、ハバロフスクで出会った少女であろうか――と思っていたら、意外なところに答えがあった。『石原吉郎全集Ⅲ』には書簡が収録されているが、そのひとつ、英語翻訳家の佐藤紘彰に宛てた一九七四年二月二十五日付手紙に、おそらく石原詩の英訳をすすめていた佐藤の問い合わせに回答したものなのであろう、「クラリモンド（ドイツの怪奇作家Hans Ewersの小説に出て来る妖精の名でKlarimond、小説の題名も同じ）」とある。ただし、前出の細見和之は、ハンス・エーヴェルスの作品でクラリモンドが登場するのは「蜘蛛」という短篇であり、石原の勘違いではないかと指摘している。

ともあれ、だが、この「クラリモンド」にすら顔は希薄である。ふたたびレヴィナスを持ち出すなら、他者とは顔のあらわれである。『実存から実存者へ』のつぎの主著『全体性と無限』において印象深いのは、他者の出現というレヴィナス的倫理学の重要な局面が、なんとも含みのある顔のイメージによって語られている諸ページだと思われるが、ひるがえって、石原作品を読み返すと、顔のイメージが思いのほか少ない。

さきに引いた「位置」という詩においても、冒頭いきなり「しずかな肩」が喚起されているけれども、顔はついにあらわれないのだ。一体に、石原吉郎における身体のイメージは部分対象的であり、とくに肩と膝が強調されている。肩と膝に還元されてしまった換喩的にして分裂的な身体像といってもよい。たとえば「土地」と題された詩には、「そこからが膝であるく土地／膝だけであるく土地だ／（……）／そして忘れてはならぬ／かつてどのような兵士でも／この姿勢でしか／前進を起さなかったのだ」とあるし、また、最後の単行本詩集『満月をしも』においても、「膝を組み代えるだけで／ただそれだけで／一変する思考がある」（「膝・2」部分）というような詩行を読むことができる。

こうしたいわば顔を奪われた身体のイメージ、そしてつまるところ石原吉郎における他者の不在、それがこの詩人の想像的世界の幅を狭く限定してしまったことはまちがいないだろう。それと引き換えの作品の衝迫力、といえばいえるであろうが……

風と夕焼けと塔と海と

身体のイメージを検証したついでに、ここで、石原作品にあらわれる他のイメージ群を、主題論的に整理しておこう。石原吉郎の想像的世界を踏査するための、いわば足慣らしとして。

まず、なんといっても「風」である。「風と結婚式」という詩に読まれるように（「ぼくらは　高原から／ぼくらの夏へ帰って来たが／死は　こののちにも／ぼくらをおもい／つづけるだろう／ぼくらは風に／自由だったが」）、一方でそれは、石原が「四季」派とりわけ立原道造に通じる系にあることを証すが、他方では、石原に固有の詩的世界を形成する基本要素となる。なにしろ、過酷なバム地帯のラーゲリでつくったとされる唯一の詩にさえ、「風よ脊柱《せきちゅう》をめぐれ／雲よ頭蓋にとどまれ」とあるのだ（「雲」）。石原がキリスト者であることを思えば、石原にとって風は、霊的なもの、プネウマ（ギリシャ語）もしくはルーアッハ（ヘブライ語）とみなしてもよいほどだが、何にしても、主体との対比において、主体にその単独の「位置」を許すような、世界という名の存在論的な流動そのものといえるだろう。「道のりとなって引く潮へ／さらに道のりを打ちかえして／風はたちどまるのだ／いわばおれの／かたちのままに」（「風と」）。

極めつけは「名称」という詩篇である。

風がながれるのは
輪郭をのぞむからだ
風がとどまるのは
輪郭をささえたからだ
ながれつつ水を名づけ
ながれつつ
みどりを名づけ
風はとだえて
名称をおろす
ある日は風に名づけられて
ひとつの海が

空をわたる
この日は　風に
すこやかにふせがれて
ユーカリはその
みどりを遂《と》げよ

風は名づけにもかかわるのだ。事物に名を与えるのも事物から名を奪うのも、すべてプネウマのはたらきであるとするこの想像力の背景には、やはりキリスト者石原の、ロゴス（＝言語）イコール神とする聖書への、とりわけ「はじめに言葉ありき」以下の「ヨハネによる福音書」冒頭への無意識的参照があるのではないだろうか。

つぎに印象的なのは、「夕焼け」もしくは「落日」のイメージで、これも石原詩に頻出する。「条件を出す　蝙蝠の耳から／落日の噴水まで」（「条件」）、「夕焼けが棲む髭のなかの／その小さな目が拒むものは／夕焼けのなかへ／返してやれ」（「やぽんすきい・ぼおぐ」）、「あの夕焼けをくずしておとせ／あつい豆腐をくずすように／つきくずしておとせ」（「真鍮の柱」）。これらの「夕焼け」や「落日」は、やはりキリスト者石原ということで、その終末論的世界観とどこかで繋がっているとみるべきだろう。

「夕焼け」に比べると、「夜明け」のイメージはあまり石原の詩的世界になじまないのか、印象がうすい。仮に書かれるとしても、それはランボーにおけるような「世界の始まり」としての力動的な「夜明け」というより、むしろ「夕焼け」のバリエーションとして考えたほうがよいような、つまり、これもやはり終末論的な「夜明け」である。「工兵のようにふしあわせに／真夜中の大地を掘りかえして／夜明けは　だれの／ぶどうのひとふさだ」（「酒がのみたい夜」）。

「夜」のイメージは、「夜がやって来る」や「夜の招待」といった初期の詩篇において、擬人法的に意味深く使われている。「駝鳥のような足が／あるいて行く夕暮れがさびしくないか／のっそりとあがりこんで来る夜が／いやらしくないか」（「夜がやって来る」）。それは終末論的展望とは逆の方向にあり、レヴィナスが「夜の体験」というときの、存在者が存在に呑まれてゆく無底の「夜」に近い。その意味では、石原の想像的世界において「夜」は、石原的主体をまがりなりにも存在者として立たせる「風」と対立的に――まるで善悪の二分法のように――布置されているといえる。

「塔」のイメージも忘れがたい。「夕やけのなかの尖塔のように／怒りはその額にかがやいている／が」（「最後の敵」）、「そうしてなによりも　終末の日に／塔よりも高い日まわりが／怒りのように／咲きならぶ道を／彼はやって来るだろう」（同）、「塔がある日の理不尽な悲しみを／塔のない日へおしかぶせて／おれは　その空を／知らぬといえ　塔のない空を／見たことがないといえ」（「やぽんすきい・ぼおぐ」）、「いっせいによみがえる男たちの／血なまぐさい系列の果てで／棒紅のように／やさしく立つ塔がある」（「耳鳴りのうた」）。強制収容所の記憶がこれらの詩行を書かせているのだとすれば、「塔」は、第一義的には、そこにそびえていた監視望楼のような建物を指すのだろうか。しかし、「やさしく立つ塔」という言い方はそれとはそぐわない。「塔」はおそらく、詩人の想像力のなかで変容し、両義的な意味を帯びるようになったのだ。極限に立つ「塔」、それは、すでに

「耳鳴り」のインパクト」の項で述べておいたように、ひとつの謎であり、主体を脅かすと同時に主体を引き寄せ、主体の定位そのものを促すような、いわく言いがたい垂直性のメタファーとなったのだ。ということは、それはあの「正午の弓」とも照応しているということになる。

このように「塔」が垂直性を代表するイメージであるとすると、水平性は「橋」によって担われる。「塔」を横にしたものが「橋」かもしれない。「橋」はふつう他者への通路、コミュニケーションの場の象徴となりそうなものだが、石原詩の場合、いくつ橋を渡っても他者はあらわれない。「三つの橋まで／泣いてわたる／泣いてわたって／それでも橋だから／橋から橋へ声をかけて／霧へ埋ずめて」（「泣いてわたる橋」）、あるいは、「沈黙は詩へわたす／橋のながさだ」（「橋・1」）。

しかしながら、晩期の作品に近づくにつれて、このようなイメージの渉猟はむずかしくなる。残念ながらそこにあるのは、痩せた抽象の言葉と、それを用いた論理の奇妙な屈曲だけである。

最後に、「海」のイメージについて。詩作品のなかにはあまり出てこないが、石原が刊行したエッセイ集のタイトルは、最初の『日常への強制』をのぞき、あとはすべて「海」という語を含んでいる。『望郷と海』『海を流れる河』『断念の海から』『一期一会の海』。いったいこれはどういうことなのだろう。異様といえば異様である。「風」と「海」のイメージが結びついた「陸軟風」（『いちまいの上衣のうた』に所収）という詩を引用しておこう。

陸から海へぬける風を
陸軟風とよぶとき

それは約束であって
もはや言葉でない
だが　樹をながれ
砂をわたるもののけはいが
汀《みぎわ》に到って
憎悪の記憶をこえるなら
もはや風とよんでも
それはいいだろう
盗賊のみが処理する空間を
一団となってかけぬける
しろくかがやく
あしうらのようなものを
望郷とよんでも
それはいいだろう
しろくかがやく
怒りのようなものを
望郷とよんでも
それはいいだろう

石原自身、この詩をエッセイ「望郷と海」の冒頭に掲げている。そして、自分にとっての海の変容を、エッセイ中のひとつの主題にしている。シベリアで石原は望郷の思いとともに海を想起し、海を見たいと切望する。「私には、わたるべき海があった。」その海は「日本海」、ヤポンスコエ・モーレと名づけられていなければならない。海＝母という連想も——生母とは幼くして死別しているが——はたらいていたかもしれない。ところが、願いが叶ってナホトカから帰国の船に乗ったとたん、彼は奇妙な感覚に襲われるのである。

> 船が外洋へ出るや、私は海を喪失していた。まして陸も。これがあの海だろうかという失望とともに、ロシヤの大地へ置き去るしかなかったものの、とりもどすすべのない重さを、そのときふたたび私は実感した。その重さを名づけるすべを私は知らないが、しいて名づけるなら、それは深い疲労であった。（……）海は私のまえに、無限の水のあつまりとしてあった。私は失望した。このとき、私は海さえも失ったのである。
>
> （「望郷と海」）

待望されていたものが実現した喜びとはうらはらの、不思議な虚脱感。だが、それ以上のものがここには読み取れるような気がする。詩人へと歩み出した石原吉郎の、これは最初の重大なターニングポイントではないだろうか。すでに私は、「耳鳴りのうた」を引きながら、「ありえないことだ、あれほど自分を痛めつけたラーゲリを、存在の極限を、自分の真に帰り着くところであるかのように想い描くということは」と書いたが、このような未来を石原は早くも予感していたということになる。想像力の力学としていえば、ヤポンスコエ・モーレからただの「無限の水のあつまり」へのこの海の変容、いや海の喪失によって、逆にシベリアが、いま背後にしているはずのシベリアが、あたかも前方に、これからも自己をあらしめつづける存在の基底のように浮上しつつあるのであり、ひいてはそこに、詩人石原吉郎の誕生が可能にもなったのである。

極限は私たちにも訪れうる

「葬式列車」に戻ろう。「葬式列車」とは、直接には、シベリアの強制収容所に虜囚を送り込む移送列車そのものである。作者石原吉郎はその虜囚のひとりであった。この詩はそういう特異な体験にもとづいて書かれている。あくまでも幻想的なタッチで、虚構としての処理がなされてはいるが、それでも、シベリア虜囚の経験がなければ、つまり石原吉郎でなければ書けなかった作品である。そこにおいて詩人の経験の単独性と特異性はきわだっている。

しかしそれだけではない。そこに書かれているのはたしかにひとつの極限であるとしても、その極限は私たちと無縁ではない。たとえば病院だ。誰でも病院に行けば、そして入院でもすればなおのこと、多少ともこの「葬式列車」の乗客のような気分にならないだろうか。

じっさい私も、一昨年入院を経験して、自分の身体がただ体温や脈や血圧や尿量といった徴候の集まりに還元されてしまったかのように感じたが、夜、眠れないままにさらに横になりつづけていると、まるで下りエレベーターに乗ったときのように、徴候としての身体は、私の意識を置き去りにしてどんどん沈みつづけ、ついに夜の底、いや底なき底にふれたような気がした。そうか、これがレヴィナスのいう「夜の経験」、労働収容所で啓示のように彼にもたらされたという、「私が存在する」のとはちがうべつのもっと恐ろしいあの非人称的な「ある（イリヤ il y a）」の経験なのかと、ふたたびベッドのレベルまで浮上して私は思った。同時にそして、石原吉郎の「葬式列車」が、はじめて読んだときのような鮮烈さで思い出されてきたのである。

さらに、私たちが生きているこの社会、多少の自由はあるらしいが、それと引き換えに容認するにはあんまりな、洗練された隷属のシステム、それを誇張的に「葬式列車」と呼んでいけないわけがあろうか。あるいは「葬式列車」を、さきに引き合いに出したタイタニック号のたとえに重ねてもよい。破局に向かっているとしか思えない現今の社会経済システムは、私たちの「やりきれない遠い未来」そのものであろうし、「誰が機関車にいるのだ」とはつまり、誰がこのようなシステムを動かしているのか、誰が私たちを支配し統御しているのか、という問いにも通じてゆく。

厄介なのは、私たち自身においてさえ支配と被支配の、管理と被管理の関係が、ストライプ模様のようにうねり、錯綜していて、いずれか一方だけを取り出すのがむずかしいということだ。まさにミシェル・フーコーが、そしてジョルジョ・アガンベンがいうところの、生権力、生政治にも通じてゆくようなこうした状況をさして、繰り返すが、「葬式列車」と呼んでいけないわけがあろうか。

いずれにもせよこうして、極限は私たちにも訪れうるものとなる。あるいはすくなくとも、誰でも単独性と特異性を担いうるということの、この詩は恐るべき黙示となる。石原吉郎を読むとは、そういうことではないだろうか。

しかしまた、「葬式列車」には、そこはかとないユーモアも感じられる。それはとくに、「もう尻のあたりがすきとおって／消えかけている奴さえいる」とか、「たくさんの亡霊がひょっと／食う手をやすめる」というあたりである。いや、「葬式列車」だけではない。石原のとくに前半期の詩を読んでいると、しばしば、これに似た不思議なユーモアの浸透をおぼえることがある。深刻な主題を扱っているときでさえ——いや、石原作品はたいてい深刻であるわけだが——そうなのだ。「人生のリアリティというものは、結局ユーモアでしか理解できないということなのだ」と石原自身、「一九五六年から一九五八年までのノートから」に記している。存在の極限というものは、往々にして、ユーモアを通してのみ、かろうじて表現のレベルに達しうるのかもしれない。石原吉郎を読むとは、ユーモアの存在論について思いをめぐらすことでもあるのだ。

詩の悦びへ

だが、なお不思議が存在している。石原吉郎を読んで、私たちは、すくなくとも私は、戦慄や恐怖やユーモアだけではなく、まぎれもない悦びをも感じてしまうのである。考えてみれば、ツェランのときもそうだった。あれだけの悲劇的なイメージを伝える言葉、しかもドイツ語からの翻訳にすぎない言葉にふれて、私は同時に、官能的ともいえるような悦びに打ち震えていたのである。飯吉光夫訳による遺稿詩集『迫る光』、それこそ私が最初に読んだツェランだったが、その冒頭の一篇から引こう。

かれにまたがって夜はすすんだ、かれはふたたび我に返っていた、
孤児の衣が旗だった、

もう迷走はない、
かれにまたがってまっしぐらに駈ける——
それは、それは、イボタの林にオレンジがみのっているようだった、
この駈け行くものの身には何ひとつまとわれていないようだった、
その
母斑のある、
神秘のまだらのちりばめられた、
生まれながらの
皮膚
のほかには。

（「かれにまたがって夜はすすんだ」）

「かれにまたがって夜はすすんだ」——夜が書かれ、しかも夜が動作主の位置に置かれていると

いうこの主客の逆転は、石原吉郎の第一詩集『サンチョ・パンサの帰郷』の表題作の冒頭「安堵の灯を無数につみかさねて／夜が故郷をむかえる」を思わせる。

それにしても、解釈が問題ではなかった。それよりなによりツェランの詩のこのリズム、このイメージに、私はすっかり引き込まれた。いったいこれはどういう感受のメカニズムになっているのだろうか。詩によって極限が啓示されるということは、ハイデガー流にいえば――そう、レヴィナスが批判したハイデガーを今度は持ち出すなら――「非隠蔽」としての真理の、あるいは存在の「明け開け」の悦びではないだろうか。私の理解したかぎりで言うのだが、ハイデガーによれば、非隠蔽としての真理は、しかし隠喩的に、つまり隠しつつあらわすというふうにしか言語化できない。ハイデガーはそこに詩の力を認めた。詩にだけできる仕事とさえしたのである。

石原吉郎は、まさにその隠喩を主たる方法とした。「荒地」派もまた隠喩をみずからの詩意識の核心に据えており、そういう意味では、石原も「荒地」派と同世代であることの身分証明を果たしているといえる。ただ、その隠喩たるや、尋常ではない。この詩人を世に出したプロデューサーといってよい思潮社代表小田久郎の言葉を借りるなら、「奇想天外」なのだ。あるいは、『現代詩文庫2　石原吉郎詩集』裏表紙の山本太郎の推薦文から引けば、禅の「スリリングな公案」にもひとしい。いずれにせよ、石原のとくにその初期の詩は、一見、何をたとえているのかわからない隠喩の連続から成り、それがかえって読者の想像力を刺激するようなところがある。たとえば、すでに引き合いに出したが、「おれが忘れて来た男は／たとえば耳鳴りが好きだ／耳鳴りのなかの　たとえば／小さな岬が好きだ」（「耳鳴りのうた」）という言葉の運び、あるいは、「真夜中の大地を掘りかえして／夜明けは　だれの／ぶどうのひとふさだ」（「酒がのみたい夜」）というような展開。もともと隠喩は謎の提示ではあるけれど、石原作品の場合は、さらに謎が謎として深まるような事態になって、それは言語の足元に深淵をひらき、眩暈《めまい》の体験をもたらすほどなのである。
あるいは、こんな詩はどうだろう。第四詩集『水準原点』に所収の「いちごつぶしのうた」——

いちごつぶしておくれ
つぶせるいちご
みんなつぶしておくれ
しもやけのような
さむい夕焼けへ
みんなそっくり
つぶしこんでおくれ
しゃっくり出ても
つぶしておくれ
泣いても
じだんだふんでも
いちごつぶしておくれ
ジャムのように夕焼けを

背なかいっぱい
ぬりたくられ
おこってどこかへ
いってしまうまえに
いちごつぶしておくれ
いちご
つぶしておいておくれ

これといって目立つ隠喩も使われていないし、鮮やかなイメージの提示もないけれど、詩のもつインパクトは半端なものではない。それは「いちごつぶしておくれ」というパフォーマティヴな発話がもつ力である。いちごをつぶすことが何らかの隠喩でもあるのはまちがいないが、それでも何の隠喩であるのかを言うのはむずかしい。にもかかわらず、何かやけくそ気味な、暴力的な、すべてを渾沌に帰してしまうかのような、究極のアナーキーがそこには感じられる。表現自体が生の極限にふれ、ユーモアとして噴出している、そんな印象を抱かせる隠喩なのであり、そこから比類のないインパクトが来るのだ。

確認しておこう。隠しつつあらわし、あらわしつつ隠すこと、それが詩の行為であり、そしてそのことに私たちは、すくなくとも私は、眩暈にも似た悦びを覚えるのである。

石原吉郎を語って、詩を分有する悦びにまで達したい。これにはまたべつの批判的意味もある。

石原論の書き手の多くは、石原吉郎という単独者の経験の意味を引き出そうとして、彼が書いたエッセイを参照する。それも大切なことだろう。証言としてそれらは直接的だし、衝撃的である。またしばしば難解な詩の背景を語ってわかりやすいし、要するに、とっつきやすい。それらを読めば、何かこの詩人から貴重なメッセージを伝えられたような気がする。時代の証人としての石原吉郎なら、それでもよいかもしれない。

だが、何よりもまず石原は詩人なのである。詩人は詩を書く。詩はそして芸術である。意味よりも何よりも、表現、すなわち美であろうとする。言い換えるなら、表現と意味とはそこにおいてべつのものとしてあるわけではない。緊密に結ばれ、一体となっている。本書は石原の詩を中心に話をすすめてゆくが、痛苦の経験が美になる瞬間をとらえなければ、そうして美としての詩を読む悦びにまで至らなければ、真に石原吉郎を読んだことにはならないと考える。

証言と抒情

意味と表現、あるいは証言と抒情。これが石原吉郎の詩について何か考えるときの究極の二項となるだろう。じっさい、石原吉郎とは、証言と抒情をめぐって展開される比類のないひとつのドラマである。アプローチを締めくくるにあたって、このドラマの追跡を試みてみよう。

証言と抒情。すでにふれたように、ラーゲリ体験のような場合はそれを容易には語りたがらないという心性も生まれようが、純粋に言説レベルの問題として言うなら、一般に証言ならばすぐさまでも可能であり、むしろ時間による忘却や風化をおそれて、なるべく記憶のなまなましいうちにそれはなされようとするだろう。だが、詩は証言ではない。詩人はすべからく、経験をいったん内的に沈めて、そこからふたたび浮かび上がってくる言葉をこそ書き取らねばならないのである。詩はいわば、もっとも深められた証言としての抒情であり、もっともなまなましく開かれた抒情としての証言なのだ。

石原吉郎の場合もその例外ではないが、そのうえで、証言と抒情の関係はことのほかねじれている。ふつう考えられるように、証言があって、抒情がそれにつづいたというのではないのだ。まず証言の不在があって、あるいは沈黙のままの証言があって、それから抒情が、いきなり深められた証言としての抒情が結晶してきた。詩人としてはそれで十分であったのかもしれない。

なぜ証言は抒情としていきなり深められたのか。それは、詩人石原吉郎はどのようにして生まれたか、と問うことにひとしい。詩人としての天性の資質があったにしても、そして決定的な実存的契機としてシベリアでの収容所体験があったにしても、もうひとつ、帰国後の石原を襲った戦後社会との違和やそこからの疎外感が、詩作を始める大きなきっかけになったことは否めない。帰国してしばらくは、石原は言葉を取り戻した喜びにふるえる。バム地帯の過酷なラーゲリでは、人間性を喪失し希望を失ったあまり、失語の状態に陥ったのだったが、その失語から饒舌へ、めくるめくような変転に身を任せる。しかしやがて、自分の発した言葉が相手に通じないという現実にも直面してしまう。石原自身、「沈黙するための言葉」というエッセイのなかでつぎのように述べている。

日本に帰って来た直後は、たくさんのものが自分の内部にうっ積して、凝縮した状態にあったわけです。それを散文的な形、あるいは日常のことばの次元でとき放つことができなかったわけですね。それは、実際に人に話してみてわかったことですけれど、殆ど理解してもらえない。ということが、別の切迫したことばの次元、詩という形式を選ばせたということに、強いて説明すればなるかもしれません。

言いたいことを相手に伝えたいまさにその局面で、伝達不可能性という言葉のもうひとつの恐るべき可能性を、はからずも思い知らされてしまったのだ。石原は口をつぐむ。いわば第二の失語である。それならいっそ、そもそもが伝達不可能性をベースにしているらしい詩でも書いてみようか。というよりむしろ、自分にはもう詩という表現手段しか、残されていないのではあるまいか。そう思ったとしても不思議はないだろう。詩とは怒りであるが、ふつうの言語では伝わらない怒りであり、伝達不可能な詩の言語に乗せるしかない怒りなのである。

このようにして、石原吉郎は帰国後ほどなくして詩を書き始め、やがてそれらは一冊の詩集『サンチョ・パンサの帰郷』としてまとめられる。ついで、第二詩集『いちまいの上衣のうた』(じっさいには単独の詩集として刊行されることはなく、『石原吉郎詩集』に組み込まれた)、詩篇と評論の『日常への強制』(第三詩集『斧の思想』を含む)などが刊行されてゆく。そこには、もっとも深められた証言としての抒情が、あるいはもっともなまなましく開かれた抒情としての証言が、たとえば「葬式列車」や「位置」のように、あるいはつぎに引く「条件」という詩のように、見事に息づいている。

条件を出す　蝙蝠の耳から
落日の噴水まで
条件によって
おれたちは起き伏しし
条件によって
一挙に掃蕩されるが
最も苛酷な条件は
なおひとつあり　そして
ひとつあるだけだ
おれに求めて得られぬもの
鼻のような耳
手のような足
条件のなかであつく
息づいているこの日と
さらにそのつぎの日のために
だから　おれたちは

立ちどまるのだ
血のように　不意に
頬と空とへのぼってくる
あついかがやいたものへ
懸命にかたむきながら

ところが、こうした抒情を追認するようなかたちで、あるいは詩の謎を詩人みずからが種明かしするように、最後にようやく正真正銘の証言が、堰を切ったようにあふれてきたのである。

だがその証言の意味を問うまえに、石原吉郎の作品史にあって異彩を放っている「ノート」の存在についてふれておこうと思う。「ノート」は、「一九五六年から一九五八年までのノートから」「一九五九年から一九六二年までのノートから」および「一九六三年以後のノートから」の三部から成る。一種の「内面の日記」でありアフォリズムであるが、それらは時系列的にも内容的にも、詩とエッセイの、抒情と証言の中間に位置している。石原のエクリチュールは、抒情から始まり、アフォリズムを経て証言に至ったとみてもよいのだ。そしてこのアフォリズム自体がなかなかのものなのである。日本でアフォリズムを書いた詩人というと、なんといっても萩原朔太郎であり、『新しき欲情』を皮切りに、生涯に四冊ものアフォリズム集をものしているが、その朔太郎以来の収穫といっても過言ではないくらいだ。以下にそのいくつかを紹介しておく。

不安を忘れている時こそ、最も不安な時である。むしろ不安を見すえている時の方が、かすかなやすらぎがある。

この、無意味な世界を生きるに値するものとするということは、無意味を意味におきかえることではない。無意味とたたかいつづけることである。

ほんとうの悲しみは、それが悲しみであるにもかかわらず、僕らにひとつの力を与える。僕らがひとつの意志をもって、ひとつの悲しみをはげしく悲しむとき、悲しみは僕に不思議なよろこびを与える。人生とはそうでなくてはならないものだ。

脱出するものにとっては、脱出して行く〈方向〉は問題ではない。彼の重大な関心は、彼の背後であって、彼の前方ではない。

（障壁についてはどうか。障壁はつねに前方にある）。

このように石原吉郎がアフォリズムの名手であったということは、もっと強調されてもよいのではないだろうか。それだけではない。これらのアフォリズムはやがて、一方で晩期の詩、『北條』や『足利』や『満月をしも』をも用意したといってよく、じっさい、それらの詩集に収められた詩の多くは、いわば行分けされたアフォリズムとしかいいようのないたたずまいをみせている。

そしてまた一方で、これらの「ノート」の偶発的な発表は、漏れ出た最初の水のように、シベリア抑留の体験を精力的に語り出す契機ともなったのである。

「外科手術」

そこで、石原における証言の問題に移ろう。ふたたび「年譜」を参照するなら、ラーゲリ体験を語った石原のエッセイ、「確認されない死のなかで」や「ある〈共生〉の経験から」が発表されるのは、ようやく一九六九年になってからのことにすぎない。さきに述べておいた証言と抒情のねじれというのは、そういう意味である。

以後、そうしたエッセイをまとめた数冊の評論集——というか、まさに「証言集」——が相次いで刊行され、詩よりもわかりやすい分、多くの読者がそれを読んで衝撃を受け、また詩壇や思想界の一部に、石原吉郎ブームのようなものも形成されたのである。

石原はそうしたエッセイ執筆をみずからすすんで行なったのであろうか。奇妙な問いと思われるかもしれないが、そう訝りたい気になる。石原自身、『望郷と海』での歴程賞受賞に際してのスピーチでこう述べている——「私自身、このような手記を書くことになろうとは、思ってもいなかったわけです。(……)私自身は、詩を書くことによって、体験そのものを自分のなかへ密閉するという態度でやって来たわけなのですが、ある時期に、これらの記憶を、なんらかのかたちで整理しないと、詩そのものが書けなくなりそうな気がして、仕方なしに体験そのものに向き直ったわけで、決してよろこばしい仕事であったわけではありません」。

ここにはひとつの背理があるように思える。べつのエッセイ(「詩と信仰と断念と」)で石原は、

ところが、詩の方は、帰った翌年からすぐ書き出した。帰った翌年というのは、私にとって完全に混乱状態で、なんの整理もできていない。いわば一種の失語状態のなかで、自分自身を他へ伝達するための手段というものを全く持てなかった時期なのですが、そういう時期に詩が書けたということ、しかも私の作品のなかのかなり重要な部分がその時期に書かれたということは、私にとっては大へん大きな意味をもっております。つまり私にとっては、詩とは、「混乱を混乱のままで」受けとめることのできる、ほとんど唯一の表現形式であったわけです。

とも述べているからである。「混乱を混乱のままで」受けとめるのが詩であって、なまじそれを「なんらかのかたちで整理」してしまったら、かえって詩が書けなくなるのではないか。裏を返せば、「混乱を混乱のままで」受けとめるような詩は、もう書けなくなっていた、つまり詩想の枯渇ということも、エッセイ執筆の背景としてあったかもしれない。あるいは、多少ともメディアや読者によって強いられた結果、エッセイを量産するという流れになってしまったのであろうか。

もちろん、だからといってそれらのエッセイの価値が減じるわけではない。文章の質も高く、とくに「沈黙と失語」「ペシミストの勇気について」などは、証言としてのみならず、思想的文書としても第一級のものであると思う。あだやおろそかにはできないのだが、問題はそれらの執筆が作

者自身に及ぼした反作用である。

すこし誇張していえば、ある意味でそれは致命的であった。なぜなら、いまさらのようになまなましい証言を余儀なくされたそのとき、石原の精神の変調もまた本格化したといってよいからだ。以下は前出畑谷の書からの引用であるが、このようなエピソードは、この詩人にとってエッセイ執筆がいかにエネルギーと苦痛とを強いるものであったかを物語っていよう。「粕谷さん（粕谷栄市のこと——引用者注）が家に行くと、石原の足が、まめがつぶれて血だらけになっていることがあった。歩きながら文章を考える石原は、エッセーを書くために、時に一日三〇キロ以上も歩き回った。詩人の小柳玲子さんは、石原から「（執筆中に）いたたまれなくて、夜中に墓地へ行って、墓石に頭をぶつけていた」と聞いたことがある」。

また、全集所載の「年譜」の一九七二年の項には、「数年前より続いた抑留体験に関するエッセーは詩人の散文による仕事の中心になるものであるが、同時にこの仕事は極度な神経の緊張を強いるものであった。執筆中幾度も精神的不安に襲われ、飲酒量の増す原因にもなった」とある。

この「精神的不安」には、精神医学でいうフラッシュバックのような現象もあったのではないだろうか。石原は清水昶との対談「儀式と断念をめぐって」のなかで、つぎのように語っている。

ただ、よく誤解されるんですが、強制収容所で徹底的に精神的に鍛えられた人間のようにみられると困っちゃうんだね。というのは、あの中で人間は現実に精神的な病気に罹っているわけですよ。『夜と霧』を訳した人（霜山徳爾）の書いたものの中にヨーロッパの精神病理学会で常に取り上げられるテーマで、強制収容所後遺症候群というのがあるんですね。（……）そういう苦しみがぼくになんかまるっきりないように感じられちゃうんだね。今になってそういう徴候によく気がつく。たとえば旅行をするような時に、すごく不安になるんです。出発する時に。特に駅で汽車に乗る直前、ものすごく不安になる。どうしても落着けない。たぶんそれは、シベリアを転々と送られた後遺症だろうと思うんです。

「今になってそういう徴候によく気がつく」という箇所に注目すべきだろう。この対談が行なわれたのは、一九七五年、エッセイ執筆で「極度な神経の緊張」を強いられてから数年後のことである。

以上要するに、抒情に変容することでかろうじて癒合していた傷口が、証言によってふたたびひらいてしまったともいえるのではないか。すでにふれたように、石原はかつて、詩を定義して、「「書くまい」とする衝動」と述べることができていた。

ただ私には、私なりの答えがある。詩は、「書くまい」とする衝動なのだと。このいいかたは唐突であるかもしれない。だが、この衝動が私を駆って、詩におもむかせたことは事実である。詩における言葉はいわば沈黙を語るためのことば、「沈黙するための」ことばであるといっていい。もっとも耐えがたいものを語ろうとする衝動が、このような不幸な機能を、ことばに課したと考えることができる。いわば失語の一歩手前でふみとどまろうとする意志が、詩の全体をささえるのである。（「詩の定義」）

自らに課していたこのような沈黙と言語のバランス、つまり言うなれば沈黙するために書くという石原固有の撞着語法的な詩作のスタンスが、ある時期を境に、証言という名の、あえて言うなら饒舌にも近い言説のあふれによって崩れてしまったのである。

前出の細見和之を援用しよう。細見はシベリア体験と詩とのいったんの切り離しを主張するが、すかさず、詩における言葉の自律的な運動性と実存的リアリティとの関係を、視覚的比喩を使って、「厚い板のうえで石原はあくまで言葉の内在的な展開として詩を書いていたが、その板の下ではシベリア体験が強い磁力を発していた」と言い表し、石原のエッセイ執筆の本質をこんなふうに浮かび上がらせる――「一連のシベリア・エッセイを書くということは、言葉が載せられていた厚い板を自ら打ち壊し、シニフィアンとシニフィエの一体化した作品から、明確なシニフィエを半ば外科手術的に取り出すことにほかならなかった……」。細見はここで、シニフィアン／シニフィエというソシュール言語学的な概念を拡大的に、つまり表現と内容というほどの意味で使用していると思われるが、それにしても、「外科手術」なのだ、不安や苦痛やその他もろもろのストレスをともなうのがあたりまえだろう。

ただ一度の潮

ちなみに、石原作品において抒情が証言からもっとも乖離している例は、「その朝サマルカンドでは」という詩であろう。第一詩集『サンチョ・パンサの帰郷』の九番目、「葬式列車」のつぎのつぎに置かれ、直前の「デメトリアーデは死んだが」とともに、シベリアでのラーゲリ体験がはじめてそれとして語り出される、いわば記念碑的な詩である。初出は一九五七年。

火つけ
いんばい
ひとごろし　いちばん
かぞえやすい方から
かぞえて行って
ちょうど　五十八ばんめに
その条項がある
〈ソビエット国家への反逆〉
そこまで来れば
あとは　確率と
乱数表のもんだいだ
サマルカンドでは　その朝
地震があったというが

アルマ・アタでは　りんご園に
かり出された十五人が
りんご園からよびかえされて
じょう談のように署名を終えた
起訴されたのは十三人
あとの二人は　証人だ
（……）
まったくのはなし　サマルカンドでは
その朝　地震があったのだし
アルマ・アタの町からは
十五人の若者《シノク》が
消えたのだ！

突然に起訴されたこの一五人のうちに、おそらく石原も含まれていたのであろうが、テクスト表層にとどまるかぎりそうは読めない。事情を知らない読者には、むしろ話者にとって他人事のような、こういってよければ牧歌的な悲劇が喚起されているようにすら思えるのではないだろうか。ある意味、石原は出来事を隠しすぎるほど隠しているのだ。これがのちのエッセイ「望郷と海」では以下のようになる。

一九四九年二月、私はロシヤ共和国刑法五十八条六項によって起訴され、二カ月後判決を受けた。起訴と判決を含む前後の経緯は、ほぼ次の通りである。一九四八年夏、私たちは抑留者南カザフスタンのアルマ・アタから北カザフスタンのカラガンダへ移され、同市郊外の一般捕虜収容所へ収容された。その直後から、目的不明の取調べが始まり、十四、五人程度の規模で、つぎつぎに収容所から姿を消して行った。

このあと、判決が言い渡されたときの囚人たちの動揺については、自分のこととしてつぎのように書かれている。

つづいて日本語で判決が読みあげられたとき、私たちのあいだに起った混乱と恐慌状態は、予想もしない異様なものであった。判決を終って〈溜り〉へ移されたとき、期せずして私たちのあいだから、悲鳴とも怒号ともつかぬ喚声がわきあがった。私は頭から汗でびっしょりになっていた。監視兵が走り寄る音が聞こえ、怒気を含んだ顔がのぞいたが、「二十五年だ」というと、だまってドアを閉めた。

抒情と証言とのへだたりがあらわではないだろうか。証言は事実確認的な言説である。これに対して抒情は、詩的言語によって表現を先行させ、表現が現実を可変相に置くというような、つまりパフォーマティヴなものである。

それが沈黙するために書くということだ。そのためには、隠しつつあらわし、あらわしつつ隠すメタファーに頼らざるを得ない。というよりむしろ、メタファーがなにものにも代え難い力となる。「その朝サマルカンドでは」にメタファーの使用は顕著ではないが、サマルカンドの地震が出来事の一種の置き換えのようにはたらいて、半ばメタファーの役割を果たしているといえる。

ところが、ふつう証言はメタファーを許さない。より直接的に事実と向き合うことを要求する。そのとき石原に、証言する主体と証言される内容との引き裂かれが、よりリアルに、より痛苦として感じられたのではあるまいか。証言する主体といえども、事実のすべてを証言できるわけではない。石原の場合も、とりわけ彼自身にかかわる部分に関しては、証言を控えているはずである。アウシュヴィッツ体験を語ったフランクルの『夜と霧』のなかの、「すなわち最もよき人びとは帰っては来なかった」という有名な言葉は、石原もエッセイ中に何度か引用しているが、しかし彼は、なぜ自分がその「最もよき人びと」から漏れることができたのかについては述べていない。あけすけにいうなら、生き延びるために行なったであろう自分の恥ずべき行為については、これを証言から除外している。あるいは、かろうじて恥ずべき行為を語ることがあっても、そのときはすべて主語を「われわれ」もしくは「囚人たち」にして語る。

思うに、証人とは自分が目撃した光景を証言するのであって、ひとは誰も自分の証人になることはできないのかもしれない。いや、「最もよき人びと」すなわち死者の代わりに証言するにしても、ついに死者そのものの立場に立つことはできない。いずれにしても、こうして、言える事実と言えない事実とがメタファーのうちに統合されず、後者のほうは剝き出しのまま、証言する主体の内部に、いわば負債として積み上げられてゆく。

そのことに石原は、胸をかきむしられたのではないか。墓石に頭をぶつけるほど、悩み苦しんだのではないか。おそらく、詩へと戻ってゆく必要があったのだろう。だが、もう遅い。沈黙するために書くというあの輝かしい詩的エクリチュールの当為は、石原にただ一度の潮のように与えられただけだったのである。

痛ましい結末だが、石原吉郎から私たちへというフェーズも、その「ただ一度の潮」の引き受けのほうからこそあらわれてくるように思われる。ここまで抒情と対立させてきた証言という問題も、実はそんなに単純ではない。もう一度その「ただ一度の潮」との関係において考え直す必要があるかもしれない。第Ⅲ部で私は、前述したように、ジョルジョ・アガンベンを参照するつもりでいるが、そのとき、証言と抒情とのかかわりはいっそう深められるだろう。証言と詩とはべつものではなく、むしろ証言が詩をささえる基底としてはたらくことが示されるだろう。

最後に、ルネ・シャールのアフォリズムを引いて結びの言葉としたい。シャールは、対独レジスタンスの戦いのさなか、『眠りの神の手帖』という作品を書き、これもまた証言と抒情との稀有な融合を果たしているのだが、その終わりにこう書き留めたのだ――

われわれの暗闇に、美のための場所はない。場所の全体が美のためのものなのだ。

ここでは詳しく述べないが、後期の石原は、いわゆる「日本的美意識」なるものへの傾きによって、「場所の全体」を「美のための場所」に縮減してしまったきらいがある。

ともあれ、「美」を詩に言い換えるなら、「われわれの暗闇」には、わざわざ詩のために用意された場所などない。そうではなく、場所の全体を引き受けて、まるごとそれが詩の生起しうる場となるようにしなければならないのである。ポエジーの復権という意味もそこにある。それは石原吉郎の倒れた地点に立ち、あらたな言葉の可能性へと、石原吉郎そのものをも超えてゆくということでもあるだろう。

Ⅱ　変奏　六つの旋律

存在

レヴィナスと石原吉郎

存在といえばハイデガーであろうが、石原吉郎の散文に一カ所だけ、この二十世紀最大の哲学者に言及している箇所がある。「一九五六年から一九五八年までのノートから」の一断章だ。

人間は死への存在であるというハイデッガーの規定は、よく納得できる言葉であるが、この言葉が私にとってリアルなひびきを持たないのはなぜだろう。

「死への存在」をもうすこしハイデガー『存在と時間』（細谷貞雄訳）下巻の第二篇「現存在と時間性」第一章「現存在の可能的な全体存在と、死へ臨む存在」にそくしていえば、死とは、「ひとごとでない、係累のない、追い越すことのできない可能性」であって、この可能性をあくまでも可能性のままに自分にもっとも固有の可能性として担うことを、ハイデガーは「死へと先駆する覚悟性」と呼ぶ。思い切りくだいていえば、死という絶対の可能性から逃れられない以上、そこから逆算するように、生き生きと危機的に生きることが肝要で、だらだらと無自覚に日常を送るべきではないということなのだが、そのためには、各自の在り方にそういう反省を促す契機としての「現存在の日常性」というものが前提となる。ところが、石原の人生を決定づけたシベリアの強制収容所において、そのような日常そのものが奪われていたとしたらどうだろう。ふつうでいう非日常が日常であるという、いわば日常の倒錯した極性があらわれていたとしたらどうだろう。そのようなところでは、たしかに「死へと先駆する覚悟性」もリアルな響きをもたないのではないか。

ところで、ハイデガーをもっとも根底的に批判した哲学者といえば、エマニュエル・レヴィナスであろう。石原がハイデガーの言葉をリアルに受け取れないとすれば、逆にレヴィナスなら、この詩人と響き合うかもしれない。

じっさい、あれはいつのことだったろうか、レヴィナスの『実存から実存者へ』(西谷修訳)を読みながら、これはそのまま石原吉郎の世界ではないか、と直感的に思ったのは。あるいは、順序は逆だったかもしれない。石原吉郎の詩やエッセイを読みながら、これはそのままレヴィナスの世界ではないか、と思ったのかもしれない。いずれにしても私は、戦後の現代詩をめぐるある討議で、つぎのように発言することができたのである。「これはまったくの思いつきなんですが、最近『ショアー』という映画が上映されて、またアウシュヴィッツというものが問題化されているわけです。そこで戦後詩の中核的部分が存在を問う詩の行為であるとしたら、石原吉郎の場合はレヴィナス的に、存在ではなくて「存在から存在者」へという問いのシフトを実践したのではないでしょうか。

あるいは、「イリヤ」の告発。誰でもない生存として「存在」の無限に呑み込まれる状況の告発ですね。ただし、日本的な、ミニマルな表現のかたちを取ってではありますけど」（『討議戦後詩』)。

「告発」という言葉が石原吉郎にふさわしくないことは、第Ⅰ部ですでに述べた。よく言われるように、石原は「告発しない人」だったのだ。人々はその姿勢をめぐって、なぜ告発しなかったのかを問い、そこに彼の単独者としての独特の倫理をみて、それを評価したり、批判したりしてきた。それも重要なことだったろう。だがいまや、私たちにとっての石原は、告発なき告発というかたちで、存在の極限にふれた者の実存というものを、ある強烈なリアリティをもって伝えている。

もちろん、石原はレヴィナスを読んでいない。このユダヤ系哲学者の著作が日本に紹介されるようになったのは、ようやく一九八〇年代になってからである。石原に影響を与えた哲学者ということでは、彼自身ノートに記しているように、何よりもキルケゴールであり、哲学者以外に輪を広げれば、そのキルケゴールに影響を受けたキリスト教神学者カール・バルト（この神学者については「信仰」の章で詳しく取り上げる）や、緊迫した物語空間に神と人間の問題を投影したドストエフスキーの名も挙げなければならないだろう。たとえば、キルケゴールの『死に至る病』（斎藤信治訳）には、絶望についてのつぎのような記述が読まれる。

死が最大の危険であるとき、人は生を希う。彼が更に怖るべき危険を学び知るにいたるとき、彼は死を希う。死が希望の対象となる程に危険が増大した場合、絶望とは死にうるという希望さえも失われているそのことである。

この思考の道筋などは、シベリア抑留を語った石原のエッセイの随所に影を落としているといえよう。しかしここでは、もっぱらレヴィナスとの偶然の暗合を手引きに、石原吉郎と存在という問題を立ててみたい。なお、以下に試みるレヴィナスの哲学の祖述は、訳者西谷修の解説を大いにふまえていることを書き添えておく。

存在の極限あるいは「イリヤ」

レヴィナスの『実存から実存者へ』の主旨は、そのタイトルに端的にあらわされている。彼がつねに批判的参照項としたハイデガーは、いわゆる「存在論的差異」を主張し、存在者の存在と存在そのものを区別して、後者の優位のうえに立とうとする。しかし存在なるものはただ問われることによってのみ近接が可能であるから、つまりは存在者から存在へという方向で現存在（＝人間）の「本来性」がはかられてゆく。それに対してレヴィナスは、「存在論的差異」はふまえつつも、問われるまでもなく存在は現出しうると考える。それは存在者の存在者性が失われた事態、いわば存在が存在として剝き出しになった事態であり、むしろそこから存在者がどのようにふたたび誕生してくるのかをレヴィナスは問題にする。つまりその哲学の方向は、ハイデガーとは逆に、「存在から存在者へ」である。

剝き出しになった存在とはどういうものか。それは「存在する」ということだけが浮かび上がってその主体あるいは主語がないという状態であり、つまり非人称的になった存在の状態である。レヴィナスはそれを、「……がある」を意味するフランス語の非人称表現そのままに、「il y a（イリヤ）」と呼ぶ。

『実存から実存者へ』の「実存者なき実存」（なぜレヴィナスが「存在」ではなく「実存」という用語をえらんだのかについてここではふれないが、一般的に「実存」といえば、具体的個別的に存在することを意味する）の章に書かれたそのレヴィナスの文章を、やや長いが、想い起こしておこう。一度読んだら忘れられないほど強いインパクトを与える一節である。

> 事物の形が夜の中に解け去るとき、一個の対象でもなく対象の質でもない夜の暗がりが、ひとつの現前のようにあたり一面に広がる。夜の中で私たちはこの暗がりに釘づけにされ、もはや何ものにも関わっていない。しかし「何も……ない」というこの無は、純粋な虚無の無ではない。これやあれはもはやなく、「何か」はないのだ。だがこの遍き不在は、翻ってひとつの現前、絶対に避けることのできないひとつの現前なのである。この現前は、弁証法的に不在の対をなすものではなく、思考によって捉えられるものではない。それはじかに無媒介にそこにある。言説はない。私たちに答えるものは何もないが、この沈黙、この沈黙の声が聞こえ、パスカルの語る「この無限の空間の沈黙」のように私たちを脅かす。〈ある〉一般、何があるのかはどうでもよい。雨が降る（il pleut）とか暑い（il fait chaud）というのと同じように非人称の〈ある（il y a）〉というこの表現に、実詞を結びつけることはできない。〈ある〉は本質的な

無名性だ。精神はこのとき、把握された外部に向き合っているのではない。外部――この表現にこだわるなら――は、内部とは何の連関もないままにある。それはもはや与えられたものではない。もはや世界ではない。自我と呼ばれるものそれ自体が、夜に沈み、夜によって浸蝕され、人称性を失い、窒息している。いっさいの事物の消滅と自我の消滅は、消滅しえないものへと、存在という事実そのものへと立ち戻らせる。この事実に、〈ひと〉はいやおうなしに、いかなる自発性もなしに、無名のものとして融即するのだ。存在は、誰に属するということもないが普遍的で、存在を斥ける否定がいかに累乗されようとその都度否定のただなかに回帰する力の場のごときもの、重苦しい気配のようなものとしてあり続ける。

フランス語を解さない人のために、il y a という表現について補足しておくと、il y a はあとに不定冠詞つきの名詞をともなって、「……がある」を意味する提示表現。Il y a un livre sur la table で「机の上に一冊の本がある」。つまり英語の there is にあたるが、非人称主語 il を使うところと、il y a の a が be 動詞ではなく have 動詞であるところがちがう。その意味では、ドイツ語の es gibt (es もまた非人称主語) に近い。どちらも何かの存在を提示する表現でありながら、「存在する (sein または être)」という動詞を使わない点で共通しているのだが、しかし同時に、用いられている動詞がドイツ語では「与える」なのにフランス語では「持つ」であるところが、なんとも意味深い。それはそのまま、たとえばハイデガーとレヴィナスにおける存在の捉え方のちがいに直結していくように思われるからである。たとえば「一冊の本がある」と言うとき、ハイデガーならば、大地から世界へと深遠な――それゆえ非人称的な――存在そのもののはたらきによって、存在者としての「一冊の本」が、それこそ恵みのように「与えられる」という感じであろう。これに対してレヴィナスにおいては、「一冊の本」はそのような存在者であるまえに、不気味にも非人称的な何者か――神？ 誰でもない者？――によって「所有されている」というニュアンスなのである。

「イリヤ」は対象化して語れるような事態ではないが、それを生きてしまうということはありうる。つまり「イリヤ」は体験されうる。主体ではない誰かが、それでもその誰かとして、あるいは誰でもない「ひと」として、その非人称性に呑み込まれるというかたちで体験されうるのである。そのとき「ひと」は主体なき受動性でしかないから、そういう者にとって「イリヤ」は、苦痛として、悲惨として、あるいは暴力として感受されることになるだろう。

以上がレヴィナスの「実存者なき実存」、「イリヤ」という名の剝き出しの存在である。この思想をレヴィナスはみずからの収容所体験から思いついたというが、まさしく同じその理由によって、この「イリヤ」を石原吉郎もまた体験させられたのではないか、そう私は考えたいのだ。

まずは石原のエッセイのなかから、「イリヤ」にふれていると思われる箇所を抜き出してみよう。「望郷と海」という代表的なエッセイに、つぎのような一節がある。

四月三十日朝、私たちはカラガンダ郊外の第二刑務所に徒歩で送られた。刑務所は、私たちがいた捕虜収容所と十三分所のほぼ中間の位置にあった。ふた月まえ、私が目撃したとおなじ状態で、ひとりずつ衛兵所を通って構外へ出た。白く凍てついていたはずの草原《ステップ》は、かがやくばかりの緑に変っていた。五月をあすに待ちかねた乾いた風が、吹きつつかつ匂った。そのときまで私は、ただ比喩としてしか、風を知らなかった。だがこのとき、風は完璧に私を比喩とした。このとき風は実体であり、私はただ、風がなにごとかを語るための手段にすぎなかったのである。

風はこのとき存在の非人称性そのものとして、ただ「風がある」という状態として捉えられている。一方「私」はといえば、「風は完璧に私を比喩とした」。詩的な表現を与えられているが、文脈からして、「比喩」であるとは実体が希薄だということであり、「私」はそのようなものとして、さらには「風がなにごとかを語るための手段」、つまり主体性を奪われたただの「ひと」として存在するにすぎない。

つぎはバム地帯でのもっとも過酷なラーゲリ体験から――

強制収容所のこのような日常のなかで、いわば〈平均化〉ともいうべき過程が、一種の法則性をもって容赦なく進行する。私たちはほとんどおなじかたちで周囲に反応し、ほとんどおなじ発想で行動しはじめる。こうして私たちが、いまや単独な存在であることを否応なしに断念させられ、およそプライバシーというべきものが、私たちのあいだから完全に姿を消す瞬間から、私たちにとってコミュニケーションはその意味をうしなう。

はり渡した板にまるい穴を穿っただけの、定員三十名ほどにもおよぶ収容所の便所は、毎日一定の時刻に、しゃがんだ一人一人の前に長い行列ができる。便所でさえも完全に公開された場所である運命をのがれえない環境では、もはやプライバシーなぞ存在する余地はない。私たちはおたがいにとって、要するに「わかり切った」存在であり、いつその位置をとりかえても、混乱なぞ起りようもなかったのである。私たちの収容所では囚人番号は使用していなかったが、しかし徐々に風化されつつあった私たちの姓名は、いつでも番号に置きかえうる状態にあった。

しかし、この平均化は同時に、囚人自身がみずからのぞんで招いた状態でもあった。ここではただ数のなかへ埋没し去ることだけが、生きのびる道なのである。こうして私たちは、個としての自己の存在を、無差別な数のなかへ進んで放棄する。

言葉がむなしいとはどういうことか。言葉がむなしいのではない。言葉の主体がすでにむなしいのである。言葉の主体がむなしいとき、言葉の方が耐えきれずに、主体を離脱する。あるいは、主体をつつむ状況の全体を離脱する。私たちがどんな状況のなかに、どんな状態で立たされているかを知ることには、すでに言葉は無関係であった。私たちはただ、周囲を見まわし、目の前に生起するものを見るだけでたりる。どのような言葉も、それをなぞる以上のことはできないのである。

（「沈黙と失語」）

ラーゲリという極限状況での単独性の否定、主体なき受動性から、さらに名前の剝離、言葉の喪失まで語られている。存在者の存在者性が失われ、存在が存在として剝き出しとなる「イリヤ」の徴候は、ここに出そろっているというべきだろう。

石原詩における「イリヤ」

この「イリヤ」、石原の詩にはどのように表象されているか。もちろん「イリヤ」は、それそのものとしては対象化して語り得ないものであろうから、あくまでもそれに近いイメージとして表象されることになる。さきほどの引用箇所にもあったように、レヴィナスは「イリヤ」を主に「夜の体験」として捉えている。それはつぎのように、ハイデガーとの違いを強調しつつ、実感的な叫びをともなうほどの激しさでもって記述されることもある。

こうして私たちは、夜の恐怖、「闇の沈黙と恐怖」を、ハイデガーの不安に対置する。つまり存在への恐れを無への恐れに。ハイデガーにおける不安が、何らかのかたちで把握され了解された「死への存在」を成就するのに対し、「出口なし」、「答えなし」の夜の恐怖は仮借ない実存なのである。「ああ、明日もまた生きねばならぬのか」、無限の今日に内包された明日。不死性の恐怖、実存のドラマの永続性、その重荷を永遠に引き受けねばならないという定め。

石原も、詩においては、「イリヤ」を夜とともに喚起することが多いようだ。というよりむしろ、石原は最初から「夜」のイメージにとらわれている。そもそものデビュー作からして、タイトルは「夜の招待」なのである。「ああ　動物園には／ちゃんと象がいるだろうよ／そのそばには／また象がいるだろうよ／来るよりほかに仕方のない時間が／やってくるということの／なんというみごとさ」。部分引用だが、ここには奇妙な表現が並んでいる。「ちゃんと象がいるだろうよ／そのそばには／また象がいるだろうよ」――象はそのように言わなければ存在が確かめられないというようだし、「来るよりほかに仕方のない時間が／やってくる」――つまり行為の主体は完全に夜のほうにあり、話者はただそれに呑まれるしかない。「夜の招待」とは、そのような状態へ夜が主体を招くということで、皮肉としかいいようのないタイトルである。

夜が主体から主体性を奪い、みずからの属性とするようなこの逆転、それはレトリック的には夜の擬人化として、石原作品を特異たらしめるひとつの徴《しるし》になっている。そのものずばり、「夜がやって来る」という詩の全行を引こう。

駝鳥のような足が
あるいて行く夕暮れがさびしくないか
のっそりとあがりこんで来る夜が
いやらしくないか
たしかめもせずにその時刻に
なることに耐えられるか
階段のようにおりて
行くだけの夜に耐えられるか

潮にひきのこされる
ようにひとり休息へ
のこされるのがおそろしくないか
約束を信じながら　信じた
約束のとおりになることが
いたましくないか

「もはや世界ではない。自我と呼ばれるものそれ自体が、夜に沈み、夜によって浸蝕され、人称性を失い、窒息している」とレヴィナスは書いていた。そうした思弁がここでは、あからさまな夜の擬人化によって奇妙なリアリティを獲得している。それは主体が人称性をうしなっていることを、かえって対照的によく浮かび上がらせるかのようにはたらくからである。「ひとつの釘へは／最後の時刻を懸け／椅子と食卓があるだけの夜を／世界が耐えるのにまかせた」（「Gethsemane」部分）という詩句も見出せる。「夜に沈み、夜によって浸蝕され」ているのは、今度はなんと世界全体であり、世界全体が夜に「耐え」なければならないのである。

「イリヤ」はまた、部分対象的な身体の表象としてもあらわれている。たとえば「事実」という詩の前半部分——

そこにあるものは

そこにそうして
あるものだ
見ろ
手がある
足がある
うすらわらいさえしている
見たものは
見たといえ
けたたましく
コップを踏みつぶし
ドアをおしあけては
足ばやに消えて行く　無数の
屈辱の背なかのうえへ
ぴったりおかれた
厚い手のひら

誰の「手」や「足」であるかが問題なのではない。誰のものでもないような、誰でもない誰かに所有されているような――仮にフランス語に訳すとするなら、まさにil y aという非人称の提示表現であらわすほかない「手」や「足」。このような事態は、「厚い手のひら」という擬人法的なメタファーによってかろうじてほのめかされるが、同時に、「見たものは／見たといえ」という証言のテーマがあらわれていることは注意を惹く。

同じ証言のテーマは、「脱走」という、より具体的な出来事にもとづいた詩のなかにも読まれる。「一九五〇年ザバイカルの徒刑地で」という副題をもつこの詩は、作業現場から脱走しようとした囚人を監視兵が一発で射殺した光景を描いた作品である。

そのとき　銃声がきこえ
日まわりはふりかえって
われらを見た
ふりあげた鈍器の下のような
不敵な静寂のなかで
あまりにも唐突に
世界が深くなったのだ
見たものは　見たといえ
われらがうずくまる
まぎれもないそのあいだから
火のような足あとが南へ奔《はし》り

力つきたところに
すでに他の男が立っている
あざやかな悔恨のような
ザバイカルの八月の砂地

（「脱走」部分）

銃声がきこえて振り向くのは「日まわり」であって「われら」ではない。行為の主体は事物のほうにあるという、すでに私たちには馴染みの石原的な主客の逆転である。いくつか例を挙げておくと、たとえば前出の「風は完璧に私を比喩とした」というフレーズのほか、詩集『サンチョ・パンサの帰郷』の表題作には「夜が故郷をむかえる」とあり、「貨幣」という詩にも「彼が貨幣を支払ったか／貨幣が彼を支払ったか」とあり、『いちまいの上衣のうた』に所収の「霰」にも、「まちがいのような／道のりの果てで／霰はひとに会った」とある。そうした主体の受動性のなかで、不意に「世界が深くなったのだ」（「脱走」）——この一行ほど簡潔かつ鮮やかに「イリヤ」を掬いとった例は、石原作品といえどもほかに見当たらないのではあるまいか。「世界が深くなった」とは、見方を変えれば、存在の基底が、その底なき底が露出したということである。

アンガラ河のほとりあるいは実存者

実存から実存者へ、「イリヤ」という非人称的な出来事から実存者の誕生へ、その転位は、レヴィナスにおいて、「実詞化」という用語によって語られる。実詞化とは、早い話が、存在の様態が非人称表現 il y a によってではなく、主語と動詞の結びつきとして、たとえば je suis（「私は……にいる」あるいは「私は……だ」）として関係づけられることである。つまり主語が動詞を支配するように、主体が存在を支配して立つことである。レヴィナスは書いている——

〈イポスターズ〉、実詞の出現、それは単に新しい文法的カテゴリーの出現というだけではない。それは、無名の〈ある〉の中断を、私的な領域の出現を、名詞の出現を意味している。〈ある〉の基底の上に存在者が立ち現れる。存在の一般的経済における〈存在者〉の存在論的意味は——ハイデガーはそれを単に区別しただけで存在の傍らに置いたが——このようにして導き出される。実詞化によって、無名の存在は〈ある〉としての性格を失う。存在者——〈存在するもの〉——は、存在するという動詞の主語であり、そのことによって存在をみずからの属辞とし、その運命に支配を及ぼす。存在を引き受けるだれかがいる。そしてこの存在は今やそのだれかの存在なのだ。（『実存から実存者へ』）

主語となったこの主体は、同時に、みずからの実存を重荷として引き受ける従属者でもある。「実詞化」の原義は「下に身を置くこと」であるからだ。実存者は実存することから逃れられず、実存とはすでに行為であり、「存在への登録」であって、もはや実存という旅をつづけるほかはないのである。

このような「実詞化」は、石原吉郎のエッセイにおいてもきわめて印象的に語られているように思われる。私の念頭にあるのは、「沈黙と失語」というエッセイのなかのとあるページである。失語状態にまで追いやられる過酷な収容所生活の日常を語りながら、「一時間の労働ののち十分だけ与えられる休憩のあいだ、ほとんど身うごきもせず、河のほとりへうずくまるのが私の習慣となった」と述べたあと、石原は、つぎように回想をつづけるのである——

そのときの私を支配していたものは、ただ確固たる無関心であった。おそらくそれは、ほとんど受身のまま戦争に引きこまれて以来、ついにたどりつくべくしてたどりついた無関心であったかも知れぬ。そしてそのような無関心から、ついに私を起ちあがらせるものはなかった。だがこの無関心、この無関心がいかにささやかでやさしく、あたたかな仕草ですべてをささえていたか。私にとって、それはほとんど予想もしないことであった。実際にはそれが、ある危険な徴候、存在の放棄の始まりであることに気づいたのは、ずっとのちになってからである。私の生涯のすべては、その河のほとりで一時間ごとに十分ずつ、猿のようにすわりこんでいた私自身の姿に要約される。のちになって私は、その河がアンガラ河の一支流であり、タイシェットの北方三十キロの地点であることを知った。原点。私にかんするかぎり、それはついに地理的な一点である。しかし、その原点があることによって、不意に私は存在しているのである。まったく唐突に。私はこの原点から、どんな未来も、結論も引き出すことを私に禁ずる。失語の果てに原点が存在したということ、それがすべてだからだ。

この休息、それはレヴィナスが「眠り」として捉えた「イリヤ」の中断を思わせる。レヴィナスは言う、

意識は、〈ある（イリヤ――引用者注）〉を忘れ〈ある〉を中断する可能性、つまり眠りの可能性によって、〈ある〉ときわだった対照をなして現れた。意識はひとつの存在様態だが、存在を引き受けながらも躊躇するそのためらいそのものである。したがって意識は、折り返した〈ひだ〉の次元をもっている。聖書の中で、叶わぬ逃亡の主人公として虚無と死を祈願するヨナは、荒れ狂う暴風雨のさなかで逃亡の試みの挫折とみずからの使命の逃れ難さを悟ったとき、船倉に下りて眠りにつく。

（『実存から実存者へ』）

石原吉郎が「タイシェットの北方三十キロの地点」の河のほとりで「猿のようにすわりこんでいた」行為こそ、この〈ひだ〉にあたるのではあるまいか、ヨナの「眠り」にあたるのではあるまいか。もちろん、依然として「イリヤ」にさらされているのであれば、「ある危険な徴候、存在の放棄の始まり」に転位しないともかぎらない。その危機には「無関心」ということそれ自体、つまり他者の不在という局面がかかわっているだろう。しかし、それはまだすこしさきのことだ。とりあえずはそれでも、「不意に私は存在している」ことを自覚したということに、「失語の果てに原点が存在したということ」にはちがいないのである。

「イリヤ」がただひたすら恐怖であり、死の不安ですらないのに対して、この「原点」は死の可能性が開かれたということでもあるだろう。逆に「原点」のない生の場合はどうなるか。

生涯というものではなかった
生涯とよぶためには
ひとつの黒い柄のようなもの
たとえば　兇悪な
意図が欠けていた　あるいは
生涯そのものがそこで
思いもかけず欠けて
いたかもしれぬ
(……)
逃げかくれもできぬ白昼へ
口ごもりながら
おれたちは　と語り
おれは　と語り
やがて語ることをやめた
さいごにそれがやって来た

むろん死ではなかった
死であるためには
すでに生涯が欠けていた

（「生涯・1」）。

「さいごにそれがやってきた」とあるが、奇妙な言い方だ。「むろん死ではなかった」と否定的に規定するのみで、「それ」とは何か、はっきりと名指してはいない。つまりこの「それ」は、死とさえ名づけることができないもの、ただ「それ」としか言いようがないもの、すなわち「イリヤ」である。

「タイシェットの北方三十キロの地点」の河のほとりに戻ろう。この「休息」、この〈ひだ〉、この「原点」――それらはさらに、石原に特有の「猶予」という時間意識にも通じているように思われる。いや、石原に特有の、と限定してしまうわけにはいかない。実をいえば、私が石原吉郎に惹かれ、共感を覚えることのひとつが、この「猶予」をめぐっての彼の思考なのである。あるエッセイのなかで、「第七の封印を解き給ひたれば、凡そ半時のあひだ天静《しづか》なりき」という「ヨハネ黙示録」からの聖句を引用したのち、石原は書いている――

（……）私がこの文章のまえに立ちどまらざるをえないのは、「凡そ半刻のあひだ」という猶予の時間の、息づまるような静寂のうつくしさに感動するからである。

「待つ」というとき、私たちは、待たれるもの（あるいは待ちたくないもの）の出現だけが、待つことのすべての意味だと思いがちである。(……) しかし、待つことがおそらくはそのまま生きることではないか。待つことが生きることとまさに等価であることの保証こそ、この「猶予」であると私は考える。
(「半刻のあいだの静けさ」)

石原が書いた散文のなかでも、もっとも美しいページのひとつといえるだろう。「息づまるような静寂のうつくしさ」とは、いかにも石原的なもの言いだが、私はまた、ふと、「位置」という詩を思い出す。この名高い詩についてはすでに第I部「石原吉郎へのアプローチ」でふれたが、それはつぎの詩行から成っていた――「しずかな肩には/声だけがならぶのでない/声よりも近く/敵がならぶのだ/勇敢な男たちが目指す位置は/その右でも おそらく/そのひだりでもない/無防備の空がついに撓《たわ》み/正午の弓となる位置で/君は呼吸し/かつ挨拶せよ/君の位置からの それが/最もすぐれた姿勢である」。

銃殺刑の場面だとする解釈のほかに、キリストの磔刑を暗示しているという解釈もあることもすでに紹介したが、「君の位置」がどのようなぎりぎりの危機的なものであれ、実存が行為の主体として立つ「実詞化」の段階にあることはあきらかだろう。じっさい、後年、この詩についてふれたエッセイ「「位置」について」のなかで石原は、「ただ「位置」という言葉が、どこから出て来たのかを考えてみると、結局アンガラ河のほとりにぼんやりしてうずくまっていた位置が、自分にとって原点に近い位置だということからだと思います」(傍点原文) と書いている。つまり詩「位置」は、ある意味でこの原点、この「アンガラ河のほとりにぼんやりしてうずくまっていた位置」から書かれたものなのである。というよりむしろ、詩人はまず、象徴性の高い詩的言語を用いて、直感のおもむくままに「位置」を書き、それからずっとあとになって、この「位置」の意味が「アンガラ河のほとり」での体験に起源をもっていたことに気づいたのである。とするなら、同じエッセイで、「この詩はイエスの磔刑の場面を扱った詩だと言われたことがあります。あとからどんな説明もできるわけですが」と、解釈をめぐる議論には距離を置くような態度をとっていることもうなずける。詩人にとっては、そういうあれこれの解釈の可能性よりも、この詩がほとんど「アンガラ河のほとり」で書かれたにもひとしいということ、そうしてそれが、レヴィナス流にいえば「実存から実存者へ」への転位を書いた詩なのだということのほうが、はるかに大切だったのだ。

　実存から実存者へ、「イリヤ」から「実詞化」へ、この「位置」という詩がいかに石原の想像的世界の基点＝起点としてふさわしいか。その例証に、「位置」の別稿ともいうべき詩をいくつか挙げることができる。「いつ行きついたのか／歩行するものの次元が／そこで尽き　やがて／とまどい　うずくまる――／意志よりも重い意志が／遮断機よりも無表情に／だまって断ちおとした未来／その赤ちゃけた切口に／たとえばどんな／決断の光栄があるか」（「絶壁より」部分）。「瓜《うり》よ　その／呼吸の高さに立て／しずかな軸を／地軸へ継ぎ／ゆたかに発条を／おしちぢめて／夜《よる》は　その位置から／奇妙に明けやすいか」（「瓜《うり》よ」全篇）。

　詩集『サンチョ・パンサの帰郷』では「位置」のつぎに置かれた――それだけに「位置」と同等の重要性を与えられている――「条件」という詩も、この運動、つまり「イリヤ」と「実詞化」の関係を語っているように思われる。第Ⅰ部ですでに引用したが、もう一度引こう。「条件を出す蝙蝠の耳から／落日の噴水まで／条件によって／おれたちは起き伏しし／条件によって／一挙に掃蕩されるが／最も苛酷な条件は／なおひとつあり　そして／ひとつあるだけだ／おれに求めて得られぬもの／鼻のような耳／手のような足／条件のなかであつく／息づいているこの日と／さらにそのつぎの日のために／だから　おれたちは／立ちどまるのだ／血のように　不意に／頬と空とへのぼってくる／あついかがやいたものへ／懸命にかたむきながら」。

「最も苛酷な条件」が「イリヤ」であり、「条件のなかであつく／息づいているこの日」のために「立ちどまる」こと、「血のように　不意に／頬と空とへのぼってくる／あついかがやいたものへ／懸命にかたむ」くこと、それが「実詞化」である。もとより両者は別々に生じるものではない。「実詞化」にとっても「イリヤ」は「条件」であり、前提である。

分岐点

だが、「イリヤ」から「実詞化」へと論をすすめたあとレヴィナスは、「時間へ」という項をもうけ、時間と他者という概念を導き入れつつ、ありうべき主体の希望を語ってゆくのであるが、そこに私は、石原吉郎との分岐点をもみる。レヴィナスはここでもハイデガーを批判的にふまえ、ハイデガーの「相互共存在」があくまでも同質的な「他者とともに」の関係であることを指摘しつつ、それとはべつに、非対称的な「他者に面して」の関係——ここからつぎなる主著『全体性と無限』で説かれる「顔の顕現」が導き出される——を提唱し、さらにつぎのように書く。

他人の外在性は単に、概念的には同一であるものを分離している空間の効果でもなければ、空間的外在性によって明らかになる何らかの概念的差異でもない。社会的外在性が根源的なのは、まさしくそれがこの二つの外在性の概念に還元できないからであり、そのためにこの外在性は、諸事物に有効な、ということは単独の主体、単独の精神のなかで有効な、単一性と多数性のカテゴリーから私たちを連れ出すのだ。間主観性とは、単に多数性のカテゴリーを精神の領域に適用したものではない。それは〈エロス〉によって私たちに与えられる。

石原吉郎がその生と詩において十分にありつけなかったのは、とりわけこの「エロス」の分け前であろう。それは「単一性」にも「多数性」にも収まらない。「他者」の章でもみるように、いつもこのふたつのあいだの岐路に立ち、そのつど「単一性」をえらんでいた石原にとって、「エロス」は未知の不可視な道であるにすぎない。彼は途方に暮れたように立ち止まり、肩を落としたまま、いま来た道をまた「イリヤ」へと戻ってゆくかのようだ。「われらはその日／実感として忘れ去られた／縄のように世界を降《くだ》りながら／ついに他人の／意味となることのない／完璧な言葉を口ごもりながら」(「シベリヤのけもの」部分)。「縄のように世界を降《くだ》りながら」は、いうまでもなく「脱走」という詩に書かれたあの「世界が深くなった」瞬間と同じ事態、同じ「イリヤ」への近接を示す。

こうしておそらく石原は、とくにその詩的キャリアの前半において、「イリヤ」から「実詞化」へ、実存から実存者へという転位に終始とらわれた。それだけが詩作のモチーフであり、それが成し遂げられた時点で詩作は終わる。けれども、「イリヤ」と「実詞化」は石原にあって分かちがたく絡み合っており、実存者の誕生はふたたび非人称的な夜のざわめきに呑み込まれてしまう。あるいはむしろ、それを呼び寄せてしまう。

第三詩集『斧の思想』には、石原が書いたもっとも長い散文詩「ドア」が収められている。ドアはおそらく極限状況からの出口を象徴しており、そのドアを開けて「だがついに彼は出て行った」とテクストは始まる。「かたく窓ぎわに構えたまま私は　彼が開きまた閉じて行くドアの数をかぞえていた」。だが奇妙なことに、「私の知るかぎりのドアの数がすでに終りそののちにもドアを閉じるおとはたえず遠ざかりながらつづいている　かつて私が聞いたことのないそのドア　そのドアの数はもはや私のために私の手で閉じられたドアの数よりはるかに多いのだ」――このあたり、使者の足元に無限の空間性がひろがってゆくカフカの掌篇「皇帝の使者」を想わせる。皇帝は「きみのところに死の床から一人の使者をつかわした」のだが、「使者はなんとむなしくもがいていることだろう。王宮内奥の部屋でさえ、まだ抜けられない。決して抜け出ることはないだろう。もしかりに抜け出たとしても、それが何になるか。幾多の中庭を横切らなくてはならない。中庭の先には第二の王宮がとり巻いている。ふたたび階段があり、中庭がひろがる。それをすぎると、さらにまた王宮がある。このようにして何千年かが過ぎていく」。この寓話にも似て、石原の「ドア」においても、「気がつくとすでに私はその部屋にいない」にもかかわらず、テクストはつぎのように締めくくられるのである。

そうしていまは問うものも問われるものもいないはずの無数のドアの系列のなかで落日ととも
に床は沈み鎧戸はそのまま夜となっても　なおものおとはつづいて行きはるかなその日の叫び
のように廊下をとおく谺して　いまなおその部屋へ還って来るのだ

悪循環というべきだろうか。しかも「イリヤ」はシベリアにだけあるのではない。帰国後も、たとえばつぎの断章に読まれるように、石原はしつこく「イリヤ」としての「夜の体験」に苛まれるのである。「真夜中、ふとまっくらななかで目を覚ますと、いきなり絶望的に深いもののなかへ突きおとされる。おれは、確かに死ぬんだなと考える。巨きな黒い手で口をふさがれるような恐怖にとらえられる。眠りの中で、夢すら見ないでいる部分、私はその時の自分がどこにいるか知らない」（「一九五六年から一九五八年までのノートから」）。

しかしながら、そういう循環がなければつぎの詩作は始まらないのであり、つまるところ、詩人としての石原吉郎が消え失せてしまうことにもなりかねないのである。それは石原にとって、生存の極限的な剝き出し状態を生きたあのラーゲリ体験にも比すべく、いやそれにもまして、耐えがたいことだったにちがいない。「イリヤ」は実存者を危うくするが、詩を通じて「イリヤ」にふれることは、そしてあの「はるかなその日の叫び」を聴くことは、不思議にもひとつの——了解しがたいことだが——救いなのである。

極限と美とユーモアと

じっさい、レヴィナスの『実存から実存者へ』において注意を惹くもうひとつの点は、芸術もまた「イリヤ」との関連において位置づけられているということである。芸術行為という感覚の運動はひとを対象から引き離し、「非人称のエレメント」へと開くのだとレヴィナスは言う。わけても現代芸術の試みが示しているのは、世界の瓦解もしくは終末のなかにあらわれる「世界」の外の現実を、それ自体において提示することである——

それは、対象ではなく名ではない何ものか、名づけえず、詩によってしか現れえない何ものかがある、という事実そのものの絶対性である。それは古典的な唯物論を培ってきた思考や精神に対立する物質とは、なんらの共通性をもたない物質性の概念である。（……）この物質性は、濃厚で鈍いもの、粗いもの、ずっしりとしたもの、悲惨なものである。それは確かな内実と重さ、そして不条理をかかえ、粗暴な、しかも無情の現前だが、また同時に、慎ましく、裸で、そして醜くもある。ある使用に供される物質的対象は、ひとつの背景の部分をなし、そのことによって自身の裸を私たちの目から隠す形を纏っている。存在の物質性の発見は新たな質の発見ではなく、存在の不定形のうごめきの発見なのである。存在たちをすでにして私たちの「内部」に結びつける形の明るみの背後にあって——物質とは、〈ある（イリヤ——引用者注）〉という事実そのものなのである。

　ここにおいて、詩は「イリヤ」と結びつく。「イリヤ」は、「詩によってしか現れえない何ものか」なのだ。石原吉郎が「イリヤ」と「実詞化」の循環から逃れられなかったことは、詩人としてはある意味必然であり、宿命であり、さらにいうなら、既述したように救いであるということになる。逆にいえば、「イリヤ」との接触、いや「イリヤ」という胎があったからこそ、石原の詩はあれほどの衝迫力をもつことができたのである。

　いや、衝迫力だけではないかもしれない。石原の最良の詩にみられるあの異様ともいうべき美しさ、そしてまたあの不思議なユーモア——それらは、たしかに天性のものではあろうが、それだけではないような気もする。同時にやはり、ほかならぬ「イリヤ」との接触によってもたらされたものではあるまいか。どうもそのように思えてならないのである。

　まずは詩句の異様な美しさの例を挙げよう。さきほど引用した「条件」という詩の末尾、「血のように　不意に／頬と空とへのぼってくる／あついかがやいたものへ／懸命にかたむきながら」がそうだし、あるいは第Ⅰ部の中心にすえた「葬式列車」も、詩句自体は不思議な美しさを湛えている。「なんという駅を出発して来たのか／もう誰もおぼえていない／ただ　いつも右側は真昼で／左側は真夜中のふしぎな国を／汽車ははしりつづけている」——と、とりわけ音韻的に、「maHiru」「Hidari」から「HuSHigi」を経て「kiSHa」「HaSHiri」へ、シ音とハ行音の響きが印象的である。存在の極限状況の表出がこのような言語美とともにあらわれるとは、驚き以外の何ものでもないが、しかしそれは詩人が修辞的テクニックを施したということとは全くべつのレベル、エクリチュールの無意識ともいうべきレベルなのである。

そして「伝説」という詩、これは全行を引かないではいられない。

きみは花のような霧が
容赦なくかさなりおちて
ついに一枚の重量となるところから
あるき出すことができる
きみは数しれぬ麦が
いっせいにしごかれて
やがてひとすじの声となるところから
あるき出すことができる
きみの右側を出て
ひだりへ移るしずかな影よ
生き死にに似た食卓をまえに
日をめぐり
愛称をつたえ
すこやかな諧謔を

銀のようにうちならすとき
あるきつつとおく
きみは伝説である

ひらがなを多用した書法をベースに、「重量」「諧謔」「伝説」といった漢語が配置されて、漢字仮名混じりの見事な美が創出されている。同時に、「きみは（……）あるき出すことができる」という同一構文の反復によって繰り出されたリズムが、「しずかな影よ」の呼びかけ、「あるきつつとおく」の転調を介して、一気に「きみは伝説である」という断言に収束する序破急。息を呑むとはこのことだろう。

ユーモアについていえば、すでに第Ⅰ部「石原吉郎へのアプローチ」において、「存在の極限というものは、往々にして、ユーモアを通してのみ、かろうじて表現のレベルに達しうるのかもしれない」と述べておいた。また、つぎの「言語」の章でも、イロニーとの比較からユーモアという問題系を取り上げているので、そちらも参照されたい。ここでは、すでに引用した「夜がやって来る」という詩の冒頭を再掲しておく。「駝鳥のような足が／あるいて行く夕暮れがさびしくないか／のっそりとあがりこんで来る夜が／いやらしくないか」。

「お化けが出るとき」という詩ではこんな感じだ――「おれたちはいっせいに／たちあがった／ばんざい／蝙蝠を絞首《つる》すときが来た／まっ赤な手で日時計を／おしたおすと／壺のようなくらやみへ／なだれこんだ／／なにがあったとおもう／／お化けが出るのは／そのまたさきのことさ」。

いかがであろうか。「イリヤ」という胎はかくもおそろしく、かくも豊かなのである。言い換えれば、存在の極限は美の体験と切り離せない。石原吉郎を読むとは、とくにその詩を読むとは、たんに極限状況を生きた者の証言にショックを受けたり、そこから生きる意味や倫理のあり方を引き出したりしてくることではない。「アプローチ」の部でも述べたように、そこにおいて「詩の悦び」をも分有するにいたることなのである。

言語

失語から沈黙へ

言語に関心をもたない詩人は存在しない。文芸諸ジャンルのうち、言語芸術としての面をもっとも純粋に、あるいは剝き出しにあらわしたものが詩であるからだ。石原吉郎もまた、詩人として言語に並々ならぬ関心を寄せたことは言うまでもない。そのエッセイなどを読むと、外国語を学ぶことから得られたのであろうか、言語についての正確な、あるいは洞察にみちた知見がみられることもある。たとえば、「言葉が美しいというのは、最初の偏見である。そして、言葉が怖しいというのは、さいごの苦痛な偏見である。ひとは、この二つの偏見のあいだを、じつに無造作に行きもどりする。言葉は私たちにかかわりのない、私たちの所有であり、生き物である」（「ことばよ　さようなら」）。

　なかでも、あとで詳しく言及するが、「沈黙と失語」というエッセイなどは、ひとつのすぐれた言語論としても読めるところがあり、感嘆せざるをえないが、それはただ経験的事実にもとづいて書かれているからというだけではない。深い知性と感性がなければなしえないような言語論なのであり、そのベースには、やはり外国語学習によって培われた深い素養があるような気がする。というのも、外国語学習は母語を相対化し、その構造を外から観察し得る絶好の機会を提供するからである。

ところが、一般に、詩人には母語の絶対化が必要であり、諸言語のひとつとしてそれを相対化してしまうことは、詩作への創造的衝動を弱めてしまうとされる。たとえば、ランボーが英語やドイツ語やアラビア語などの習得に熱を入れた時期は、ちょうど彼が詩から遠ざかろうとしていた頃にあたる。石原吉郎の場合、しかし、外国語を学んだことは、詩作のレベルでもプラスにはたらいたようで、石原独特の語法——ことさらな主語と目的語のすり替え、テニヲハの奇妙な用法など——をもたらした主要因のひとつとなったように思われる。すぐれた詩人は、パウル・ツェランも含めて、多かれ少なかれ国語内外国語ともいうべき言語態をつくりだすものだが、石原吉郎も幾分かそのひとりであったといえよう。

しかしながら、この詩人のさらに特異なところは、言語をたえず失語や沈黙との関係において考えたことである。彼ほど失語や沈黙にさらされつづけ、脅かされつづけた詩人というのもめずらしいのではないだろうか。じっさい、評論・エッセイの類を集めた『石原吉郎全集Ⅱ』の目次をみても、「沈黙と失語」「沈黙するための言葉」「失語と沈黙のあいだ」と、似たようなタイトルの文章が三篇もあって、いかに石原が失語や沈黙という問題に囚われていたかを物語っている。

もちろん、どんな詩人の場合でも、発話の背景は沈黙である。沈黙を破って言葉は発せられ、発話が一応の終結をみたとき、ふたたび沈黙が訪れる。あるいは終結もみないうちに、発話を中断させるように沈黙がすべてを覆ってしまう。それは詩人の生涯にとってもそうだろう。たとえばランボーの沈黙といえば、この天才少年詩人がわずか二十歳で詩を書くことをやめてしまったその事実を、あるいはそれ以後の、詩から離れたままアフリカで交易にたずさわるようになったその驚くべき転身をさしている。そこで、なぜランボーは沈黙したのか、というような設問が立てられる。

だが石原の場合は、言語と沈黙の関係はもっと同時混在的に、あるいは相互嵌入的に捉えられている。それはちょうど、「存在」の章で詳述した「イリヤ」と「実詞化」の関係にあたるかのようだ。言うまでもなく、沈黙が「イリヤ」すなわち実存者なき実存であり、言語が「実詞化」すなわち実存者の誕生である。そうであれば、つまり「イリヤ」は「実詞化」の胎であり、後者は前者へといつでも回帰し得るのであるから、沈黙と言語とが、石原において不可分に縺れ合いつつ無限に循環するであろうことは容易に想像がつく。

いや、厳密に言うと「イリヤ」は失語に結びつけられている。石原は失語と沈黙を区別しており、沈黙はむしろ、「イリヤ」からの身の引き離しとして、つまり、非人称的な存在のうごめきに呑み込まれていた主体なき主体が、ふたたび発話する主体として言葉を回復してゆくそのプロセスのなかに位置づけられている。沈黙はすでにして主体的なのだ。

このことを、石原自身の発言から追認しておこう。たとえば「沈黙と失語」という長めの重要なエッセイには、存在の極限での言葉のありようがなまなましく報告されている。ラーゲリの過酷な日常のなかでいかに「失語状態」が訪れるのか、そのプロセスが想起されている。さきほど述べた経験的事実への深い省察が感じられる箇所である。

言葉がむなしいとはどういうことか。言葉がむなしいのではない。言葉の主体がすでにむなしいのである。言葉の主体がむなしいとき、言葉の方が耐えきれずに、主体を離脱する。あるいは、主体をつつむ状況の全体を離脱する。私たちがどんな状況のなかに、どんな状態で立たされているかを知ることには、すでに言葉は無関係であった。私たちはただ、周囲を見まわし、目の前に生起するものを見るだけでたりる。どのような言葉も、それをなぞる以上のことはできないのである。

あるときかたわらの日本人が、思わず「あさましい」と口走るのを聞いたとき、あやうく私は、「あたりまえのことをいうな」とどなるところであった。あさましい状態を、「あさましい」という言葉がもはや追いきれなくなるとき、言葉は私たちを「見放す」のである。

このようにして、まず形容詞が私たちの言葉から脱落する。要するに「見たとおり」だからである。目はすでにそれを知っている。言葉がそれを、いまさら追ってもむだである。しかもその目は、すでに「均らされて」いるのである。つづいて代名詞が、徐々に私たちの会話から姿を消す。私たちはすでに数であり、対者を識別する能力をうしないはじめていたからである。

こうして石原は、「失語とは、いわば仮死である」と結論づける。もとより石原のいう失語は、脳血管障害や精神疾患による病理的な失語症のことではない。それはある極限的な状況にさらされて一時的に言葉が奪われる状態であり、どんな健常な人間にも訪れうるものだ。
そんなある日、脱走しようとした囚人が監視兵に射殺されるという出来事が起こる。「沈黙と失語」というエッセイは、冒頭に「脱走」という詩を自己引用して始まるが、そのあとエッセイの末尾近くで石原は書いている。

監視兵のこの殺意は、あきらかに私の内部に反応をひきおこした。私は私の内部で、出口を求めていっせいにせめぎあう、言葉にならない言葉に不意につきとばされた。それはあきらかに言葉であった。言葉は復活するやいなや、厚い手のひらで出口をふさがれた。一切の言葉を封じられたままで、私は私のなかのなにかを、おのれの意志で担いなおした。一瞬の沈黙のなかで、なにかが圧しころされ、なにかが掘りおこされた。私にとってそれは、まったく予期しなかったことであった。

「言葉をうしなうことと、沈黙することとはまったく次元がことなる」と石原も強調するように、失語と沈黙はちがう。失語はたんに過酷な現実のなかで言葉を失うことであるが、沈黙は言葉を回復する第一歩であり、あるいは言葉を生み出す胎そのものである。沈黙とはひとつの逆説であり、ひとつの語義矛盾（「言葉にならない言葉」）である。依然として沈黙は「厚い手のひら」であり、沈黙によって「なにかが圧しころされ」てはいるけれど、同時におそらく、いわば沈黙を跳ね返すバネのように、潜在的ながら、石原のなかで詩が発生したのだ。それがすなわち、「おのれの意志で担いなおした」ということであり、「なにかが掘りおこされた」ということである。

沈黙の詩学

失語から沈黙へ。沈黙は失語を取り込みつつ排除するところの、すでにしてひとつの言語活動である。シベリアですでに石原は詩人として生起し、いうなれば、紙に記すことのないまま詩を書き始めていたのである。石原はさらに「沈黙と失語」のなかでつづけて言う、

この瞬間の衝撃は、帰国後もしばしば私をおびやかした。言葉をとりもどすということは、主体にその用意がないばあい、主体そのものの均衡を根底からゆりうごかす。そしてこの均衡こそは、囚人が失語を代償として、かろうじて獲得したものである。言葉は、言葉につらなる一切の眷族をひきつれて、もっとも望ましくないときに、不意をついて訪れる暴君である。

詩的発話をめぐってこれ以上深く掘り下げた文章を私は知らない。言い表しがたい事柄を記述しようとしているので、「眷族」とか「暴君」といった隠喩に著者は頼らざるを得ないが、かえってそうした隠喩が言説の説得性を高めている。敷衍すれば、言葉を取り戻すということは、たんに失語以前の原状に戻るということではない。沈黙はすでにして主体的であるとさきほど私は述べたが、同時に、沈黙に媒介されるとき、言葉は主体の定位までをも危機にさらすと石原は言うのである。

この詩人にあっては、そういう主体の定位の危機こそが言葉をして詩たらしめる。したがってここには、言葉の甦りのみならず、石原に固有の詩作の端緒までもが書き込まれているように思える。べつのエッセイ、「私の部屋には机がない――第一行をどう書くか」にも、

　詩は不用意に始まる。ある種の失敗のように。

とある。極限にあって言葉は、意味よりもまえに、いわばざわめくのだ。それは不穏なざわめきである。だがやってきてしまうのだ。詩人はその意味をすべては了解しないままに、いわば書かされるようにして書く。そのようにして生まれたのが、石原のたとえば処女作とされる――帰国して最初に発表された詩という意味だが――「夜の招待」ではないだろうか。

窓のそとで　ぴすとるが鳴って
かあてんへいっぺんに
火がつけられて
まちかまえた時間が　やってくる
夜だ　連隊のように
せろふあんでふち取って――
ふらんすは

すぺいんと和ぼくせよ
獅子はおのおの
尻尾《しりお》をなめよ
私は　にわかに寛大になり
もはやだれでもなくなった人と
手をとりあって
おうようなおとなの時間を
その手のあいだに　かこみとる

前半部分だけ引いたが（詩全体の読み解きについては「現代詩」の章を参照のこと）、何かしら混乱が混乱のままに書き留められているという、それこそ言葉が「言葉につらなる一切の眷族をひきつれて」やってきてしまったという印象がある。「ぴすとる」も「火」も「連隊」も「せろふあん」も「ふらんす」も「すぺいん」も「獅子」も、一見何の脈絡もなく並べられているが、すべて「夜」という「まちかまえた時間」の「眷族」のうちには数えられるのである。

とこのように書くと、かつてシュルレアリストたちが試みた自動記述を想起してしまうが、おそらく似て非なるものであろう。というか、石原のこのような戦慄すべき体験に接すると、自動記述が児戯のようにもみえてくる。

自動記述とは、かんたんにいえば、フロイトの自由連想法をヒントにブルトンが考え出した無意識を探求するための方法で、「理性による一切の管理が不在の状態でなされる、思考の書き取り」（ブルトン『シュルレアリスム宣言』）ということになる。理論上はそうだが、実践となると話はべつで、『磁場』というテクストを読んでも、なるほど連想の飛躍はあるものの、理性の介入なくしてはありえないような完璧なシンタックスで書かれており、どこが自動記述なのかと訝りたくなる。そのあたりのことはブルトンたちも自覚していたようで、やがて夢の記述へと関心を推移させていった。無意識とはつまり信仰のようなものであって、まがりなりにもそういう拠りどころをもつことができた幸福なシュルレアリストたちとちがって、石原は、ただのすり切れた理性のコントロールのもとにありながら、なおやってきてしまう言葉のざわめきを書き留めているのである。

ともあれ、通常なら、言葉を取り戻すということは喜ばしいことであろう。ところが石原はそれを「主体そのものの均衡を根底からゆりうごかす」事態として捉え、同時にそこに詩的発話への根本的な衝動をもみるのだ。もしも帰国後の石原に、主体の回復がすみやかになされていたなら、彼はあるいは詩を書くような選択には至らなかったかもしれない。すくなくともいまわれわれが読むことができるような石原作品は書かず、「荒地」派のような、主体を主体として定位させた、ある意味明晰な詩を書いたかもしれない。あるいは、いきなり証言としての散文から書き始めていたかもしれない。だが、事実はちがった。抒情と証言とのタイムラグについてはすでに第I部のなかで述べたが、石原自身、後年、「私にとって散文とは、それを書くための主体が確立されない限り、始まりようのなかった表現形式であったわけです」としながら、さらにつぎのように――これも第I部で紹介したが――書いているのである。

ところが、詩の方は、帰った翌年からすぐ書き出した。帰った翌年というのは、私にとって完全に混乱状態で、なんの整理もできていない。いわば一種の失語状態のなかで、自分自身を他へ伝達するための手段というものを全く持てなかった時期なのですが、そういう時期に詩が書けたということ、しかも私の作品のなかのかなり重要な部分がその時期に書かれたということは、私にとっては大へん大きな意味をもっております。つまり私にとっては、詩とは、「混乱を混乱のままで」受けとめることのできる、ほとんど唯一の表現形式であったわけです。

（「詩と信仰と断念と」）

決定的なことが言われている、何かそんな印象をおぼえる文章だ。さきほど引用した「夜の招待」を想起していただきたいが、「混乱を混乱のままで」――それは沈黙を沈黙のままで、ということとほとんど等価である。「詩の定義」と題された短文では、詩作と沈黙の関係について、もっとはっきりと、つぎのように述べている。

ただ私には、私なりの答えがある。詩は、「書くまい」とする衝動なのだと。このいいかたは唐突であるかもしれない。だが、この衝動が私を駆って、詩におもむかせたことは事実である。詩における言葉はいわば沈黙を語るためのことば、「沈黙するための」ことばであるといっていい。もっとも耐えがたいものを語ろうとする衝動が、このような不幸な機能を、ことばに課したと考えることができる。いわば失語の一歩手前でふみとどまろうとする意志が、詩の全体をささえるのである。

ここで連想の輪をひろげておけば、詩を定義して石原の言う「『書くまい』とする衝動」、それは例の「アウシュヴィッツの後で詩を書くことは野蛮である」というアドルノの言辞に、ある意味で奇妙に応答しているように思える。そう、たしかに、アウシュヴィッツの後で詩を書くことは野蛮である、だからこそ詩とは、「書くまい」とする衝動なのだ、と。

いずれにしても、沈黙の詩学ともいうべき石原の立場がうちたてられたのだ。またべつのエッセイでは、「ただ私自身、作品がわかりにくいといわれることが多いのですが、こういうふうに考えることができると思うのです。それは、この詩によって何が書きたいかという立場をひっくり返して、この詩によって何が書きたくないかということを考えてみる必要がないか、ということです。詩を書くことによって、終局的にかくしぬこうとするもの、それが本当は詩にとって一番大事なものではないか」とも述べている（「沈黙するための言葉」）。ここに石原詩学における隠喩の特権的位置があきらかとなる。というのも、隠喩とは、ひとまずはまさしく隠すための技術であるからだ。

「詩を書くことによって、終局的にかくしぬこうとする」――それは、あからさまには言えないことでも、詩的比喩としてなら言える、ということだろうか。おそらくそのかぎりではあるまい。あからさまに言うとは、意味が伝達されるということに信を置いて言うということだが、存在の極限は、それを意味としては伝達しえないとしたらどうだろう。もはや意味としてはありえないところ――石原流にいえば、意味を「断念」するところにこそ、すなわちもはやイメージでしか言いようがないというところにこそ、隠喩は成り立つのであり、あまつさえ、イメージのほうが意味よりもかえってことの本質をあらわにしてしまうものなのである。

隠しつつあらわすために

こうして隠喩とは、より正確にいうなら、隠しつつあらわすための表現技法である。ハイデガーのように言うとすれば、非隠蔽（＝アレーテイア）のための言語運用である。

隠喩をめぐる包括的な議論については、拙著『哲学の骨、詩の肉』の最終章「そして隠喩の問題に辿り着く」を参照していただければと思う。ここではそこから、ハイデガーに直接言及した部分だけ転記しておこう。私はおおよそ以下のように書いた――

ハイデガーは、よく知られているように、一方で哲学的な隠喩（＝死んだ隠喩）と形而上学を関係づけてその結託を批判しながら、同時にヘルダーリンらの詩の言葉（＝生きた隠喩）に耳を傾けつつ、存在と存在者との「存在論的差異」をもっとも隠喩的に――そして秘教的に――語ったのだった。こうして、「言葉は存在の家」なのであり、その奥にはさらに「住まう」という根底的な隠喩が控えているのである。

ハイデガーの場合、隠喩はとりわけ、真理との関係をあらたに結び直す。ハイデガーは、ニーチェが攻撃するふつうの形而上学的な真理のかわりに、もうひとつのいわば別様の真理、すなわちアレーテイア（非隠蔽）としての真理を提唱するのだが、そのとき、それと名指されることなく隠喩が深く関与するのである。『真理の本質について』などに読まれるように、ハイデガーは、ギリシア語のアレーテイアがラテン語にウェーリタースと訳されて以来、あるいはむしろ、プラトンのイデア論からしてすでに、非隠蔽という真理の本質が奪われ、真理は認識の正しさに、つまりたんなる虚偽の対立概念に縮減されてしまったと主張する。また別の箇所（斧谷彌守一『言葉の現在――ハイデガー言語論の視角』で紹介されている論文）では、アレーテイアについてハイデガーはこう述べている。

ロゴスとは、それ自体において同時に、顕わすことと隠すことの一体化したものである。ロゴスとはアレーテイアである。隠れなさ（＝アレーテイア）は、その後背地として、隠れ、レーテーを必要としている。顕わすことは、いわば、この後背地から（水を汲むように）汲むのである。（……）ヘン・パンタ（＝一にして全）は、昼と夜、冬と夏、平和と戦争、目覚めていることと眠っていること、ディオニュソス（＝豊饒神）とハデス（＝冥界神）のように互いに離れて現前し、そのようにして互いの間で非現前しあうところのものを、一つの現前することの中で、共に前にあらしめるのである。

ハイデガーにおいてはロゴスとは言葉そのものである。だとすれば、これなどは、まさに隠喩の――しかも、陳腐な隠喩、死んだ隠喩ではなくて、生きた隠喩、創造的な隠喩の――定義そのものではないだろうか。

以上が、私の隠喩論のうち、ハイデガーに直接ふれた部分である。要するに、非隠蔽としての真理は、しかし隠喩的に、つまり隠しつつあらわすというふうにしか言語化できないのである。

ふと、ハイデガーとは対極に立つウィトゲンシュタインの、あのあまりにも有名な命題が想起されてくる。いわく、「語り得ないことについては沈黙しなければならない」。石原はいわば、この禁を破って、「沈黙を語るためのことば」を見出そうとする。つまり有限なもの（＝言語）でなおも無限（＝沈黙）を表象しようというのだが、そのためには隠喩すなわち有限なものの組合せに訴えるしかない。それは言語の限界であるか可能性であるか。可能性であるとするのが、すなわち詩の立場であるといえよう。

石原もその立場に身を置いていることは言うまでもない。そのうえで、「かくしぬこうとする」という独特のニュアンスが加わっているにすぎない。いわゆる韜晦《とうかい》である。しかしながら、メタファーを使う以上、「かくしぬ」くことはできないのだ。隠しつつあらわすということしかできないのである。

ハイデガーとウィトゲンシュタインのあいだに石原の「沈黙の詩学」を置くと、いかにこの詩人の企図が、韜晦などというレベルを超えて、深く言語の本質にかかわるものであるかがわかる。ここで、具体的に、石原作品のなかから、それと目につく隠喩をいくつか取り出してみよう。

無防備の空がついに撓《たわ》み
正午の弓となる位置で

詩集『サンチョ・パンサの帰郷』冒頭の、名高い「位置」という詩からの二行。「無防備の空」は隠喩が形容詞的に用いられているといってよいが、雲ひとつない、抜けるように青い空ということだろうか、しかし別の言葉で言い換えるのはむずかしい。それがさらに「正午の弓」に言い換えられてゆく。「正午の弓」は、第Ⅰ部「石原吉郎へのアプローチ」でも取り上げたように、石原作品の中核となるようなイメージだが、その背後に何が隠されているのかを言うのは、やはりむずかしい。子午線のメタファーと私は解釈したが、ひっきょう、解釈にすぎない。

だから　おれたちは
立ちどまるのだ
血のように　不意に
頬と空とへのぼってくる
あついいかがやいたものへ
懸命にかたむきながら

「位置」のつぎの、もう何度も引いた「条件」という詩の末尾部分。「あついいかがやいたもの」、これも広く隠喩としてくることができようが、それが何なのか、「無防備の空」同様、べつの言葉で説明することはきわめてむずかしいだろう。

革くさい理由をどさりと投げ
老人は嗚咽し
少年は放尿する
うずくまるにせよ
立ち去るにせよ
ひげだらけの弁明は
そこで終るのだ

「条件」のつぎに置かれた「納得」という詩のやはり末尾部分。「革くさい理由」も「ひげだらけの弁明」も抽象と具象という取り合わせだが、それは隠喩のひとつのパターンであり、今度は逆に比較的わかりやすい部類に入る。「荒地派」的なメタファーであるといえるかもしれない。いずれにしても、謎が深まるという気配はしない。

足ばやに消えて行く　無数の
屈辱の背なかのうえへ
ぴったりおかれた
厚い手のひら

「納得」のつぎに置かれた「事実」という詩の中間部分。「厚い手のひら」というメタファーはほかでも使われていて、さきほど引いたエッセイにも、「言葉は復活するやいなや、厚い手のひらで出口をふさがれた」とあった。身体感覚がもとになっているので、比較的わかりやすい。誰か他人の手のひらで口を押えられるように、発話への動きを沈黙が覆い尽くすような状況、ということだろう。

ちなみに、以上たてつづけに引用した『サンチョ・パンサの帰郷』導入部の四篇は、「位置」「条件」「納得」「事実」と、いずれも簡素な漢語からなるタイトルをもち、石原の詩的世界を開示するための連作とみられる。それだけにまた、石原的世界を導入するのにいかに隠喩が重要なはたらきをしているかがわかろうというものだ。

つぎは「デメトリアーデは死んだが」と題された詩の第三連部分──「デメトリアーデは死んだが／死ななくたって　おんなじことだ／唐がらしよりほかに／あかいものを知らぬ愚直な国で／両手いっぱい　裸の風を／扼殺するようなかなしみは／どのみちだれにも／かかわりはないのだ」。「裸の風」は「無防備の空」と同工の組合せで、さらに「風を扼殺する」という動詞の隠喩的使用によって、隠喩が二重化されている。自由を断念するということだろうか。

われらはいま了解する
そうしてわれらは承認する

われらはきっぱりと服従する
激動のあとのあつい舌を
いまも垂らした銃口の前で。
まあたらしく刈りとられた
不毛の勇気のむこう側
一瞬にしていまはとおい
ウクライナよ
コーカサスよ
ずしりとはだかった長靴《ちょうか》のあいだへ
かがやく無垢の金貨を投げ
われらは　いま
その肘をからめあう
ついにおわりのない
服従の鎖のように

「デメトリアーデは死んだが」と同じ「一九五〇年ザバイカルの徒刑地で」という副題のついた詩「脱走」の後半部分。この二篇は、詩集構成的には、「位置」ほかの主題導入部を受けて、はじめてシベリアという場所が明示される主題展開部である。「存在」の章で引用した前半では、作業現場から脱走しようとした囚人を監視兵が一発で射殺した光景が語られている。「まあたらしく刈りとられた／不毛の勇気」がその場面のメタファーによる言い換えである。そのほかにも隠喩的表現が多用されているが、とりわけ、「激動のあとのあつい舌を／いまも垂らした銃口」と「かがやく無垢の金貨」は、質感あふれるイメージとなりおおせており、表現の水準としても見事であるといえる。もはや背後を忖度《そんたく》する必要もないほどだ。

いや、そのかぎりではないかもしれない。「無垢の金貨を投げ」とは、省略した前半部の「驢馬の死産を見守《まも》る／商人たちの真昼」をひきつぐ取引きのイメージで、無垢を金貨のように差し出して、それと引き換えに服従を承認するということであろう。かけがえのないはずの人間の精神も、ここでは、この存在の「イリヤ」的状況では、容易に生物学的な生の維持と取引きされる交換価値にすぎないという苦い認識——つまりイロニーが、いくぶんか背後に感じられるのである。

謎の深まりとしての隠喩空間

つぎはやや風変わりな例を引こう。「やぽんすきい・ぼおぐ」というロシア語（「日本の神」という意味）をそのまま平仮名表記してタイトルにした詩篇で、こんなふうに書き出される——「日本の神は／小さな陰茎《フイ》を持つ／小さな陰茎《フイ》の日本の神は／おなじくその手に／小さな斧を持つ／鬼のような夕焼けのなかで／その小さな斧が／信ずるものは何だ／小さな斧が立ちむかう／白くかぼそい／ものは何だ」。

石原作品のなかでもひときわ特異な相貌を与える数行だが（全行引用は「他者」の章参照のこと）、この詩には自注が付されていて、それによれば、シベリアの収容所で日本人は「日本の神」とか「小さな陰茎」と呼ばれていたらしい。蔑視的な愛称であろう。その「陰茎」が「斧」のイメージを呼び込む。「陰茎」と「斧」の関係は、ともに「日本の神」の付属物であるから換喩的であり、かつまた、いくぶんか隠喩的であるともいえる。「斧」はさらに「信ずる」「立ちむかう」と擬人化されて、いっそう隠喩としてのはたらきを濃くしてゆくのだが（「他者」の章でふれるが、この「斧」を去勢する者にたとえる解釈もある）、このあたりの言葉の運びは、石原作品ならではの緊迫した詩的論理の展開をみせている。「斧」を行為の主体に見立て、その主体の「立ちむかう／白くかぼそい／ものは何だ」という問いの畳みかけのうちに、次第に隠喩空間そのものが謎として深まってゆくというふうだ。

ところで、隠喩には隠喩関係が明示される場合とされない場合と、ふた通りあり、このあとで紹介する「酒がのみたい夜」の末尾において、「夜明け」に結ばれている「ぶどうのひとふさ」が前者、ただ「斧」とだけあるような事例が後者にあたる。前者ではイメージが提示され、そのかぎりでは謎を解く必要はないわけだが、今度はそのイメージがひとつの謎としてたちあらわれ、そのさきは同語反復にも似た謎の深まりとなるのである。「正午の弓」がその典型かつ最良の例だろう。「正午の弓」は「無防備の空」が撓んだ結果としてのある変容のメタファーではあるのだが、しかしどのような変容であるのかを言うのはむずかしい。「正午の弓」は、もはや同語反復的に「正午の弓」としか言いようがない、というふうに。一方、隠喩関係が明示されない場合は、やや恣意的であり、たぶんに読者の解釈にゆだねられる。「斧」が隠喩であるとすれば、それは何の隠喩か、というふうに。

ここで、謎の深まりとしての隠喩空間を、さらに詳しくみておこう。ほかでもない、いまふれた「酒がのみたい夜」という詩の後半部分――

酒がのみたい夜は
青銅の指がたまねぎを剝き
着物のように着る夜も
ぬぐ夜も
工兵のようにふしあわせに
真夜中の大地を掘りかえして
夜明けは　だれの
ぶどうのひとふさだ

詩人は「夜明け」を「ぶどうのひとふさ」にたとえた。それだけでもインパクトがあるが、それを「だれの」と疑問形のなかに置き、さらに「だ」と断言調に結ぶ。ゆらぎがあり、にもかかわらず定位がある。あるいは、世界の底なき底にふれた者の眩暈が、眩暈のままに定着されたかのようだ。それは希望だろうか、絶望だろうか。「ぶどう」のイメージには聖書を読んだ痕跡があるのかもしれず、すると「ぶどう」は暗に神の恵みということになり、「工兵のようにふしあわせに／真夜中の大地を掘りかえ」すことと撞着的な関係を結んでしまうことになる。謎としての隠喩はここにきわまっているといえよう。さらにいえば、「だれの／ぶどうのひとふさだ」と、濁音が連打されることによって、なにかしら情動の強度がその謎を運んでいるような印象がある。

以上、第一詩集『サンチョ・パンサの帰郷』から、石原作品における隠喩の諸相をみてきたが、実をいえば、このような作業は『サンチョ・パンサの帰郷』を資料体にするのが最適であり、つづく『いちまいの上衣のうた』や『斧の思想』はまだしも、その後の石原の作品からは、「ぶどうのひとふさ」のような謎めいて創造的な隠喩は次第に影をひそめてしまう。この詩人にかぎったことではないけれど、詩想の枯渇はいかんともしがたいのだ。

なお、佐々木幹郎は、『石原吉郎詩文集』の解説のなかで、「日本の戦後詩は、隠喩を駆使する方法がとられ、それは一九六〇年代以降、飽和点に達するまでつき進んだ。その過程で、石原吉郎はその流れに水を浴びせかけるように、換喩を棒のように突き出して、独自の詩の世界を形作ったのだった」と述べているが、やや換喩の存在を強調しすぎてはいないだろうか。なるほど佐々木が引例している「方向」という散文詩には、「背後はなくて　側面があり　側面はなくて　前方があり」というような換喩的な言葉のはたらきが顕著にみられるけれど、石原詩学全体の特徴は、あくまでも隠喩空間の特異性にある。ただ、その特異性が「荒地」派に代表される戦後詩的な隠喩との差異もつくりだしているということだ。

また、つい最近、阿部嘉昭も『換喩詩学』において石原吉郎の詩の書き方をとりあげ、「石原の詩作の動力は換喩だというしかない」としているが、阿部の場合、換喩というレトリックの用語をかなり拡張的に使用しているので、つまり「換喩のもうひとつの機能、「全体」に対して意味形成を負わないという、換喩単位＝部分の「虚無性」への視角」とか、「部分性の桎梏に鎖されながら、しかもそれ自体が伸びようとする換喩の力能」というような言い方――なるほど批評を運ぶ言葉としてはスリリングだが――をするので、そういう視点からみれば、石原の非-意味形成的な隠喩の組成も換喩的ということになってしまう。

とはいえ、阿部のつぎの指摘――「吉本隆明の分類によれば、自己表出性を品詞別にみた場合、感嘆詞のつぎに自己表出性がたかいのが助詞ということになるが、日本語の換喩詩をみわけるひとつの判断は、助詞の軋みではないだろうか。石原吉郎は、助詞の用法がゆたかで独自着想に富んでいる。助詞は創作前段階の「内臓的衝動」（吉本）であると同時に、フレーズの折れ線をつないでゆく接着剤でもあって、そこに「見えない負荷」がかかるのが、石原詩なのだ」という指摘は鋭く、大いに傾聴に値する。そのような石原的助詞の例をいくつか挙げておこう。「おれに耳鳴りがはじまるとき／そのとき不意に／その男がはじまる／はるかに麦はその髪へ鳴り／彼は しっかりと／あたりを見まわすのだ」（「耳鳴りのうた」）、「おれにむかってしずかなとき／しずかな中間へ／何が立ちあがるのだ」（「しずかな敵」）、「私へかくまった／しずかな像は／かくまったかたちで／わずかにみぎへ移せ」（「像を移す」）。最初の例の「おれに耳鳴りがはじまる」は、ふつうは「おれの耳鳴り」と、所有を示す格助詞「の」を使うところであろう。それを「に」に屈折させる。「男がはじまる」は、「耳鳴りがはじまる」という動詞文を主語だけ替えて反復したフレーズだが、生物主語

「男」は「はじまる」になじまない。「その髪へ鳴り」「おれにむかってしずかな」「私へかくまった」においても、規範文法のゆらぎが仕掛けられている。こうした微妙な「テニヲハ」、すこし日本語内外国語のような連辞構成に与るこの「テニヲハ」は、逆に詩人としての石原の日本語感性がいかにすぐれているかを物語ってもいよう。

リズムの力

隠喩とともに詩の根本をなすのはリズムである。石原吉郎が真正の詩人である理由は、隠喩のみならず、リズムに対してもすぐれた感性をもっていたことに求められる。それはまず、詩の書き方に関係している。前にも引いた「私の部屋には机がない——第一行をどう書くか」というエッセイのなかで、石原はつぎのように自分の詩作の現場を伝える。

私は机の前ではほとんど詩が書けない。詩ばかりでなく、自律的な思考は机の前ですべて停止してしまう。それはたぶん、長い期間労働しながらものを考えて来た名残りなのかもしれない。今でも私がものを考えるのは、ほとんどが歩行中である。したがって、私にとって散歩とは、ものを考えるためにどうしても必要な一種の手つづきである。そして私が詩を書くのも、多くは屋外である。そのばあいでも、私はあまりメモをとらず、頭のなかで詩を書きあげる。一行書くごとに、忘れないようにそれを確かめてから、先へ進む。行きづまったら、また最初から出来あがった詩行をたどりなおす。出来あがった詩行を忘れないために、リズムは不可欠なものであり、そのためにも歩行は私に必要なものである。

リズムと歩行と詩作との、まさしく三位一体。ちなみに私も似たような詩の書き方をするので、この三位一体には大いなる共感をおぼえるのだが、しかもリズムは、石原にあって、たんなる修辞的生彩ではない。隠喩同様、それは失語や沈黙と深くリンクしているのである。

帰国後の石原に、失語の回復はまずリズムとして訪れたのだ。のちに彼は、「沈黙するための言葉」というエッセイのなかで、さきほど部分的に引用した「デメトリアーデは死んだが」と「脱走」というふたつの自作詩を振り返りながら、つぎのように述べている。

私がこの二つの作品で書きたいと思ったことは、いわばこのような最終的な納得と沈黙、その深さと重さということになると思いますが、その点からいえば、この二つの作品に共通していることばのリズミカルな流れにおし流されて、必ずしも成功したとはいえないというのが正直な感想です。ただこの詩を書いたころは、私には一つの流れるようなリズムがいつもあって、そのリズムにのればいつでも詩がかけた時期だったということはいえると思います。

日本語のリズムの基底には、いうまでもなく音数律がある。石原の作品の場合も例外ではなく、しかも、後期になればなるほどこの基底が剝き出しになってゆくのだが、すくなくともここで言われている「一つの流れるようなリズム」とは、七五調などの伝統的な音数律そのもののことではないだろう。それをも含んだ、もっと広義に捉えられたリズム、詩的発話の原初的な分節としてのリズムであろう。そしてそれは意味に先行するのである。沈黙から身を引き離すように、意味よりもさきに訪れてしまう言葉のざわめき、それがリズムだ。

郷原宏も、そのすぐれた石原論(「岸辺のない海」、『現代詩読本2 石原吉郎』所収)のなかで、「一つの流れるようなリズムがいつもあって、そのリズムにのればいつでも詩がかけた」という上の一節を引用して、「リズムとは永らく人為的に堰とめられていた言葉の一挙的な奔出をさしているが、一方では、すでに伝達を断念した詩人の意味からの解放をも示していたはずである」と述べているが、きわめて的確な指摘であると思う。郷原も含め何人かの評者が愛着を語ってやまない「自転車にのるクラリモンド」という詩の魅力は、このリズムによるところが大きいだろう。今度は全行を引用しておこう。

自転車にのるクラリモンドよ
目をつぶれ
自転車にのるクラリモンドの
肩にのる白い記憶よ
目をつぶれ
クラリモンドの肩のうえの

記憶のなかのクラリモンドよ
目をつぶれ

目をつぶれ
シャワーのような
記憶のなかの
赤とみどりの
とんぼがえり
顔には耳が
手には指が
町には記憶が
ママレードには愛が

そうして目をつぶった
ものがたりがはじまった

自転車にのるクラリモンドの
自転車のうえのクラリモンド

幸福なクラリモンドの
幸福のなかのクラリモンド

そうして目をつぶった
ものがたりがはじまった
町には空が
空にはリボンが
リボンの下には
クラリモンドが

たしかに七音と五音の音数律が支配的ではあるけれど、それをも従えてゆくようななんともいえない言葉の躍動がある。それは詩行から詩行へと、呼びかけと命令の反復によって、あるいは名詞の畳みかけによってつくりだされるリズムである。言葉の運びのリズム、こういってよければシンタックス的なリズムである。
もう一篇、「夜がやって来る」という詩の書き出し部分——

駝鳥のような足が
あるいて行く夕暮れがさびしくないか

のっそりとあがりこんで来る夜が
いやらしくないか

この場合は、問いの畳みかけが、息づまるような、やや重苦しいような、独特のリズムを刻んでいる。

リズムはまた、私が再三強調する「詩の悦び」にもかかわる。『石原吉郎　寂滅の人』を著した勢古浩爾は、「言葉を矢継ぎばやに畳みこみ、そのことによって時間をつぎつぎに重層させて詩のリズムを加速させてゆく詩法も、石原の言葉のヒロイズムにとって快感となっている」と述べているが、その「快感」を私たち読者も分有することができるのである。

イロニーとユーモア

しかるに、というべきだろうか、晩期の石原の詩にはこのようなリズムは希薄になり、その分、日本語の基底である音数律、とくに七五調の伝統的規範的な音数律が剝き出しになってゆく。それはいわゆる「日本的美意識」への傾きと無関係ではあるまい。そのことにとくに注目したのは、自身『詩的リズム』という著作もものしたことのある菅谷規矩雄であった。菅谷は、詩集『足利』に収められている作品「潮が引くように」を引用する――「潮が引くように／きみはおれから引いて行く／おれはいまでも立っている／心へ兵士の挙手をする／引いて行く背へいつまでも／〈陸軍礼式令〉／それが　その夜の／きみへの挨拶だ　と」。ここで「潮が引くように／きみはおれから引いて行く」とある「きみ」とは、ラーゲリで石原がみた死者、あるいはそこに残した想像的自己、いや分身的他者（「他者」の章参照のこと）ととることができよう。二行目から五行目にかけて、露骨に七五調があらわれ、それが〈陸軍礼式令〉に収束している。このメカニズムをどう捉えるか。戦後の空間を生きた者なら、まして石原ほどのきびしい単独者なら、イロニー以外のものとは考えられないが、そうではないと菅谷は言う。「石原吉郎の七五調は、では、そのイロニイに耐えうるか。（……）むしろそれは、晩期の石原の詩の技法全般を浸して――あるいは侵して――いたところの自己陶酔の、ひとつのあらわれではなかったか」。そしてこう結論づけるのである。「石原吉郎の孤立と死とは、ラーゲリの死者と共に存ることを喪失してゆく過程にひとしくおこなわれた」。だとすれば、痛ましいというほかかない。

菅谷の批判は正鵠《せいこく》を得ている。ただ、もともと石原吉郎は、イロニーよりもユーモアの詩人ではなかったかと、あえて留保をつけておきたい気持ちも私にはある。

ここでイロニーとユーモアとの区別をしておくなら、私の考えるところでは、イロニーとは主体が対象や自己との距離をつくりだしてそこにメタ的ないし批評的言説を生じさせる心的態度であり、とりわけ自己の二重化によって、かえって、より強化された主体を生み出す装置であるともいえる。石原と同時代でいうなら、たとえば「荒地」派の詩人たちがそうである。一方ユーモアは、自己をも自己との距離をもひとしく笑いのうちに無化してしまうような、ある種言説のアナーキーである。

このような見解を私がとるに至ったのは、以前ドゥルーズを熱心に読んだ記憶がどこかではたらいたせいかもしれない。そう思ってドゥルーズの著作にあたってみると、『意味の論理学』（岡田弘・宇波彰訳）につぎのような箇所をみつけた。

もしもイロニーが存在と個体との共外延性、もしくは私と表象との共外延性であるならば、ユーモアは意味とナンセンスの共外延性である。ユーモアは、表面と裏面、遊牧的な特異性とつねに移動している偶然の点の技術であり、静的発生の技術、純粋な出来事を処理する知恵、もしくは《単数の第四人称》であり、中断されたあらゆる意味作用・指示作用・表示作用であり、廃棄されたあらゆる深層と高さである。

ドゥルーズらしい奔放な概念の使用がみられてわかりにくいが、要するにイロニーは主体と表象からなる世界の構成そのものを変えはしないが、ユーモアはそれを無差別的な「純粋な出来事」の地平にしてしまうということである。存在の極限的状況と親和するのは、イロニーよりもユーモアということにもなろうか。

イロニーとユーモアと、もちろん両者は混在している場合が多いけれど、石原をユーモアの詩人とみることは、「寂滅の人」というイメージが強いこの単独者に、べつのあらたな光を当てることにもなるだろう。すでに第I部でもふれたように、「人生のリアリティというものは、結局ユーモアでしか理解できないということなのだ」と石原自身「一九五六年から一九五八年までのノートから」に記している。

また、「詩は不用意に始まる。ある種の失敗のように」と詩作の機微について語りながら、その不用意をユーモアに結びつけていることは、なお一層重要である。

こうして、いささか不用意に、冒頭の一歩が踏み出される。ただ重要なことは、この不用意は、たぶん私たちの心がけの問題ではなく、ことばそのものがもっているある種の不用意、いわばことばとしてのユーモアではないかと私は考える。このユーモアは、およそユーモアとは似てもつかぬくらい表情、きびしい表情すらささそいかねない。(「私の部屋には机がない」)

石原吉郎におけるユーモア。それはもしかしたらこの特異な詩人をめぐる最重要なテーマのひとつかもしれないのである。とりあえずここでは、「存在」の章で取り上げた「事実」という詩を思い起こしておこう。「そこにあるものは／そこにそうして／あるものだ／見ろ／手がある／足がある／うすらわらいさえしている／見たものは／見たといえ／けたたましく／コップを踏みつぶし／ドアをおしあけては／足ばやに消えて行く　無数の／屈辱の背なかのうえへ／ぴったりおかれた／厚い手のひら」――存在の「イリヤ」的状況が小間切れ状の連辞で記されてゆく数行だが、ユーモアの雰囲気はまぎれもない。そこに手があり、足があるだけのような剝き出しの生は、石原の言葉を借りれば、あたかも「ユーモアでしか理解できない」かのようである。そしてそれは、「およそユーモアとは似てもつかぬくらい」むごたらしいのである。

そのようなユーモアのもっとも成功した例のひとつとして、「直系」(『いちまいの上衣のうた』に所収）と題された詩の、「僧侶のように／乾燥しつづけた」という末尾二行を挙げておきたい。主語はずっとまえの冒頭二行目にあらわれる「一族」だが、彼らが「乾燥しつづけた」ことの比喩に「僧侶」が使われているのである。読んでいて私は思わず吹き出しそうになったが、ここにいたる文脈はいたってシリアスで、それだけに、もしかしたら作者の意図せざるユーモアかもしれない。ともあれ、「僧侶」と「乾燥」のあいだには何の意味的連関もないようにみえる。つまりナンセンスだが、そのことにおいて「僧侶」も「乾燥」も、それぞれの意味をいわば漂白され、のっぺらぼうにアナーキーな空間のなかで、不思議に新鮮な出会いを果たしているのである。
比較的後期の作品においてさえ、ときにユーモアが噴出している場合がある。たとえば、『禮節』に所収の、「世界がほろびる日に」という詩――

世界がほろびる日に
かぜをひくな
ビールスに気をつけろ
ベランダに
ふとんを干しておけ
ガスの元栓を忘れるな
電気釜は
八時に仕掛けておけ

世界の終末論的展望というキリスト者石原にとって避けられないテーマがいきなり提示され、かつまた、それがユーモアによって徹底的に相対化され無化されている。ちなみに、『現代詩読本2石原吉郎』に収められた「代表詩50選」に、三人の選者（鮎川信夫、谷川俊太郎、清水昶）が一致して選んでいるのは、「葬式列車」とこの詩だけである。ある意味でこのたった八行の短詩は、石原詩のひとつの頂点であり、あるいは石原詩のあらたな可能性をひらく萌芽ともいえるだろう。それが晩期に十分に展開しなかったことは、いや、「日本的美意識」のほうへと奇怪にねじれてしまったのは、やはり痛ましいということになるのだろうか。

しかしながら、石原にとってもともと詩とは、「沈黙するための言葉」である。晩年の彼の詩作が「詩がおれを書きすてる」ように衰微していったのも、言葉は最終的に沈黙にいたるということを、身をもって示したということなのかもしれない。

パウル・ツェラン

「言葉だけが残りました……」

第I部でもふれたように、石原吉郎とパウル・ツェランはさまざまな点で不思議なほど似ている。早くに母を失っていること（石原は幼くして母と死別し、ツェランは母をナチス・ドイツに殺されている）、ポリグロットであること（ツェランは母語のドイツ語のほかに、ルーマニア語、ロシア語、フランス語、英語に通じていた、一方石原も、厳密な意味での多言語使用とまではいかないまでも、ドイツ語、ロシア語に通じ、英語を解することができ、エスペラント語まで学んでいた）、洋の東西に分かれていたとはいえ、同時代を生き（石原は一九一五年の生まれ、ツェランは一九二〇年の生まれ）、戦争と強制収容所を経験していること、その忌わしい記憶を詩作のベースにしたこと、だが終生その記憶から逃れられず、晩年には精神の変調をきたしたこと……

さらに、石原吉郎は、「私の詩歴」というエッセイのなかで、シベリア抑留からの帰路を回想しながら、「おれに日本語がのこっていた」と述懐している。

一九五三年冬、舞鶴の引揚収容所で私は二冊の文庫本を手に入れた。その一冊が堀辰雄の『風立ちぬ』であった。これが私にとっての、日本語との「再会」であった。戦前の記憶のままで、私のなかに凍結して来た日本語との、まぶしいばかりの再会であった。「おれに日本語がのこっていた……」息づまるような気持で私は、つぎつぎにページを繰った。その巻末に立原道造の解説があった。この解説が、詩への私自身ののめりこみを決定したといっていい。東京に着いた日に、私は文庫本の立原道造詩集を買い求め、その直後から詩を書き始めた。

この日本語との再会は、やはり収容所体験をくぐり抜けたパウル・ツェランの、例の「言葉だけが残りました」という発言を想起させる。ツェランは、ハンザ自由都市ブレーメン文学賞受賞の際の挨拶で、つぎのように述べている（飯吉光夫訳）。

それ、言葉だけが、失われていないものとして残りました。そうです、すべての出来事にもかかわらず。しかしその言葉にしても、みずからのあてどなさの中を、おそるべき沈黙の中を、死をもたらす弁舌の千もの闇の中を来なければなりませんでした。（……）――しかし言葉はこれらの出来事の中を抜けて来たのです。抜けて来て、ふたたび明るい所に出ることができました――すべての出来事に「豊かにされて」。

もちろんニュアンスはだいぶ違う。石原の場合は、収容所で日本語を禁じられていたわけではないが、読み書きはできず、コミュニケーションの手段としてもおおむねロシア語であったろうから（日本人同士の場合はなるべく日本語を使うようにしていたが、同じみじめな日本人をみるのは嫌だという気持ちもあって、日本語を話すことをあえて避けた時期もあったと石原は語っている）、日本語とはまさに「再会」したのであり、日本語を自由に使えるという解放感をともなっていた。彼が堀辰雄や立原道造の文庫本を通して再会したのは、戦前のいわば古き良き日本語なのに、新鮮で「まぶしいばかり」の印象を受けたゆえんである。一方ツェランのほうは、母語の使用に不自由したようなことはなく、ただ、その母語であるドイツ語は、両親を殺したナチス・ドイツの、つまり敵の言語でもあるという複雑さがあった。ポリグロットのツェランにしてみれば、ほかの言語を選択することも可能であったろうが、詩人としてはやはりどうしても母語との臍帯《さいたい》を断つわけにはいかなかったのである。

とはいえ、両者とも、言語に絶するような存在の極限あるいはカタストロフィーをくぐって、なお言葉が残っているという。それは、収容所やホロコーストの悲惨をまえに、言葉は無力である、しかしその言葉に頼って悲惨を後世に伝えてゆくしかない、というようなレベルの話ではないだろう。そうではなく、存在の極限あるいはカタストロフィーを経てさえも、言葉だけは無傷のまま残る、なぜなら、言葉そのものが傷となるからだ、というような逆説を詩人は言いたいのだ。その傷が詩である。もっといえば、そもそも語り得ないものである存在の極限あるいはカタストロフィーを、それでも語ろうとするのは、あるいは語ることができるのは、ただ詩の言葉だけだという詩人の決意と矜持とを——そして、あえていうなら悦びをも——それはあらわしているのである。こうして、このふたり、石原とツェランは、語り得ないものを語るという、詩人にとってもっとも根本的な精神を共有しているといえよう。

以上を出発点に、石原吉郎とパウル・ツェランの比較を試みてみよう。しかしながら、このふたりの詩人については、第Ⅰ部で紹介したように、冨岡悦子の『パウル・ツェランと石原吉郎』というすぐれた評論がすでに存在する。したがって、ここではその内容を紹介しつつ、場合によっては私なりに批評的なコメントを付すというかたちで論をすすめるのが妥当であろう。

まず、「あとがき」——本は「あとがき」から読むものであろう——を読んで思わずうれしくなったのは、冨岡がツェランに引き込まれるきっかけになったのが、飯吉光夫訳の『迫る光』(思潮社)であったと述懐していることである。私も全く同じだったからだ。いかに飯吉の翻訳がすぐれていたかということになろうか。ついで私は、同じ飯吉訳による選詩集『死のフーガ』(思潮社)を読んだ。それらの訳は、私見によれば上田敏風のこなれた日本語ではなくて、直訳っぽい、ぎくしゃくした、吃語の連続のような、それでいてどこか官能的な、つまり「日本語の国境性」(折口信夫)そのものが体現されたような、そういう鮮烈な言語だったのである。あたらしい日本語の詩語といってもよいかもしれない。たとえば、『迫る光』から「日録のいたみ」という詩——

日録のいたみ、
雪におおわれて、雪にとざされて——

カレンダーの隙間で
そのいたみの重さを衡っている、衡っている、
あらたに生まれでた
空無が。

あるいは、『死のフーガ』所収の長い詩「ストレッタ」(のちに訳者は改訳して『パウル・ツェラン詩文集』に載せているが、ここは私に与えた最初の衝撃ということで初訳から引く)――

(――日の灰色に、
　地下水の痕跡たち
　　の―

まぎれもない
痕跡
の
境域へ
送りこまれて――。

草。
草、
きれぎれに書かれて。)

連用中止形、吃音的なリフレイン、改行による連辞の中断、倒置などによるシンタックスの脱臼——それらは、まるで形式だけ一人歩きしたかのように、いともたやすく私の詩作に浸みわたってきた。そう、あろうことか、アウシュヴィッツの意味(「ストレッタ」は詩人が強制収容所跡を訪れたときの記憶をもとに書かれたとされる)も、したがってツェランの主題の深刻さも、まだ十分には理解しえていなかったというのに……

もちろん、あれだけ特異な悲劇的体験をし、しかもそれが深くほどきがたく詩作とかかわっていた詩人であるからには、やはり簡単に理解が届くというわけにはいかない。しかも、難解をもって鳴る詩人である。それなのに、どうしてこの詩人はわれわれをひきつけてやまないのか。それは、あの破砕された内的風景、あの狂気へと切迫した言語態、そうしたものが多少ともわれわれの時代のもの、たとえアウシュヴィッツからは遠くてもなお分有しうるものなのだからではないだろうか。

共時的共通点

本題に入ろう。冨岡はドイツ文学とくにドイツ近現代詩の専門家である。したがってツェラン関係の文献にはほぼ隈なくあたっており、それがこの評論をいっそう充実したものにしている。それにしても、伝記、評伝の類から注解や草稿研究にいたるまで、ここ二十年くらいのあいだのツェラン研究の進展ぶりには驚かされるばかりだ。それはツェランが、二十世紀ドイツ語圏最高の詩人という評価を与えられたというだけではなく、東欧ユダヤ系としてアウシュヴィッツ以降の詩の問題を一身に引き受けたようなところがあるからであろうと思われる。そしてまた、これはランボーなどにも言えることだが、その詩の難解さが呼び水になって、夥しい解釈を生み出しているという事情もあろう。ひとはスフィンクスのまえでは、ついオイディプスになろうとするものなのである。

そこから石原吉郎との比較に思い至るというのは、戦後の日本現代詩を知る者にとっては、ごく自然な成り行きであろう。洋の東西でちがっていても、同時代を生きたことはもとより、収容所体験から狂気への傾きまで、ポリグロット的資質から詩を謎として立てるメタファーの詩法まで、本章の冒頭でも書いたように、両者にはなぜか共通するところが多いからである。冨岡の功績に帰せられるところは、両者の比較をこのような規模で、きわめて精緻に、ときに大胆にやってのけたことである。

論の構成としては、対位法的なプロセスがとられている。あとがきにもあるように、「本書では約四半世紀の間に書かれた二人の詩をおおむね通時的に並べて論じている。それによって、互いに交流のなかった二人の詩人の共時的共通点を浮かび上がらせ」ようとする。その試みは見事に成功しているといえよう。

冨岡はまず、帰郷をテーマにした二人の詩をとりあげ、戦争を生き延びた二人の詩人の立とうとした位置をあきらかにする。ツェランの「帰郷」の場合は、詩中にあらわれる「丘」と「杭」のイメージを、それぞれ、詩人の母と詩人自身のメタファーととる。すなわち、「雪の丘」には、強制収容所で殺害され「葬られることもなく放置された母の屍とその眼」が暗示され、そこに「私」は「木の、一本の杭」として立つのである。そうして冨岡は、「歴史の災禍の証言者としての（詩人の）位置が、ここで鮮明に告知されている」とする。

一方、石原吉郎の場合は、第一詩集の表題作となった「サンチョ・パンサの帰郷」が読み解きの対象になっている。全行を引用しよう。

安堵の灯を無数につみかさねて
夜が故郷をむかえる
みよ　すべての戸口にあらわれて
声をのむすべての寡婦

驢馬よ　権威を地におろせ
おとこよ
その毛皮に時刻を書きしるせ
私の権威は狂気の距離へ没し

なんじの権威は
安堵の故郷へ漂着する
驢馬よ　とおく
怠惰の未明へ蹄をかえせ

やがて私は声もなく
石女《うまずめ》たちの庭へむかえられ
おなじく　声もなく
一本の植物と化して
領土の壊滅のうえへ
たしかな影をおくであろう

驢馬よ　いまよりのち
つつましく怠惰の主権を
回復するものよ
もはや　なんじの主人の安堵の夜へ
何ものものこしてはならぬ
何ものものこしてはならぬ

「このたとえ話の構図を石原の日本への帰国に重ねて読み解くと、サンチョ・パンサは石原自身の投影であり、従者の位置に彼を据えた主人ドン・キホーテは大日本帝国ということになる」と、ここまでは従来の解釈と同じである。しかし冨岡は、「驢馬」にもアレゴリーを読み取り、「この詩の中心に据えられた驢馬とは、収容所時代の石原を支えた信念のアレゴリーではないか」と考える。その信念とは、石原自身の言葉を借りれば、「いずれは誰かが背負わされる順番になっていた〈戦争の責任〉をとも角も自分が背負ったのだという意識」である。帰国後それは、戦後日本の社会によって無残にも裏切られることになる。そこで冨岡は書くのだ、「石原吉郎は、驢馬からおりるように、抑留生活のあいだ彼を支えつづけてきた信念と訣別しなければならなかった」、そうして「声もなく／一本の植物と化して／領土の壊滅のうえへ／たしかな影をおくであろう」という決意のもとに立つ。この決意には、急速に復興してゆく戦後の日本に、ひと筋の影として、すなわちラーゲリの死者の証言者として生きるという石原の決意が反映されているはずだ」。

従来この箇所は、「告発しない」という石原の特異な姿勢に重ねて読まれていたはずである。冨岡はそれを、いささかツェランに引き寄せた趣があるとはいえ、むしろ「声にならない告発」の姿勢としてポジティヴに読み解く。これは従来の解釈にはなかった視点だろう。以下、この視点に沿って、さらにいくつかの「共時的共通点」がもとめられてゆく。第二章「かけがえのない死者」では、ツェランの詩「アーモンドを数えよ」がまず分析される。詩人自身がもっとも愛した詩のひとつということだが、ここでは前半部分のみ引用する。

アーモンドを数えよ、
苦かったものを　あなたを目覚めさせたものを数えよ、
私をそれに数え入れよ——

私はあなたの眼を探した、あなたが眼を見開き、誰もあなたを見つめなかったときに、
私は　あの秘密の糸を紡いだ、
それをつたい　あなたの想いがこもった露が
甕の中へ　滑り落ちた、
それらの甕を　誰の心にも届かなかったことばが護っている。

「ユダヤ人死者のメタファーである「アーモンド」を「数える」という行為が何を指し示すか、それを言い当てることは困難ではない。詩人が身を置くヨーロッパで起きたユダヤ人に関わる出来事を記憶しつづけるということである」としたうえで、さらに冨岡は、「「あなた」に向けて語りかけられるこの詩は、かけがえのない死者に向けて書かれている。「あなた」とは、詩人が言葉によって護ろうとする死者たちの中心にいる母親にほかならない」と読み解く。この「かけがえのない死者」にあたるのが、石原の場合、彼の親友的存在であった鹿野武一《かのぶいち》であるとする解釈の流れだ。鹿野武一については「他者」の章で詳しく言及したいが、鹿野は帰国後に死んでいる。厳密にいえ

ばラーゲリでの犠牲者ではないのだが、それでも石原にとっては「かけがえのない死者」であり、冨岡によれば、「五月のわかれ」という詩（「他者」の章参照のこと）はこの「ペシミスト」への追悼として書かれた。

根本的差異——ディアローグとモノローグ

つづく第三章「呪いと祈りもたずさえて」では、ツェランの有名な詩「テネブレ」がいよいよ登場する。全行を引用しよう。

私たちは近くにいます、主よ
近くに　つかめるほどに。

もう　つかまれてしまいました、主よ
たがいの爪が食い込みました、まるで
私たちそれぞれの体が
あなたの体であるかのように、主よ。

祈りなさい、主よ

私たちに向かって　祈りなさい
私たちは近くにいます。

風に傾いて　私たちは歩きました
私たちは歩きました
窪地と火口に身をかがめました。

水飼い場へ私たちは行きました、主よ。

血がありました、ありました
あなたが流した血が、主よ。

それは輝いていました。

それは　私たちの目の中に　あなたの姿を投げ込みました、主よ。
目と口は　これほどにもうつろに開いていました、主よ。
私たちは飲みました、主よ。
血と　血のなかにあった姿を、主よ。

祈りなさい、主よ。
私たちは近くにいます。

冨岡によれば、「テネブレ」とは「暗闇」を意味するラテン語で、復活祭前のキリスト受難週最後の三日に行なわれる朝課と賛課を、カトリック教会では「テネブレ」と呼んでいる。したがって、ここで「主」とは、イエス・キリストをさしているとみるのが自然である。詩行中にも「あなたが流した血」とあるし、キリストの受難が暗示されている。だが、そうすると奇妙な事態が生じていることになる。冨岡も言うように、「「主」を救世主キリストと受け取るならば、詩は異様な逆転を見せている。第三連でいわれているように、祈るのは「私たち」ではなく、「主」であり、「祈りなさい、主よ／私たちに向かって 祈りなさい」と言われているのである」。

この「異様な逆転」をどうみるか。常識的には、ツェランは無神論の立場から、ユダヤ人虐殺を許した神の無力を冒瀆的に告発しているのだということになろう。しかし、それだけではないと冨岡は言う。詩の後半部、「あなたが流した血」を「私たちは飲みました」とある以上、キリストの血にみたててワインを飲むという聖体拝領の儀式がふまえられていることはあきらかであり、「詩は告発の様相から、極限状態の共苦へと静かに移行している」。にもかかわらず、「祈りなさい、主よ」という冒瀆の言葉も回帰するので、「イエス・キリストが人間の罪の償いをその受難によってなし遂げ、祈りの対象となるなら、絶滅収容所の犠牲者はその受難によって「主」そのひとの祈りの対象となるべきである」。こうして、詩「テネブレ」は「祈りと呪詛の拮抗する場」となりえているのである。

一方、キリスト者石原吉郎の場合、神との関係はどうなっているか。信仰とは、絶対的他者として神を仰ぎ、神との対話のうちに生きるということである。当然、石原の場合も、そのようなことになっているだろう。

ところが、そのかぎりではないのだ。冨岡は、これもまた名高い石原の詩「位置」を取り上げ、イエスの磔刑の場面を扱った詩とする解釈も紹介しながら、つぎのように述べる。「たしかに、戦後詩の傑作と評価される詩「位置」はその抽象性のために自由な解釈を許す作品である。だが、明確なことがひとつある。それは、この詩が一人の人間の位置について語っているということである。その人間は、「無防備の空がついに撓み／正午の弓となる位置」にいる。「勇敢な男」を目指す「君」は、その位置に自分を置き、「呼吸し、かつ挨拶」することを自らに要請している。この要請は、まずだれより詩人自身への要請であるだろう」。

ここから冨岡は、「両者の姿勢には、大きな差異がある。神の義を詩の言葉であくまでも問おうとするツェランに対して、石原は受難に対峙する自分自身の姿勢を問題としているのである」と、両者の差異を強調するにいたる。「共時的共通点」を浮き彫りにするという論考全体のコンセプトからすれば、これはめずらしいことである。

だが、私にはむしろこの差異が重要であるように思える。無神論のツェランになお神との対話があるというのに、キリスト者の石原においては、むしろ神は問題にされず、自己へのまなざしのみがある。なんと奇妙な交差配列だろう。石原の独特の信仰の姿勢については、「信仰」の章で考えたいと思うが、この交差配列には、ふたりの詩人の資質のちがいという以上に、それぞれの文化的背景のちがいが大きく作用しているように思えてならない。牧畜社会の比較的きびしい生存条件のなかで、個々の人間が垂直的に神という絶対的な他者と向き合うユダヤ＝キリスト教的文化と、水平的に個と個がむすびつく農耕社会に根づき、悟りすなわち無の境地にまで自己の探求をやめない仏教的文化とのちがいである。石原は、信仰としてはキリスト教を選び取ったのに、そのメンタリティはむしろ仏教徒のようなのだ。

それにしても、根本的な差異だ。それは詩のあり方にも及んでいる。これがもっとも重要なことである。ツェランの詩がどこまでもディアローグ的であるのに対して、石原の詩はモノローグの域をついに出ないのである。

結論が出てしまったようだ。石原詩におけるこのモノローグへの傾きは、冨岡も、第五章「沈黙に生成された言葉」において指摘している。冨岡は第二詩集『いちまいの上衣のうた』に収められた「花であること」という詩を引き合いに出す。

花であることでしか
拮抗できない外部というものが
なければならぬ
花へおしかぶさる重みを

花のかたちのまま
おしかえす
そのとき花であることは
もはや　ひとつの宣言である
ひとつの花でしか
ありえぬ日々をこえて
花でしかついにありえぬために
花の周辺は適確にめざめ
花の輪郭は
鋼鉄のようでなければならぬ

そしてこう述べるのだ、「この詩にみられる同語反復と逆説は、「沈黙」の言葉のメタファーとしての「花」の強度を増す機能がある。一方この手法は詩を限りなくモノローグの枠に閉じ込めるものとなっている。噛んで含めるように語りかける相手は、もはや他者ではなく、「沈黙」の言葉を紡ぐ自分自身にのみ向けられているかに見える。石原の詩がモノローグに深く傾くと見えるとき、そこに込められたものは一体何であったのだろうか」。

第六章「詩は誰に宛てられているか」では、この「そこに込められたもの」が考察の対象となる。冨岡によればそれは、「単独者への自己の止揚」によってふたたび見出される逆説的なディアロー

グの可能性である。たとえば『いちまいの上衣のうた』に所収の「しずかな敵」には、

おれにむかってしずかなとき
しずかな中間へ
何が立ちあがるのだ
おれにむかってしずかなとき
しずかな出口を
だれがふりむくのだ
おれにむかってしずかなとき
しずかな背後は
だれがふさぐのだ

とある。「おれにむかってしずかなとき」とは、なんとも石原的な自己への凝視というほかないが、しかしながら、そこに「しずかな中間」が設定され、「何が立ちあがる」とか「だれがふりむくのだ」とか言われているのだから、たしかに他者が召喚される予感はたちこめている。

また、石原がたとえば、「失語と沈黙のあいだ」というエッセイにおいて、

（……）私がなぜ詩という表現形式をえらんだかというと、それは、詩には最小限度ひとすじ

の呼びかけがあるからです。ひとすじの呼びかけに、自分自身のすべての望みを託せると思ったからです。ひとすじの呼びかけと私がいうのは、一人の人間が、一人の人間へかける、細い橋のようなものを、心から信じていたためでもあります。

と述べるときの「細い橋のようなもの」は、ツェランの提唱する投壜通信としての詩という希望に似てなくもない。投壜通信とは、船上から手紙を壜に入れて海中に投じ、それが陸に打ち上げられて読まれるのを待つという、絶望的なコミュニケーションの手段をいう。もともとは、ラーゲリでの死を余儀なくされたロシアのユダヤ系詩人マンデリシュタームが、詩の行為の譬えとして使ったのを、さらにツェランが、ブレーメン文学賞受賞に際しての記念スピーチで援用して広く知られるようになった。ツェランは言う、

詩は言葉の一形態であり、その本質上対話的なものである以上、いつの日にかはどこかの岸辺に――おそらくは心の岸辺に――流れつくという（かならずしもいつも期待にみちてはいない）信念の下に投げこまれる投壜通信のようなものかもしれません。詩は、このような意味でも、途上にあるものです――何かをめざすものです。

何をめざすのでしょう？　何かひらかれているもの、獲得可能なもの、おそらくは語りかけることのできる「あなた」、語りかけることのできる現実をめざしているのです。

しかし、共通点も引用箇所の上段までだ。ツェランの場合、投壜通信の譬えを出したあと、すぐさま、曲がりなりにも二人称が召喚されているのに対して、後期の石原に、冨岡の期待するような逆説的なディアローグの可能性が実現されているとは、私にはとても思えないのである。ただただ、自己への凝視からその自己の滅却をねがう「ほろび」の隘路があっただけではないか。

冨岡の『パウル・ツェランと石原吉郎』は、このあとも第七章「光と風が問うもの」、第八章「人間と神」、第九章「何が不遜か」、第十章「あらゆる安息のかわりに」と、ふたりの詩人をめぐる対位法的な論述がつづき、なおいくつかの「共時的共通点」がもとめられてゆくが、それを辿ることはここでは割愛する。私にはそれよりも、冨岡が第三章で浮かび上がらせた詩のあり方をめぐる石原とツェランの根本的なちがい、すなわちディアローグ的であるかモノローグ的であるかというちがいのほうがより意味深いように思われるのである。入り口を共有したふたりではあったが、出口はちがう方向へと向かった、ということになろうか。

それぞれの白鳥の歌

ただし、石原吉郎とパウル・ツェランとのあいだに、究極ともいうべき共通点が存在する。ほかでもない、それはふたりとも収容所の死者の記憶あるいは極限的な存在体験という呪縛から逃れられず、次第に精神の変調をきたして、ついには自死あるいは自死に近いかたちで生に終止符を打ったということである。その痛ましさを伝えるふたりの「白鳥の歌」ともいえる詩篇を引用して、この章を締めくくることにしよう。
まずツェランからは、遺稿詩集『迫る光』の最後に置かれた、文字通りの「絶筆」という色合いをもつつぎの詩篇――

あらかじめはたらきかけることをやめよ、
さきぶれを送ることをやめよ、
そのなかにただくるみこまれて
立っていよ――

空無に根こそぎにされて、
すべての
祈りからもときはなたれて、
さきだって書かれていくさだめの文字のままに
しなやかに、
追いこすこともかなわぬまま、

ぼくはあなたを抱きとめる、
すべての

安息のかわりに。　　　　　　　　　　（「あらかじめはたらきかけることをやめよ」）

初読のとき、何か言いようのない戦慄的感動に襲われたのをよくおぼえている。冨岡は注釈する――「絶対無の言葉の光を受けて立つ詩人は、ユダヤの神の無にさらされ、祈りという位置もすでに奪われ、「前書物」（飯吉訳では「さきだって書かれていくさだめの文字」）に従順であることを強いられて、退路はもはや断たれている。死者と神の仲介者として詩を書きつづけたことの到達点が、戦慄とともに示されている」。

つぎに、石原吉郎からは、そのものずばり「死」と題されて、やはり遺稿詩集『満月をしも』に収められたつぎの一篇――

死はそれほどにも出発である
死はすべての主題の始まりであり
生は私には逆向《さか》きにしか始まらない
死を〈背後〉にするとき
生ははじめて私にはじまる
死を背後にすることによって
私は永遠に生きる
私が生をさかのぼることによって

死ははじめて
生き生きと死になるのだ

引用してみて、しかし愕然とせざるを得ない。精神病をわずらい、まもなくセーヌ川に投身しようというのに、ツェランのほうはどこまでも詩である、詩としての戦慄である。そして、こう言ってよければ、詩という謎に消えてゆく詩人の姿がある。しかし、石原のほうはどうだろう、これは詩だろうか、詩としての戦慄があるだろうか。わかりやすいだけに多くの論者が引くテクストだが、もし石原吉郎という署名がなかったら、宗教家か哲学者もどきが書きつけた死をめぐる屈折した思弁にすぎないようにみえる。詩はどこへ行ってしまったか。あるいは、石原自身書いていたように、「詩がおれを書きすてる日」、その日がすでに来てしまっていたということなのかもしれない。

現代詩

戦後詩への登場――「夜の招待」を読む

石原吉郎の詩壇への登場は、一九五四年、「現代詩手帖」の前身であった文芸投稿誌「文章倶楽部」に、投稿作品「夜の招待」が特選で掲載されたことによる。そのときの選者が鮎川信夫と谷川俊太郎であったことが、なんとも意味深い。鮎川信夫は戦中世代として戦後詩の出発を告げた「荒地」派の主導的な詩人であり、一方谷川俊太郎は、戦争の記憶とは直接関係のない清新な抒情を戦後詩にもたらした新世代の旗手であった。詩風においても立ち位置においても、およそ対極にあるといってよいそのふたりが、ともに石原作品を認めたのである。

だが、その認め方には微妙な温度差がある。谷川はエッセイ「〈文章倶楽部〉のころ」(『現代詩読本2　石原吉郎』所収)でじっさいの鮎川との合評の模様を紹介しているのだが、それによると、どちらかといえば谷川が手放しで石原作品を評価しているのに対して、鮎川のほうはやや距離を置いて、冷めた眼でみているようなところがある。

「夜の招待」は以下のような詩である。すでに「言語」の章でその前半部分を引いたが、今度は全行を引用しよう。

窓のそとで　ぴすとるが鳴って
かあてんへいっぺんに
火がつけられて
まちかまえた時間が　やってくる
夜だ　連隊のように
せろふあんでふち取って——
ふらんすは
すぺいんと和ぼくせよ
獅子はおのおの
尻尾《しりお》をなめよ
私は　にわかに寛大になり
もはやだれでもなくなった人と
手をとりあって
おうようなおとなの時間を
その手のあいだに　かこみとる

ああ　動物園には
ちゃんと象がいるだろうよ
そのそばには
また象がいるだろうよ
来るよりほかに仕方のない時間が
やってくるということの
なんというみごとさ
切られた食卓の花にも
受粉のいとなみをゆるすがいい
もはやどれだけの時が
よみがえらずに
のこっていよう
夜はまきかえされ
椅子がゆさぶられ
かあどの旗がひきおろされ
手のなかでくれよんが溶けて
朝が　約束をしにやってくる

「窓のそとで　ぴすとるが鳴って」は萩原朔太郎のあの「殺人事件」の冒頭——「とほい空でぴすとるが鳴る。／またぴすとるが鳴る。」——を想わせる。それだけではなく、全体のトーンまでもがやや朔太郎調であるといえよう。じっさい、「私の詩歴」というエッセイのなかで、石原吉郎は朔太郎詩との出会いを強調している——「一九四一年私は満州へ動員された。さいごの勤務地になったハルピンで、私は初めて萩原朔太郎の初期の詩集を読んだが、その時のあざやかな印象は今でも忘れない。朔太郎の詩は、百田宗治などの解説でいくつか読んでいたが、まとまったかたちで読んだのはその時が初めてである。それは私が知っていたそれまでのどの詩ともちがっていた。なによりも驚かされたのは、それらの詩がイメージによって書かれていたことである。私はそれまで詩をむしろ音楽に近いものとして考えていたので、この邂逅は衝撃的であった」。

それにしても、ピストルの音につづいて、「かあてんへいっぺんに／火がつけられて」というのだから、ただならぬ場面の提示である。戦争か暴動でも始まっているのだろうか。だが、それ以上イメージは展開しないので、この「火」はただの夕焼けのメタファーかもしれない。つづく「ふらんすは／すぺいんと和ぼくせよ」という時事的な二行は、唐突すぎてこの詩にいかにもそぐわない。詩行の不連続を強調するためにわざわざ挿入されたかのようにさえ思える。しかも、そういう背景から行為の主体としてあらわれるのは、人ではなくむしろ時間という概念であって、このことも驚きであろう。その「まちかまえた時間」はさらに「来るよりほかに仕方のない」と言い換えられて、擬人化が強調される。

それとは対照的に、「私」の扱い方はそっけない。「まちかまえた時間」と「来るよりほかに仕方のない時間」に挟まれるように作中主体「私」は登場するが、読者の関心は、「私」が「手をとりあって」いる「もはやだれでもなくなった人」のほうにずれるだろう。「もはやだれでもなくなった人」とは誰か。死者ということか。それとも、昼間はしかじかの人間存在であった者が、夜とともに無名の存在に帰せられたということか。「おとなの時間」には性的な意味合いも込められていそうで、テクスト表層はますます混沌とした様相を呈してくる。

ともあれ、夜なのだ。すべては闇に沈み、闇に実質を奪われたように存在している。そこで「ああ　動物園には／ちゃんと象がいるだろうよ／そのそばには／また象がいるだろうよ」という言い回しが来るわけだが、しかしかえって奇妙な感じが出て、ほとんどナンセンスすれすれである。

「切られた食卓の花にも／受粉のいとなみをゆるすがいい」とはどういうことか。今度は意味が充満している。郷原宏は「それこそ切り花のように截断された自らのアドレッセンスへの哀惜」をそこに読み取り、「夜はまきかえされ」から「手のなかでくれよんが溶けて」までの展開に、「この詩人にふたたび表われることのないエロティックなものへの関心を見てとることも可能である」とまで述べている（「岸辺のない海」、『現代詩読本2　石原吉郎』所収）。卓抜な解釈だが、エロス的体験がもはや不可能なことも暗示されているだろう。

すべてがあいまいであり、両義的であり、謎であり、不連続であり、合評で谷川俊太郎の言う通り、容易に散文にパラフレーズできない。それがこの詩をすぐれた詩たらしめてもいるわけだが、のちの石原自身の言葉――すでに本稿でも何度か引いているが――を借りれば、「混乱を混乱のままで」書きとめる書法の実践ということになる。

荒地派と石原吉郎

このようなテクストの様相は、同時代詩、とりわけ荒地派の詩とちがうところであろう。石原はのちに「荒地」グループに迎えられることになるのだが、最年長の石原がもっとも遅く「荒地」の同人になったのだった。そして私見によれば、そのもっとも異質な同人だったといってよい。そこで、石原吉郎と現代詩というフェーズを開くために、まず荒地派の詩人たちの詩を振り返っておこう。彼らの詩の行為をひとことで言い表すなら、それは時代を「荒地」と見据えたうえでの、戦争の死者に対する喪の作業ということである。

まずは鮎川信夫。あまりにも名高い「死んだ男」の冒頭、

たとえば霧や
あらゆる階段の跫音のなかから、
遺言執行人が、ぼんやりと姿を現す。
——これがすべての始まりである。

ここでは主体の立場がはっきりと選び取られている。詩人はこれから戦争の死者を代行してゆくのだが、死者と重なってしまうことはない。遺言執行人というかたちで死者との関係はくっきり定

位づけられており、ゆるがない。
北村太郎の場合もほぼ同様である。

こつこつと鉄柵をたたくのはだれか。
魔法の杖で
彼をよみがえらせようとしても無益です。
腸詰のような寄生虫をはきながら、
一九四七年の夏、彼は死んだ。
(つめたい霧のなかに、
いくつも傾いた墓石がぬれている。)
苦痛と、
屈辱と、
ひき裂かれた希望に眼を吊りあげて彼は死んだ。
(……)
犬とともに、
夕ぐれの霧のなかに沈む死者よ。
さよなら。

(「墓地の人」部分)

同時代であるというのは恐ろしい。北村はとりわけその後半生のユニークな詩業によって後続世代に人気が高いが、こと死者との距離の取り方において、鮎川とほとんど変わるところがない。田村隆一はどうか。「立棺」という詩のパートⅡ冒頭を引いてみる。

わたしの屍体を地に寝かすな
おまえたちの死は
地に休むことができない
わたしの屍体は
立棺のなかにおさめて
直立させよ

　　地上にはわれわれの墓がない
　　地上にはわれわれの屍体をいれる墓がない

「わたし」が「おまえたち」と言い換えられ、さらに「われわれ」と言い換えられてゆくのは、一見人称の混乱をきたしているようにみえるが、そうではない。まずある声が「わたしの屍体を地に寝かすな」という。すると別の声が「おまえたちの死は」という。そしてまた別の声が「地上にはわれわれの墓がない」という。つまりオペラの台本のように、多声がひびいているだけなのである。あいまいさはない。

言い換えれば、「わたし」でも「おまえたち」でもないところに書く行為の主体が設定されているわけで、その位置はゆるがない。そのうえで、「わたし」と死者の同一化がくっきりと仮構されているのであって、つまりきわめて観念的である。

それにしても、「わたしの屍体」と、仮にも死者との同一化をはかるということは、それだけ喪の作業が徹底されたことを意味していよう。ちなみに石原的主体の場合は、死者との同一化もできなければ、死者を対象として突き放すこともできない。これに対して田村の「わたしの屍体」とは、第一義的には戦争の死者たちのことであろうが、かつ、または、死者の記憶そのものとして戦後を生きる者のメタファーでもあるのだ。

最後に、黒田三郎のつぎのような詩もある。

死のなかにいると
僕等は数でしかなかった
臭いであり場所ふさぎであった
死はどこにでもいた
死があちこちにいるなかで
僕等は水を飲み
カアドをめくり

襟の汚れたシャツを着て
笑い声を立てたりしていた
死は異様なお客ではなく
仲のよい友人のように
無遠慮に食堂や寝室にやってきた

（「死のなかに」部分）

「死のなかにいると」は「わたしの屍体」とほぼ同義であるが、「僕等は数でしかなかった」という認識は、死を対象化しうる主体の位置を示しており、かえって死との距離があらわになっている。なぜなら、死のほんとうの近接のなかでは、死は数ではなくなるからだ。のちに石原が、「広島告発、すなわちジェノサイド（大量殺戮）という事実の受けとめ方に大きな不安がある」（「三つの集約」）といい、「一人の死者」しかいないことを主張したのは、第Ⅰ部でふれたこととつながる。

以上要するに、「荒地」の詩人たちと石原吉郎のちがい、それはどこにもとめられるか。前者は「遺言執行人」つまり死者の代行という立場を選び取ったのであり、そのかぎりで主体の自由は確保され、死は対象化されている。また、「遺言執行人」であるためには、どれほど虚無的な生き方をしようと、すくなくとも主体の主体たるステータスが担保されていなければならない。一方、石原にはそれがない。はじめから何かこわれてしまった主体、死者との区別が不分明になってしまった主体が書いているような趣がある。彼には死者を代行して生きるというような意味では、書くべき主題がない。書くべき主題がないのに、なお、勝手に言葉がざわめいている背後があり、夜のようなそれが彼に書かせている。そういう意味では、主体の主体性よりも言語の自立的な運動に主導権を渡すその後の現代詩の歩みを先取りしているともいえるが、石原の場合そのような書き方は、方法として選び取られたものではなく、いわば不可避的なもの、実存的な要請によるものである。

遅れてきた「四季」派？

突然変異、といってもよいかもしれない。なるほど、あらゆるテクストは先行するテクストの書き換えである。石原吉郎の場合も、その詩のルーツを指摘することは可能だろう。「夜の招待」にやや朔太郎調がみられることはすでに指摘したが、さらにいうなら、その朔太郎がバックボーンとなった「四季」派に連なることはあきらかであろう。「荒地」派の詩人たちのルーツがおおむね戦前のモダニズムであるとすれば、意外にも石原吉郎のルーツは「四季」派である。帰国して詩を書き始めた石原が、読んでもらおうと最初に作品を送りつけたさきが、「四季」派を代表する詩人三好達治だったという事実が、それを裏づけている。遅れてきた「四季」派？　ある意味では石原は、そうなる可能性もあったのである。

とりわけ立原道造だ。第I部及び「パウル・ツェラン」の章でもふれたように、帰国して最初に読んだ日本の詩人が、なんと立原道造であった。「私の詩歴」その他によれば、舞鶴に降り立った石原が最初に手に入れた文庫本、それは堀辰雄の『風立ちぬ』とニーチェの『反時代的考察』であったが、その『風立ちぬ』の解説を書いていたのがほかならぬ立原道造で、芋づる式に石原はこの夭折した四季派の詩人に興味をもち、その詩をむさぼるように読み始めたというのである。帰国後すぐに書いたとされる詩が一篇、『全集』第三巻に補遺として収録されているが、「風に還る」と題されたそれはあきらかに立原風である。立原から石原へ、意外といえば意外だが、うっすらとひとつの糸が渡されているのであって、これは消し得ない。その後も、ふっと緊張が解かれると、作品中に立原道造を読んだ痕跡があらわれることがあるのだ。それはたとえば、石原詩に頻出する「風」や「雲」への偏愛にみてとることができる。「ぼくらは　高原から／ぼくらの夏へ帰って来たが／死は　こののちにも／ぼくらをおもい／つづけるだろう／ぼくらは　風に／自由だったが／儀式はこののちにも／ぼくらにまとい／つづけるだろう／忘れてはいけないのだ／どこかで　ぼくらが／厳粛だったことを／あかるい儀式の窓では／樹木が　風に／もだえており／街路で　そのとき犬が／打たれていた／古い巨きな／時計台のま下でも／風は　未来へ／聞くものだ！／ぼくらはにぎやかに／街路をまがり／黒い未来へ／唐突に匂って行く」。

第一詩集『サンチョ・パンサの帰郷』に所収の「風と結婚式」という詩から、その全行を引いた。初出は一九五六年六月。実人生においても、同時期に詩人は田中和江という女性と結婚している。石原にしてはめずらしく、戦後の実体験が詩作に反映されているといえる。そこに、「高原」という言葉まで出てきて、一瞬、立原道造がよみがえったのではないかと思わせるような詩行である（さすがに「黒い未来へ／唐突に匂って行く」という結尾は石原的であろうけれど）。

とはいえ、これはあくまでも例外である。デビュー作「夜の招待」にさえ、すでにみたように、立原道造の痕跡を見出すことは困難であろう。「風」自体、石原に渡ったのち、存在論的に深められていったこともたしかである。石原自身、「私の詩歴――『サンチョ・パンサの帰郷』まで」というエッセイで、「この時期にはもう、立原道造の詩からは嘘のようにふっ切れていて、誰の影響も受けないまま、自己流に詩を書きつづけた」と回顧している。あらゆるテクストは先行するテクストの書き換えであるにしても、帰国後わずかのあいだに、先行するテクストは石原の詩からきれいさっぱり消えてしまったのだ。存在の極限にふれた体験の強度がそうさせたのであろうか。かくて、石原作品は、すくなくとも発表されたものにかぎっていえば、最初から石原作品として立ち上がった。繰り返すが、それは突然変異、あるいは奇跡、といってもよいのかもしれないのである。言い換えるなら、石原吉郎は詩史的位置という観点からみても「単独者」であった。

「ロシナンテ」の時代

「夜の招待」以後の石原吉郎の詩の歩みを振り返ってみよう。郷原宏はそれを三期に分けている(「三つの断面」、『石原吉郎全集Ⅰ』月報所収)。妥当と思われるので、ここでもそのまま踏襲したい。郷原によれば、「第一期は、一九五三年(昭和二十八年)十二月にシベリアから帰還、翌五十四年夏ごろから「文章倶楽部」に投稿をはじめ、投稿欄の常連詩人たちと詩誌「ロシナンテ」をつくって盛んに作品を発表し、一九五九年三月に同誌が終刊するまでの約五年間で、この時期を仮りに〈ロシナンテの時代〉と呼んでみる。(……)石原吉郎の第二期は、一九五九年(昭和三十四年)十月の詩誌「鬼」への同人参加から、一九六九年(昭和四十四年)に一連のシベリア体験記を書きはじめるまで、すなわち詩人四十四歳から五十四歳までのほぼ十年間である。(……)石原吉郎の第三期は、一九六九年(昭和四十四年)のエッセイ「確認されない死のなかで」(「現代詩手帖」二月号)のころからはじまり、一九七七年(昭和五十二年)十一月十四日午前十時(推定)に突然断ち切られている」。

同人誌「ロシナンテ」について補足しておくと、石原はのちに「「ロシナンテ」のこと」という短文を書いて回想しているが、それによれば、「「ロシナンテ」は一九五五年四月、当時の「文章倶楽部」(「現代詩手帖」の前身)の投稿詩人たちによって発刊された。発刊の企画にあたったのは好川誠一、河野澄子、石原吉郎の三人で、これに岡田芳郎、田中武、勝野睦人、淀縄美三子といった人たちが加わった」。

「ロシナンテ」の存在は、石原にとってまさに遅れてきた青春そのものであったのだろう。そのあたりのことは、畑谷史代の『シベリア抑留とは何だったのか』に活写されている。この時期、石原は帰国後のさまざまな困難にぶつかり、また、ラーゲリ体験という過去にあらためて向き直ろうとしていて、ある意味では抑留期間よりも苦しい生のさなかにあったが、同人たちとの交流では内面の苦悩のかけらもみせなかった。畑谷も指摘しているように、「ロシナンテ」に寄せた詩や小文には、幾度も「僕ら」「僕たち」といった人称が使われており、詩に接するときの石原の精神がいかに昂揚していたかを窺うことができる。「「ロシナンテ」は、帰国後の私にとって最初の事件だったといえる。うっ屈するだけであった私の内部は、ただ「ロシナンテ」に向けてだけ開かれた」(「私の詩歴」)。

メンバーのうち、石原がとくに強調しているのは、好川誠一と勝野睦人の二人である。才能ある詩人だったようだが、いずれも夭折してしまう。勝野はわずか二十歳で交通事故による不慮の死をとげ、同人たちに大きなショックを与えた。のちに石原は、「追悼・勝野睦人」という文章を書き、「鐘楼」という勝野の詩を引用している。「「哀しみ」は／だれの裡にも／鐘楼のようにそびえています／(……)／ああ　しかし／もっともっとべつなひとは／はじめから知り尽くしているのです／こころが　ちいさな町でしかないのを／そしてたちどまった街角にはいつでも／ひとつの鐘楼がそびえたつのを／／かれは「哀しみ」をのぼりつめてゆきます／どこまでもひたむきにのぼりつめてゆきます／その頂にたどりつき／かれのこころを見渡してみようと／こころのただひとつしかない厳しい位置に／せめてものあのちいさい叫びが／吊されているのを／たしかめてみようと」。

驚くべき詩である。「哀しみ」としてそびえたつ鐘楼、それは石原のあの「塔」へのオブセッション、たとえば「耳鳴りのうた」の「棒紅のように／やさしく立つ塔」を想わせるし、そのうえさらに、テクストの最も白熱した箇所に、「位置」という石原的語彙まで登場する。勝野の詩は「こころ」を事物に見立てたややセンチメンタルな象徴主義的作品だが、そこから「こころ」を取り払ってしまえば、そのまま石原の詩的世界の雛形が浮かび上がってきそうではないか。この「鐘楼」が発表されたのは、石原の「位置」や「耳鳴りのうた」より早い。もしかしたら石原は、年少のこの夭折詩人からこっそり詩の富をもらい受けていたのかもしれない。

好川のほうは「ロシナンテ」解散後に精神を患い、孤独のうちに自殺した。それはどこかしら、のちの石原の運命をもはるかに予示しているかのようで、石原の遅い「青春」の記憶に暗い影を落としたのではないだろうか。好川が最後に書いた詩のタイトルは、石原の心のうちを見透かすように、「生きたいというやつがひらきなおる」であった。

吉岡実との比較

本題に戻って、「ロシナンテの時代」にあたる一九五〇年代は、「荒地」派の一定の役割が終わり、あるいはその収穫期にあたり、同時に、谷川俊太郎、大岡信らの新世代が台頭した時代である。石原はそこで独自のスタンスをとった。すなわち、戦争による極限的な体験を詩作の根源に据えたという意味では前者につらなり、しかし書き方としてはそれを語らずに語る、あるいは詩的言語をして自律的に語らしめるというような方法をとったという意味では後者につらなる。

似たような立場に、戦後最高の詩人ともいわれる吉岡実がいた。吉岡もまた「荒地」と同世代でありながら、詩壇へのデビューは遅く、第一詩集『静物』を刊行したのは、一九五五（昭和三十）年、詩人三十六歳のときであった。戦争中はやはり満州に動員され、しかしシベリアに抑留されるというようなことはなく、すぐに復員している。その吉岡に、「苦力」という詩がある。一兵卒として軍馬の世話をしていた体験をもとに書かれたとされる。

支那の男は走る馬の下で眠る
瓜のかたちの小さな頭を
馬の陰茎にぴったり沿わせて

ときにはそれに吊りさがり
冬の刈られた槍ぶすまの高粱の地形を
排泄しながらのり越える
支那の男は毒の輝く涎をたらし
縄の手足で肥えた馬の胴体を結び上げ
満月にねじあやめの咲きみだれた
丘陵を去ってゆく
より大きな命運を求めて

まだまだつづくのだが、作品の特徴はこの引用だけでも十分にうかがえるだろう。要するに、経験は完全にイメージ化され、主体はイメージの生成という純粋に詩的な出来事に主導権を譲り渡している。あるいは、イメージを生成する力そのものに主体が変容しているといってもよい。

この詩を、同じように馬が出てくる石原の「馬と暴動」(じっさいには一九六一年に発表されており、つぎの第二期の作品だが)につきあわせてみよう。

われらのうちを
二頭の馬がはしるとき
二頭の間隙を

一頭の馬がはしる
われらが暴動におもむくとき
われらは　その
一頭の馬とともにはしる
われらと暴動におもむくのは
その一頭の馬であって
その両側の
二頭の馬ではない
ゆえにわれらがたちどまるとき
われらをそとへ
かけぬけるのは
その一頭の馬であって
その両側の
二頭の馬ではない
われらのうちを
二人の盗賊がはしるとき
二人の間隙を
一人の盗賊がはしる

われらのうちを
ふたつの空洞がはしるとき
ふたつの間隙を
さらにひとつの空洞がはしる
われらと暴動におもむくのは
その最後の盗賊と
その最後の空洞である

吉岡作品とのちがいはあきらかだろう。馬はすでに馬以上のアレゴリー的性格を負わされ、石原作品独特の論理的な、あるいは論理をよそおった言葉の運びのなかに置かれている。イメージやイメージの展開が問題になっているのではない。いやむしろ、馬はイメージを奪われているといったほうが正確だろうか。そしてまた、そういう中味のない「馬」だからこそ、つぎの「盗賊」へ、「空洞」へと、等価な関係を結びながら楽々と範列論的に成り変わってゆくこともできるのである。

吉岡と石原と、こうした詩風のちがいは資質によるところが大きいだろうが、それだけではないような気もする。同じ戦争体験をしながら、それをひとつの特異な経験として記憶に収めることができた者と、戦争体験のさらにさきの極限まで経験してしまった者とのちがい、といえばいいだろうか。極限は言葉からイメージの実質を奪う。石原の言葉には具体的な事物を喚起する指示性が希薄で、どことなくその背後が透けてみえるようなところがあるのに対して、吉岡の言葉には言葉としてのいわば肉体のようなものがあるのだ。

であればこそ、石原において、「二頭の間隙を／一頭の馬がはしる／（……）／われらと暴動にもむくのは／その一頭の馬であって／その両側の／二頭の馬ではない」というような奇妙に論理的な幻想性も生まれるのであろう。それが石原詩の抗しがたい魅力になっているのはたしかである。ちなみに、「二頭の間隙を／一頭の馬がはしる」という位置関係は、詩篇「位置」の「勇敢な男たちが目指す位置は／その右でも　おそらく／そのひだりでもない」のそれを想わせる。

ところで、この「馬と暴動」に関連して、粟津則雄が面白い実験を行なっている（「詩を超えたものとの対話」、『現代詩読本2　石原吉郎』所収）。粟津はまず、本稿でも何度かふれた「夜がやって来る」という詩を取り上げ、そこから主観的な問いの言葉（「さびしくないか」「いやらしくないか」など）を取り除いた改作を提示する。すなわち、「駝鳥のような足が／あるいて行く夕暮れがさびしくないか／のっそりとあがりこんで来る夜が／いやらしくないか／たしかめもせずにその時刻に／なることに耐えられるか／階段のようにおりて／行くだけの夜に耐えられるか／潮にひきのこされる／ようにひとり休息へ／のこされるのがおそろしくないか／約束を信じながら　信じた／約束のとおりになることが／いたましくないか」という原テクストに対して、改作は、

駝鳥のような足が
あるいて行く夕暮れ
のっそりとあがりこんで来る夜

たしかめもせずにその時刻に
なる
階段のようにおりて
行くだけの夜
潮にひきのこされる
ようにひとり休息へ
のこされる
約束を信じながら　信じた
約束のとおりになる

となる。前者から後者へ名詞構文が増え、読者はさながら吉岡実の詩――「苦力」の引用箇所ではは っきりしないが、たとえば「喪服」という詩の冒頭の「ぼくが今つくりたいのは矩形の家／そこで育てあげねばならぬ円筒の死児」など――に近づいたような印象をおぼえるだろう。事実、粟津はこうコメントを加えている――「問いのことばを消し去った方が、詩がそののびやかさと自由感とを格段に増すことは確かだろう」。

だが、それがすべてではない。つぎに粟津は、問題の「馬と暴動」(「夜がやって来る」の六年後に書かれている)に言及し、こう述べるのだ――「作者はもはや「さびしくないか」とも「耐えられるか」とも「いたましくないか」とも問いはしないが、もちろん問いが消え去ってしまったわけではない。問いはなまなかたちでイメージや認識に加えられるのではなく、異様な吸引力をそなえた見えない核として詩に働きかける。この詩にみられる「馬」「盗賊」「空洞」というイメージの変容はなかなか面白いが、この変容を惹き起しているのは、この問いの力だろう。この問いの力に引かれることによって、イメージは次々とその姿を変え、ついには「ひとつの空洞」になって、おのれを超えたものに直面するのである。かくして、詩は、言わば、詩を超えたものとの対話といった観を呈するのである」。

詩の「のびやかさと自由感」を犠牲にしてまで石原が果たそうとしたもの、それこそはこの「詩を超えたものとの対話」であった。詩を超えたものとは、言い換えれば、名づけ得ないものということであろう。それをなお「空洞」と近似的に——つまりは隠喩的に——名づけようとしつづけることが、かろうじて、名づけ得ないものとの関係を保つ方途となる。存在そのものを言い当てることはできないが、それが存在する方向を示すことはできるというわけで、その機微がいわば、石原吉郎における詩の行為を定位させる。名づけ得ないものとの緊張関係を通してのみ、ポエジーはあらわれるのだ。

達成

石原吉郎の第二期は、ほぼぴったり一九六〇年代にあたり、詩史的には、現代詩がもっとも活況を呈した時代で、戦後詩の担い手たちの長い時間をかけた収穫祭的な作品から、より若い世代の、六〇年代ラディカリズムとも呼ばれた前衛的実験的な試みまで、まさに百花繚乱ともいうべき豊かなひろがりを示し、社会的にも詩がいまよりは広く受容されていた。そうしたなかにあって、石原も充実した詩作ぶりをみせる。達成期といってもよいかもしれない。さきほど取り上げた「馬と暴動」のほか、「位置」や「条件」といった秀作が書かれている。以上の詩篇は一九六三年に刊行された第一詩集『サンチョ・パンサの帰郷』に収められているが、石原はこの詩集で翌年のH氏賞を受賞し、詩壇における確固たる地歩を築いた。

この時期の石原詩の特徴は、郷原宏によってつぎのように的確に要約されている。「この時期の石原の詩をすぐれた現代詩たらしめているのは、ほとんど生得のものといっていい独得のリズム感と、のびやかなイメージ喚起力である。そこで暗喩と断言は密接不可分の関係になっていて、決してわかりやすいとはいえぬメタフォアは歯切れのいい断言によって直立し、断言はまた濃密なメタフォアのおかげで空疎な壮語から免れている」(「三つの断面」、『石原吉郎全集Ⅰ』月報所収)。その通りであろうと思われる。代表例として、すでに「存在」の章で全行を引いた「伝説」という詩が挙げられよう。「きみは花のような霧が／容赦なくかさなりおちて／ついに一枚の重量となるところから／あるき出すことができる／きみは数しれぬ麦が／いっせいにしごかれて／やがてひとすじの声となるところから／あるき出すことができる／きみの右側を出て／ひだりへ移るしずかな影よ／生き死にに似た食卓をまえに／日をめぐり／愛称をつたえ／すこやかな諧謔を／銀のようにうちならすとき／あるきつつとおく／きみは伝説である」。

おそらく、石原吉郎が書き得たもっともすぐれた詩のひとつであるこのテクストにおいて、「霧」

も「麦」もそれ自体なにかの隠喩であろうが、それがさらに「一枚の重量」や「声」へと隠喩的に言い換えられて、「きみ」の「あるき出す」位置を複層的にあきらかにしたあと、言葉の運びは、「すこやかな諧謔を／銀のようにうちならすとき」という最高度の隠喩――もはやほかの言葉に置き換え不可能な隠喩――を経て、「きみは伝説である」という断言に収斂する。唐突な言表だが、「伝説」の内実があらかじめ緻密な隠喩のネットワークに支えられているため、きわめて説得的に、そして美しく立ち上がるのである。

そう、石原吉郎の詩の言葉の美しさは、強調しておかなければならないだろう。「存在」の章で詩篇「伝説」の全行を引いたのも、この作品が石原詩の言語美を見事に体現しているからだった。通常、石原のような重いテーマを扱った詩は、下手に修辞やリズムといった美的要素を導入すると全体のインパクトを弱めてしまうが、石原詩にあっては、言語の美的要素と衝迫的な意味内容とが、ある自然なバランスをみせて落ち着き、あるいは絶妙な渾然一体のうちに析出されている。それはなんらかの意識的意図的な工夫の結果というより、生得のものであり、さらには、「存在」の章でも述べたように、存在の極限そのものにふれた詩がとる必然の姿でもあろう。

第二詩集『いちまいの上衣のうた』からは、「霧」つづきで「霧のなかの犬」という詩を引いておく。

霧のなかの犬をおれは打った
霧のなかへ犬が追いつめた

犬の生涯のようなものを
おれは打った
息にまみれて
打つには耐えぬもの
逃亡と追跡の
間《あわい》のようなもの
祈るばかりに小さなものを
ながい弁明のように
おれは打った
霧と名づけた
霧のようなもの
犬と名づけた
犬のようなものを
ただひとりの　孤独な
罪と罰のように
おれは打ちつづけた

ここには石原詩の特徴的な語法が集中的にあらわれている。「のようなもの」という近似を示す比較表現がそれである。「霧と名づけた／霧のようなもの」「犬と名づけた／犬のようなもの」とはいかにも奇妙な言い方だが、石原における詩の行為のありようを端的に示す言い回しとして興味深い。ほかにも、「旗のようなもので／あるかもしれぬ／おしつめた息のようなもので／あるかもしれぬ」（「納得」）、「この世へひとつかける／不意にまがった／手鉤のようなもの」（「うなじ・もの」）「その日われらは／なにを越えた／ただ　氷のようなもの／ただ　砂のようなもの」（「国境」）など、きりがない。「信仰とことば」というエッセイで石原は、「ことばはつねに「重大なとらえがたさ」であり、たしかな生命にあふれているにもかかわらず、手づかむ間隙を水のようにしたたたって、拡散する運命にある」と述べている。

「霧のようなもの」は霧そのものではない。霧にかぎりなく近いが同時に霧を超えてもいる何かであり、あるいは霧における霧からのずれであり、そのようなものとしていわば語り得ない何かである。にもかかわらず、言語を介する場合は「霧」と名づけざるを得ない事情をこの言い回しは語っている。つまり霧という名づけは言語の本質的な隠喩性そのものに根ざした行為であり、あたかもその可能性と限界とを同時に示している。語り得ないものに向き合った詩人の、それはある種の誠実さのあらわれなのだ。

第三詩集『斧の思想』および第四詩集『水準原点』に特徴的なことは、言葉のなお一層の簡素化であり、同時にそれに抗うように、ときおりそこに散文詩形の作品があらわれることである。一九六〇年代という、実験的な詩作が広く試みられた時代にあって、散文詩形もまたひとつのモードとなりつつあったから、石原もそれに刺激されたということはありうるだろう。しかしながら、彼が書いた散文詩は、ふつう散文詩形式にともなうとされる物語性や寓話性とはほとんど無縁で、むしろ堂々巡りのような、撞着にみちた思弁の果てしない展開という趣を呈する。それだけに一種異様な緊迫感にもみちているのだが、たとえば「方向」という作品――

方向があるということは新しい風景のなかに即座に旧い風景を見いだすということだ　新しい位置に即座に古い位置が復活するということだ　ゆえに方向をもつということは　かつて定められた方向に　いまもなお定められていることであり　彷徨のただなかにあって　つねに方向を規定されていることであり　混迷のただなかにあって　およそ逸脱を拒まれていることであり　確とした出発点がないにもかかわらず　方向のみが厳として存在することであり　道は制約されているにもかかわらず　目標はついに与えられぬことであり　道を示すものと　示されるものがついに姿を消し　方向のみがそのあとにのこることである
それは　あてどもなく確実であり　ついに終りに到らぬことであり　つきぬけるものをついにもたぬことであり　つきぬけることもなくすでに通過することであり　背後はなくて　側面があり　側面はなくて　前方があり　くりかえすことなく　おなじ過程をたどりつづけることであり　無人の円環を完璧に閉じることによって　さいごの問いを圏外へゆだねることである

あの「葬式列車」をおよそもっとも抽象的なレベルにおいて書き換えたら、こうなるだろうか。あるいは、ここに示された出口なき脱出という救いのない「方向」は、そのまま石原の人生をあらかじめ要約しているようにも読める。恐るべき自己省察というべきであろう。

減衰的反復

石原吉郎の第三期は痛ましい。実生活では、日本現代詩人会の会長をつとめたり、石原ファンの女性詩人たちに囲まれたりという光の部分もあったが、おおむねは、酒量が増し、精神の不調もきたして、切腹の真似事など奇行も目立つようになり、緩慢な自殺ともいうべき荒廃の斜面をころげてゆく。

なぜそうなってしまったか。原因のひとつは、第I部でもふれたエッセイの執筆である。「年譜」の一九七二年の項をもう一度引いておくと、「数年前より続いた抑留体験に関するエッセーは詩人の散文による仕事の中心になるものであるが、同時にこの仕事は極度な神経の緊張を強いるものであった。執筆中幾度も精神的不安に襲われ、飲酒量の増す原因にもなった」。

この「精神的不安」というのは、いまならPTSD（心的外傷後ストレス障害）といった病名がつくのではないだろうか。忌わしい過去の記憶がフラッシュバックのように甦るという経験を、石原自身エッセイで報告している。これにもともとの石原のメランコリックな性向（十八歳のときには自殺未遂の騒ぎを起こしている）が加わって、あのような荒廃の斜面をもたらしたのであろう。

詩作もそれに並行するように、いわば負の方向に変容する。詩集としては『禮節』『北條』『足利』が相次いで刊行され、一見にぎやかな印象をみせるが、内実たるや、いうところの「日本的美意識」なるもののほうへ傾き、かつてのあの緊張の糸を張りわたしたような詩の空間は影を潜めてしまう。いや、緊張の糸はまだかろうじてあるにはあるのだが、それを張りわたしていたメタファーの力と屈曲する論理の力のうち、後者だけが残って、弱々しく糸を震わせているというふうである。同時代の現代詩との交流もあまりみられなくなり、自己の方法にひきこもって、その減衰的反復が行なわれるだけとなる。たとえば、遺稿詩集『満月をしも』に所収の「疲労について」という詩——「この疲労を重いとみるのは／きみの自由だが／むしろ疲労は／私にあって軽いのだ／すでに死体をかるがるとおろした／絞索のように／私にかるいのだ／すべての朝は／私には重い時刻であり／夜は私にあって／むしろかるい／夜にあって私は／浮きあがる闇へ／かるがるとねむる／そのとき私は／すでに疲労そのものである／霧が髭を洗い　ぬらす／私はすでに／死体として軽い／おもい復活の朝が来るまでは」。あるいは、『満月をしも』の掉尾に置かれた、文字通り詩人の絶筆とも読める「盲導鈴」という短い詩、まだしもこちらのほうが、音と光とのあいだでいわゆる共感覚が果たされ、詩らしいといえばいえるのだが——

おとのひとめぐりの果てで　ふたたび打たれ　音とならずにひかりとなって　それはあふれた　音を見たいとの　祈りにこたえるかに　足もとから　それはあふれ　はるかなものとなって　遠ざかった

「私は石原吉郎の第四期を想定することができない」と郷原宏はその石原吉郎論を締めくくるが、

私もそのような印象をもたざるを得ない。おそらく石原は、あれ以上生きても、あらたな詩作の展開を呼び込むというようなことはなかったのではないだろうか。詩人自身、「もう書くことがなくなってしまった」と述べている。詩の死と肉体の死とは、石原吉郎という詩人にあってひとつの必然のように一致したのである。

他者

詩における他者の問題

詩や哲学における他者の問題というと、私は反射的に「私とは一個の他者です」というランボーの言葉を思い出す。他者をどうとらえるかは哲学的にも詩学的にも重要であって、哲学史的にいうと、二十世紀の西欧哲学における最大の発見は、「他者」であるとされるようだ。それをもっとも深く遠くまでおしすすめたのが、「存在」の章で援用したレヴィナスの倫理学ということになるのだが、また主体のなかの他者性を「差異」と言い換えれば、今度は、ドゥルーズのあの、同一性や自我や理性といった西欧哲学の基本原理を根底から問い直すべくあらわれた大著『差異と反復』に至るとさえ言いうるかもしれない。そうした哲学史的文脈を先取りするかのように、十九世紀後半、たかがひとりの詩人志望の少年の頭脳から、「私とは一個の他者です」という言葉が出てきたのである。

それは、主体の内なる他者性が、詩人であるための必須条件となった瞬間といってもよい。ランボーはまた、デカルトをもじって、「私は考える」より「ひとが私を考える」という言い方のほうが正確だと駄洒落を飛ばし（フランス語の「ひとは考える」Homme pense は「ひとが私を考える」On me pense とも聞こえる）、「考える」という行為の主体の位置から目的語の位置へと「私」をひきずりおろす。

二十世紀になると、たとえばアンドレ・ブルトン。ランボーを「生活におけるシュルレアリスト」とたたえたブルトンは、シュルレアリスムの古典ともいうべき『ナジャ』の冒頭を、「私とは誰か」という問いで始めている。そうして、ナジャという不思議な他者との——他者の狂気との——交流を通して、「私が私の存在の客観的なあらわれであると考え、多かれ少なかれ意図的なあらわれと思っているものが、じつはその真の領域について私もまだまったく知らないある活動から、この生の限界内に入ってくるものにすぎないということ」が描き出されてゆく。それは、ランボーによって打ち出された「他者」なるものが、二十世紀の知のもうひとつの発見、すなわち「無意識」——ただし、ブルトン流にやや隠秘的なニュアンスを添えられた「無意識」——と出会った瞬間と言い換えてもよいだろう。

他者の不在をめぐって

このような文脈からすれば、「石原吉郎と他者」というテーマの立て方もなんら不思議はないということになるが、反面、われながら奇妙な問題設定だと言わざるを得ない。もちろん、他者をひろく「他なるもの」と捉えれば、「存在」の章でみた通り、「イリヤ」が石原をして詩を書かしめ、詩人たらしめたともいえるわけで、石原においても「私とは一個の他者です」という定式が成り立つ。しかしこと他者を人間に限定するかぎり、厳密にいえば、「石原吉郎と他者の不在」ではないか。そして、それが「他者の可能性」へと変わることがありうるのかをこそ、問うべきであろう。

私はすでに、第Ⅰ部において、石原詩にあらわれた身体像を追い、顔のイメージが希薄であることを指摘した。レヴィナスによれば、他者とは端的に顔の顕現であるので、そこから私は、石原吉郎をめぐる問題の核心にあるのは、他者の不在ということではないかと、暫定的に展望しておいたのだった。

じっさい、単独者という石原の思想は、他者の不在と無関係ではありえないだろうし、いや、ほとんど表裏の関係にあるだろうし、石原を論じる多くの者が、自己へ自己へと負のスパイラル状に閉じてゆくこの詩人の詩や生のありようを問題にしている。たとえば勢古浩爾の『石原吉郎　寂滅の人』は、ひたすら「自分という病」に向き合った石原の精神構造を、「ここにおれとおなじような人間がいる」という観点から徹底的に追究しようとした異色の力作評論だが、勢古によれば、石原にとって他者とは、もっぱら、「自分という存在性への理解と承認」を行なう者でなければならなかった。「自分が被った理不尽の重さがかれらに届かないのなら、むしろかれらの理解のほうが自分に届かなければならなかった。わたしはここでいいきってよいと思うが、石原がほんとうに求めたのは、日本の戦争責任を身をもって果たしてきた（といわざるをえなかった）自分というひとつの存在性への明確な承認である。／これはシベリアでの八年間の不在だけにたいする存在証明や自己承認だけを意味したのではない。おそらくは石原が生をうけてから、一貫して他なる者にたいして求めつづけた、そしてなによりも自分じしんにたいして求めつづけた「石原吉郎」という存在性へのたしかなる納得と承認だった」。

「おそらくは石原が生をうけてから」——そう、そこには、幼くして生母と死別したという事情が大きくはたらいていたかもしれない。思うに、本来なら母親から与えられるべき無償の、そして無限の愛を、この詩人は十分に享受することができなかったのではあるまいか。それゆえ、「自分というひとつの存在性への明確な承認」を、母親以外の「一貫して他なる者にたいして求めつづけ」なければならなかった。それは大いに考えられることである。

このような性向の者に、レヴィナス的な意味での「他者の他性」が問題になることは、まずほとんどありえないだろう。自己に向かわせるのではなく、自己が向かうべき他者、本質的に異質で、しかしその差異の享受のうちに存在の無限がひらかれもするであろう他者。そのような者から成る世界へのまなざしは、石原にとっておよそ縁遠いものであったと言わざるを得ない。

だからといって、石原吉郎が特別に強い自己愛をもっていたということではない。むしろ彼は自己を愛することができなかった人間である。「一九五六年から一九五八年までのノートから」に、「私は、自分の少年の頃から、どのように自分を嫌悪したか分らない（それにもかかわらず、自分自身に限りなく執着した）」とある。要するにこの詩人は、どこか太宰治を思わせるような強烈かつ冷笑的な自意識の人なのである。またべつの箇所には、もう少し哲学的に、不条理がたしかに不条理となる場所が自分自身である。従って、自分自身が事実上存在しない場所では、不条理は存在せず、世界もまた存在しない。不条理は自己に対する切実な関心(Sorge)から生まれる。不条理の深さは、自己への関心の深さである。

とある。こうした性向に加えて、石原の生涯を決定した強制収容所というところ自体が、他者の不在から成り立っていた。ラーゲリで生き残るということは、石原自身の言葉を借りれば、「他者を凌いで生きる、他者の死を凌いで生きるということにほかならない」。存在の「イリヤ」的状況にうごめくのは、純粋に生存競争のレベルにまで還元されてしまった人間存在のみであり、自己と他者との豊かな関係の可能性などは端《はな》から問題とはされないのだ。

『サンチョ・パンサの帰郷』に所収の詩に「ゆうやけぐるみのうた」というのがある。石原が書いたもっともグロテスクなユーモアに満ちた詩といってよいが、そこでは、石原自身も行なったであろう生存競争のための「他者を凌いで生きる」ふるまいが、それとして語られる一歩手前で、慌てたたとえ話という表層に塗り込められたというような気がしてならない。

火をつけた　おれ
火をつけたとも
からすは　横着もので
みみずく　不精もので

日ぐれの山みち
せなかいっぱい　火をつけてきた
火うち石　とてもかたくて
おれ　なみだでた
あいつ　たまげていった
ゆうやけだべか　おれのせなか
ばかいえ　ゆうやけ
おめの目のなかだべよ
あいつ　なんにも知らず
とてもでっかなゆうやけ
せなかいっぱい
しょっていった
（……）
おれ　木の舟にのった
あいつ　どろの舟にのった
ゆでだこのような夕日と
あいつ　いっしょに
海にかくれた

おれ　ばかをいっぴき
ゆうやけの海へしずめてきた
なぎさで　おれ
なみだながしたともさ
ああ　ああ
あいつ　なんにも知らね
なんにも知らね
ゆうやけぐるみ
海へしずんだ

石原の詩を読んでいて、これほど暗澹たる思いに沈んだことはない。ほかのすぐれた詩には、どれほど過酷な状況がほのめかされていても、それがポエジーに変容してゆくという救いがある。だがこの詩には、ひたすらグロテスクな生存競争――人間のまさに動物化――へのあからさまな寓意があるだけではないか、どうもそんな気がして、思わずページを閉じてしまいたくなるほどなのだ。他者の不在はここに極まっている。

帰国後の石原の実人生も、他者との関係において豊かではなかった。ひとことでいえば、孤独であった。両親はすでになく、唯一の肉親である弟ともやがて絶縁してしまう。結婚はしたものの、配偶者について語ることはほとんどなく、子供ももうけなかった。電力調査会というところに職を得てからは、職場と自宅を往復するだけのきわめて平穏かつ単調なサラリーマン生活を送ったとみられ、詩友以外、これといった他人とのつきあいもなかったようだ。「年譜」をみるかぎり、この詩人の人生に深く関わった他者の名前を、夫人以外に書き記すことができない。

鹿野武一という神話

しかしながら、石原吉郎がエッセイやノートにおいて実名で語りつづけた意味深い他者がひとり存在する。鹿野武一という人物である。石原と鹿野の関係についても多くの論者が言及しているので、屋上屋を架すことになるが、「石原吉郎と他者」というフェーズを立てる以上、あえてこの人物のことも書いておかなければならない。

鹿野武一は、京都の生まれで、石原より三歳年下。満州での戦時中からシベリア抑留を経て復員まで、石原とほぼ同じ運命を辿った。二人は特務機関員を養成する陸軍の露語教育隊というところで出会ったようだ。やがて、ともにハルピンの関東軍情報部に配属される。敗戦後の混乱期には別々のところにいてソ連軍に捕らえられたが、北カザフスタンのカラガンダで再会し、その後、カラガンダでの重労働二十五年の判決、バム地帯のラーゲリでの地獄のような一年間、ハバロフスクへの移送、ナホトカからの帰国——と、二人は全く同じ経路でシベリア抑留を体験し、生き抜いた。

石原が鹿野武一についてもっとも詳しくまた印象的に語っているのは、「ペシミストの勇気について」というエッセイにおいてである。石原はまず、ハバロフスクでの鹿野の絶食のエピソードを語る。「抑留のすべての期間を通じ、すさまじい平均化の過程のなかで、最初からまったく孤絶したかたちで発想し、行動して来た彼は、他の日本人にとって、しばしば理解しがたい、異様な存在であったにちがいない。（……）彼の姿勢を一言でいえば、明確なペシミストであったということである」。ついで、バム地帯での回想に移るが、「ここでは「生きる」という意志は、「他人よりもながく生きのこる」という発想しかとらない。バム地帯の強制労働のような条件のもとで、はっきりしたペシミストの立場をとるということは、おどろくほど勇気の要ることである」としたうえで、つぎのような事例を紹介する。

後になって知ることのできた一つの例をあげてみる。たとえば、作業現場への行き帰り、囚人はかならず五列に隊伍を組まされ、その前後と左右を自動小銃を水平に構えた警備兵が行進する。行進中、もし一歩でも隊伍を離れる囚人があれば、逃亡とみなしてその場で射殺していい規則になっている。警備兵の目の前で逃亡をこころみるということは、ほとんど考えられないことであるが、実際には、しばしば行進中に囚人が射殺された。しかしそのほとんどは、行進中つまずくか足をすべらせて、列外へよろめいたために起っている。厳寒で氷のように固く凍てついた雪の上を行進するときは、とくに危険が大きい。（……）

犠牲者は当然のことながら、左と右の一列から出た。したがって整列のさい、囚人は争って中間の三列へ割りこみ、身近にいる者を外側の列へ押し出そうとする。私たちはそうすることによって、すこしでも弱い者を死に近い位置へ押しやるのである。ここでは加害者と被害者の位置が、みじかい時間のあいだにすさまじく入り乱れる。

実際に見た者の話によると、鹿野は、どんなばあいにも進んで外側の列にならんだということである。明確なペシミストであることには勇気が要るというのは、このような態度を指している。それは、ほとんど不毛の行為であるが、彼のペシミズムの奥底には、おそらく加害と被害にたいする根源的な問い直しがあったのであろう。そしてそれは、状況のただなかにあっては、ほとんど人に伝ええない問いである。彼の行為が、周囲の囚人に奇異の感を与えたとしても、けっしてふしぎではない。彼は加害と被害という集団的発想からはっきりと自己を隔絶することによって、ペシミストとしての明晰さと精神的自立を獲得したのだと私は考える。

このあと石原は、最初の断食のエピソードに戻って、その後日談を語る。断食を一種のレジスタンスとみなされた鹿野は、収容所側の執拗な追及を受けるが、尋問にあたった取調べ官が「人間的に話そう」（取引をしようというほどの意味）と態度を軟化させたのに対して、「もしあなたが人間であるなら、私は人間ではない。もし私が人間であるなら、あなたは人間ではない」と言い放ったというのである。

以上が、石原によって語られた鹿野武一である。鹿野も運良く帰国を果したが、シベリアでの無理がたたったのだろうか、そのわずか一年後に、心臓発作で死去している。同時期の石原の「五月のわかれ――死んだ男に」という詩は、このかけがえのない友人を悼んで書かれたとされる。「右手をまわしても／左手をまわしても／とどかぬ背後の一点に／よるひるの見さかい知らぬげに

／あかあかもえつづける／カンテラのような／きみをふりむくことももう／できないのか／ふりむくことはできないのか／なんという／愚鈍な時刻のめぐりあわせが／ここまでおれを／せり出したのだ／風は蜜蜂をまじえて／かわいた手のひらをわたり／五月は　おれを除いた／どこの地上をおとずれるというのだ／ああ　騎士は五月に／帰るというのか／墓は五月に／燃えるというのか／耐えきれぬ心のどこで／華麗な食卓が割れるというのか／皿よ　耐えるな／あざやかに地におちて／みじんとなれ青い安全灯／ああ　五月／猫背の神様に背をたたかれて／朝はやくとおくへ行く／おれの旗手よ」。

読まれる通り、悼みうたという趣が強く、書き手のやや感情の高ぶりが認められる。つぎに引く「最後の敵」も、あきらかに鹿野をモデルにしたと考えられるが、こちらは彼を「最後の敵」と呼ぶその距離の創出によって、かえって、石原にとって鹿野がいかに倫理的にかけがえのない存在であったかがあきらかにされている。

薔薇のように傷あとが
耳たぶのうしろで匂っている
そんな男に会っては
いけないのか
華麗な招待の灯《ひ》の下でも
腕ぐみをとかずに向きあえる

そんなおとこに会っては
いけないのか
夕やけのなかの尖塔のように
怒りはその額にかがやいているが
とおく十字路を
ふりかえる目のなかには
颶風が　やさしく
とまどっているようだ

前半部分のみ引用した。石原の詩にしばしばみられることだが、詩句の美しさがきわだっている。その効果もあって、こうなるともう、神話である。ひとりの神話的人物の創出によって、収容所自体がそれを生み出した胎として存在を許されているかのような、そんな印象さえおぼえる。

ところが、畑谷史代の前出書『シベリア抑留とは何だったのか』によれば、鹿野武一本人は、帰国直後の妻宛の手紙のなかで、「この期間に犯した自分の（そして他に誰も知らない）恥ずかしい行為の記憶が、徹底的に自分の自信を失わせた」と書き、また妹に宛てた手紙のなかでも、「あの厳しい生活条件——人間をすっかり裸にして了ふと思はれる様な——捕虜生活の中でも自分は虚栄の皮を被ったポーズをもった人間だった」と告白しており、絶食や隊伍のときの行為が必ずしも石原が推測したような高潔な倫理的理由によってなされたものではなかったことがうかがえる。石原のとらえた「ペシミスト」鹿野武一は、虚像とまではいわないまでも、たぶんに理想化された人間像なのである。石原は鹿野武一というかけがえのない他者、前出の勢古の言葉を借りれば「ラーゲリでただ一人の他者」に、むしろ、かくありたいと願う自己像を重ねたのではないか。石原にとって鹿野は、他者というよりは分身、あるいは分身的他者ともいうべき存在だったのではあるまいか。

分身的他者の諸相

しかし、このような傾向は、とりわけ青年期にはよく起こることだ。身近なひとりの他者を、自分に酷似した、しかも自分よりすぐれた存在とみなし、憧れや嫉妬の感情を抱きつつ、その者に同一化しようとする。たとえば清岡卓行における原口統三とか、アンドレ・ブルトンにおけるジャック・ヴァッシェなどの例が思い浮かぶ。

重要なのは、したがって鹿野武一の実像を問うたり、石原の思い込みの非を責めることではない。石原吉郎というひとりの詩人が、このような分身的他者をつくりだすことによって、単独者という独自の思想を練り上げることができたということ、それが強調されるべきであろう。じっさい、「ペシミストの勇気について」というエッセイを、石原はつぎのような思想の表明によって締めくくるのである。

私が知るかぎりのすべての過程を通じ、彼はついに〈告発〉の言葉を語らなかった。彼の一切の思考と行動の根源には、苛烈で圧倒的な沈黙があった。それは声となることによって、そののっぴきならない真実が一挙にうしなわれ、告発となって顕在化することによって、告発の主体そのものが崩壊してしまうような、根源的な沈黙である。強制収容所とは、そのような沈黙を圧倒的に人間に強いる場所である。そして彼は、一切の告発を峻拒したままの姿勢で立ちつづけることによって、さいごに一つ残された〈空席〉を告発したのだと私は考える。告発が告発であることの不毛性から究極的に脱出するのは、ただこの〈空席〉の告発にかかっている。

この「〈空席〉の告発」という言い方はわかりにくいが、このあと石原は、ラーゲリにおける「加害と被害の同在という現実」について述べているので、空席とは、人を押しのけなければ、つまり加害的にならなければ生きられない強制収容所の現実に露呈されるような、人間が存在することの根本的な有罪性のことを言っているのであろうと思われる。剝き出しの生存競争においては他者が不在となる（自分が生き残ることしか考えられない）というただの事実を、「有罪性」としてとらえるところが、キリスト者石原吉郎にふさわしい。

私が無限に関心をもつのは、加害と被害の流動のなかで、確固たる加害者を自己に発見して衝撃を受け、ただ一人集団を立去って行くその〈うしろ姿〉である。問題はつねに、一人の人間の単独な姿にかかっている。ここでは、疎外ということは、もはや悲惨ではありえない。ただひとつの、たどりついた勇気の証しである。

しかし、こうなるともう、ある種のヒロイズムに曲折しかねない危険な匂いすら漂っていないだろうか。余談だが、このような思想の表明が、たとえば、六〇年代末から七〇年代前半にかけて、学生運動に挫折した若者の心をとらえたであろうことは容易に想像できる。また、このヒロイズムへの傾きは、詩人自身の晩期にも及んで、奇妙な裏返しの自己陶酔に縮減されてしまった感が強い。たとえば第五詩集『禮節』から、「全盲」と題された詩――「いまは月明に／詫びるものもない／あるものはただかがやいて／みぎにもひだりにも／無防備の肩だ／かがやくことで／怒るための／前提はおよそ／不可触のまま／全身満月　全盲にして／立つ」。詩篇「位置」を読んだ者の眼からすれば、その減衰的反復、いやその残骸のような作品だ。「みぎ」や「ひだり」、「無防備」や「肩」といった、詩篇「位置」での言葉がかろうじて散乱しているという印象で、もはや「正午の弓」はなく、したがってそれとの緊迫した関係に置かれていた主体の「位置」や「姿勢」もなく、あるのはただ、主体を「満月」にたとえるという、いささかグロテスクな類比の感覚だけ――

そこから読み取れるのは、満月のような存在様態に他者の入り込む余地はなく、また、他者をみるまなざしも必要ないということだろう。「全盲」とあるゆえんである。月は欠けるからこそ、その欠落を埋めるべく、他者の介入や他者への呼びかけが生じるのだ。

以上をまとめれば、石原吉郎にあって他者の問題とは、他者の不在ということであり、そこから、せいぜいのところ、分身的他者の問題を掬いとることができるだけだ、ということになろうか。その伝でいけば、あの「耳鳴りのうた」で語られる「おれが忘れて来た男」はまさしく分身的他者のひとりであろうし、「泣きたいやつ」という分裂的自己をユーモラスに語る詩でさえも、石原的主体にとりついた分身の物語として読むことが可能であろう。「おれよりも泣きたいやつが／おれのなかにいて／自分の足首を自分の手で／しっかりつかまえて／はなさないのだ／おれよりも泣きたいやつが／おれのなかにいて／涙をこぼすのは／いつもおれだ／おれよりも泣きたいやつが／泣きもしないのに／おれが泣いても／どうなりもせぬ／おれより泣きたいやつを／ぶって泣かそうと／ごろごろたたみを／ころげてはみるが／おいおい泣き出すのは／きまっておれだ／日はとっぷりと／軒先で昏《く》れ／おれははみでて／ころげおちる／泣きながら縁先を／ころげてはおちる／／泣いてくれえ／泣いてくれえ」。

ついでながら、エロス的他者については、アプローチの第Ⅰ部でも指摘したように、なおのこと不毛で、一篇の恋愛詩も、一篇の官能についての詩も、ついに石原は書かなかった。石原詩においてエロスの分け前は希薄なのだ。その原因はわからない。当時の石原を知る者の証言によれば、彼はかなりの「女好き」だったようだし、独身の頃の赤線地帯の娼館に通った話や、そのさい、女性に対して飢えた野獣のようにふるまった話などが伝わっている。また、著名な詩人となってからは、取り巻きの女性の詩の書き手との浮気が、夫人を精神の変調に至らしめた遠因ともいわれているのである。石原のエロス的方面については、石原詩を石原詩たらしめるいくつかの印象的なメタファー同様、謎というしかないのだろうか。

それ自身が他者である単独者へ

結論は出てしまったようだが、ごく最近、私はあるユニークな論文にでくわした。斉藤毅の「石原吉郎の詩における他者のトポロジー」という論文がそれで、岩野卓司の編による『他者のトポロジー』（二〇一四年）という共同論集に収められている。斉藤は気鋭のロシア文学者。この論考でもその方面の知見が随所に活かされている。

さて、これまでの本稿の文脈からすれば、石原と「他者」を取り合わせたタイトルだけでも驚きだが、斉藤はまず、「詩がぼくを書きすてる」というような、石原作品に特有の主客逆転のレトリックに注目し、それをつぎのように敷衍《ふえん》する。「彼にとって詩は、自らの主体としての行為の対象、目的ではなかった。自分が詩を書くのではなく、詩が自分を書く、それも書きすてるのであり、「ぼく」は「ぼく」としては破棄される。詩はひとつの「みのり」なのであるが、そのとき「ぼく」は二重化し（「ぼくがただぼくにみのりつぐ」）、自分にとってすら他者となり、まったくの裸形となってさらされるのだ。そうした他者性の力に促されて、石原は詩を書いていたのだと思われる。」

ランボーではないか、と思わず私は叫びそうになった。本章の冒頭で私は、「私とは一個の他者です」というランボーの言葉を引き、それを、主体の内なる他者性が、詩人であるための必須条件となった瞬間と捉え、同じランボーの、デカルトをもじった「ひとが私を考える」という言い方も紹介し、「考える」という行為の主体の位置から目的語の位置へと「私」をひきずりおろす境位というふうに敷衍したが、石原もそうだと斉藤は言うのである。

「詩がぼくを書きすてる」という奇妙な言い回しは、もともとは「鬼」という同人誌のあとがきに記された言葉だが、のちに石原は詩にもこの言い回しを利用している。第四詩集『水準原点』に所収の、石原にはめずらしいメタポエティック的な「詩が」という詩だ。「詩がおれを書きすてる日が／かならずある／おぼえておけ／いちじくがいちじくの枝にみのり／おれがただ／おれにみのりつぐ日のことだ／その日のために　なお／おれへかさねる何があるか／着物のような／木の葉のような――／詩が　おれを／容赦なくやぶり去る日のために／だからいいというのだ／砲座にとどまっても／だからこういうのだ／殺到する荒野が／おれへ行きづまる日のために／だから　いま／どのような備えもしてはならぬ／どのような日の／備えもしてはならぬと」。

石原的語法からすれば、「詩がおれを書きすてる」という言い回しは、「書き」よりも「すてる」の屈折のほうに力点があり、つまり詩とは恩寵なのであり、いつかは詩が自分を捨てる、自分から離れる、もっと散文的にいえば詩が書けなくなるという意味で、やがて来る晩期の詩想の枯渇を予感しているような趣さえある。それでも「おれ」の実存はつづく。それが「おれがただ／おれにみのりつぐ」ということではないだろうか。ひきつづきランボーに即していえば、ランボーが主体の内なる他者性を宣言したあの昂揚の時間というより、詩を書くことをやめてアフリカへと旅立つその瞬間に照応する――

と私には読めるのだが、それは措《お》こう。詩がそのつど訪れる恩寵なら、そのつど主体を「書きすてる」ようなことになるわけで、つまりはそれが「他者性の力」だといわれると、それはまあその通りかもしれない。

以上のような前提にもとづき、斉藤は詩篇「位置」の精細な分析を試みている。この名高い詩は本稿でも第I部と「存在」の章で取り上げ、さきほども「全盲」という詩との比較で言及したが、もう一度全行を掲げておこう。

しずかな肩には
声だけがならぶのでない
声よりも近く
敵がならぶのだ
勇敢な男たちが目指す位置は
その右でも　おそらく
そのひだりでもない
無防備の空がついに撓《たわ》み
正午の弓となる位置で
君は呼吸し
かつ挨拶せよ
君の位置からの　それが
最もすぐれた姿勢である

斉藤の読み解きで注目すべきなのは、権力関係という視点を導入したことだろう。たとえば「第一行の微動だにしない「しずかな肩」は、彼らが前方だけを向いているよう強制されていること、すなわち、彼らが対峙しているのが何らかの権力であることを暗示する」。「声だけがならぶ」「敵がならぶ」についても同様で、「権力のもとにある存在はみな、相補的な、同質的なものであり、自分の位置は他の者によってもらえうる、すなわち、他の者が自分の位置を脅かしうるがゆえに、彼らは互いに「敵」となるのである」。

しかるに、「勇敢な男たちが目指す位置は／その右でも　おそらく／そのひだりでもない」とあるように、詩の前半はこうした権力による布置や構造を否定して終わる。詩の後半にはしたがって、べつの何かしらオルタナティブな位置の提示が期待されるわけだが、じっさい、まず「無防備の空」が、水平的あるいは大地的な権力関係に対峙する垂直性として喚起され、さらに「ついに」という時間性――「ついに」は石原の偏愛する時間的副詞のひとつである――が導入されて、「正午の弓」という中心的かつ決定的なイメージが立ち上がる。それとともに斉藤が強調するのは、「君」という二人称と「……せよ」という命令法で、それらを字義通りに他者への呼びかけととり、後半全体をつぎのように読み解くのである。「呼びかけを行ないうるのは、自らの位置を集団の中で定義するのではない主体――この詩において集団は権力との関わりで形づくられるという限りで、自らの位置を権力との関わりで定義するのではない主体、つまり石原が「直接に人間として」と言うときの「人間」であり、そうした主体は、詩の後半で「空」の次元が開かれることで初めて可能となったのである。というよりは、「空」の次元の開かれとは他者性の出現であり、それにより、呼びかけを行ないうる単独の主体も成り立ちえたのだと言ったほうがよいだろう。「自らの位置を権力との関わりで定義するのではない主体」、「呼びかけを行ないうる単独の主体」――こうした主体のありかたを、単独者の政治性と言い換えてもよいだろう。いっそ、ミニマルな身体の政治性と言い換えても。とすれば、刺激的な視点である。

つづいて斉藤は、もう一篇、「やぽんすきい・ぼおぐ」という詩の分析もやはり精緻に試みている。「やぽんすきい・ぼおぐ」(「日本の神」という副題がついている)は以下のような詩だ。

日本の神は
小さな陰茎《フイ》を持つ
小さな陰茎《フイ》の日本の神は
おなじくその手に
小さな斧を持つ
鬼のような夕焼けのなかで
その小さな斧が
信ずるものは何だ
小さな斧が立ちむかう
白くかぼそい

ものは何だ
郷愁を不意につきおとし
革命を立ちどまらせ
鶏《とり》のような白樺を打ちたおす
シベリヤはだれの
領土でもない

　よしんばその空に塔があっても
　納得はしない
　よしんばその空に塔がなくても
　納得はしない
　塔がある日の理不尽な悲しみを
　塔のない日へおしかぶせて
　おれは　その空を
　知らぬといえ　塔のない空を
　見たことがないといえ

夕焼けが棲む髭のなかの

その小さな目が拒むものは
夕焼けのなかへ
返してやれ
怒りの酒槽《さかぶね》を踏みぬくように
小さな神がふみぬいたものは
かさねて　これを
踏みぬいてはならぬ
落日のなかに蹴爪を染め
系列となって羽ばたくやつを
落日のなかへ
追いかえすな

注　「日本の神」「小さな陰茎」――日本の捕虜たちは、ときにシベリヤでそう呼ばれた。
おそらくは愛称であろう。

塔があったりなかったり、夕焼けに返せと言ったり返すなと言ったり、いわゆる撞着語法を多用した晦渋なテクストであるが、斉藤はこの詩を、大胆といおうか何といおうか、去勢という精神分析学的視点を援用して読み解く。すなわち、他者の介入がない相同的もしくは同質的存在として捉えられた「小さな陰茎の日本の神」である自分たちが、「小さな斧」による去勢――「夕焼け」はそのとき、去勢によって流された血を暗示する――という他者の介入を経て、「シベリヤはだれの／領土でもない」という自前の象徴的秩序を獲得する「小さな神」に変容するに至るまでの、これもまた他者――ただしこのたびは否定的契機としての他者――の可能性をめぐるドラマであるとするのである。さすがにここまで飛躍すると、テクストの意味的臨界を少し超えてしまっているような気もするけれど、解釈としてはすこぶる面白い。

たとえば第二連に関して、「第一連の相同者たちの集団としての「日本の神」らは姿を消し、それに代わり単独的な「おれ」が発語される。そして、この発語は、「おれは……といえ」という呼びかけ、本来的に他者に対するものである呼びかけの形でなされているのであり、つまり、「おれ」は他者の顕現を媒介として発語されているのである」とか、第三連に関して、「夕焼けの中に浮かび上がるのは顔である。これは、人が自らの似姿、鏡像として認知する他人の顔ではなく、パレイドリアのように、おぼろげに窺われるだけの顔の気配（「髭」、「目」）、すなわち、顕現としての顔であり、なおかつ、それは沈黙を守り（口ではなく「髭」）、ただその目だけが拒絶（「拒む」）を示している」とか、示唆に富んでいると思う。とくに「顔」のイメージの強調は、レヴィナス的な他者の可能性を言っているわけで、石原詩における他者の不在を顔のイメージの稀少性と結びつけた私の見解と鋭く（？）対立する。ごくわずかな兆しながら、石原の想像的世界からも「顕現としての顔」はあらわれつつあったのだと、私はどうやら、自説を修正しておく必要がありそうである。

ともあれ、石原吉郎をめぐる従来の言説は、おおむね、集団を峻拒して生きる単独者の自由と限界というあたりへ収束されてしまう場合が多かった。しかし、斉藤論文を読んで思うのは、あらためて単独者という思想を問い直すべきではないか、とりわけそれを他者の問題と交差させるべきではないかということだ。

そこで暫定的に、以下のような考察を書きつけておく。まず、単独者とは、たんに集団を離れて自己に閉じこもることではない。石原の実人生は残念ながらそのような結果になってしまったけれど、その最良の詩――「位置」や「やぽんすきい・ぼおぐ」のような――においては、単独者性は、潜在的にせよ他者へと開かれてもおり、一個のミニマルな身体の政治性として、つまりは他者との共生の可能性として生きられている。

こうして――以下は第Ⅲ部で書くべき事柄であろうが――石原吉郎の詩やエッセイを通してあらわれた単独者を、さらに私たちの生の現場のほうへと読み替えていかなければならないように思う。従来の石原吉郎像の常数であった独我的な単独者から、可能性としての石原吉郎ともいうべき、それ自身が他者であるような単独者へと。「シベリヤはだれの／領土でもない」――このすばらしい二行を最大限積極的に解釈するなら、シベリアはひとりひとりの単独者のための領土であり、またそれぞれの単独者が他者へとおのれを開く脱領土である、ということになる。

信仰

戦争と信仰

知られるように、石原吉郎はキリスト者である。「自編年譜」などによれば、東京外国語学校を卒業した一九三八年、二十三歳のときに、シェストフの『悲劇の哲学』やドストエフスキー、そしてとりわけカール・バルトの『ロマ書』を読んでキリスト教に関心をもち、そのバルトに直接師事したエゴン・ヘッセル牧師によって、姫松教会というところで洗礼を受けた。カトリックではなくプロテスタントだったというのは、いや、そもそも信仰の対象が仏教ではなくキリスト教だったというのは、本人の言によれば、まったくの偶然にすぎない。戦争による死の不安に直面して、とにかく何か心の拠りどころが必要であった。「一九五六年から一九五八年までのノートから」に彼は書いている——

私が教会をえらんだ動機を今ふりかえってみると、ほとんどなんということもなかったような気がする。その頃は支那事変が始まったばかりの時期で、なによりも私はもうじき戦争に行って、へたをすると死ぬかもしれないという考えに、しょっちゅうおびえていた。そして何よりも、そんな臆病な、気の弱い自分を嫌悪していたのだ。私は一夜にして深い感動が私をおそって、自分を生死を超越した男に作りかえてくれることだけを期待して、教会へ行ったような気がする。そんなことが目的なら、もっと別の場所があったはずだ。

しかし、バルト神学が石原をひとしきり求道的な姿勢に駆り立てたようで、翌一九三九年には東京神学校への進学を決意したほどであったが、入学よりも早く召集令状が来てしまい、石原はそれに従う。

以後、運命に翻弄される戦中戦後の石原吉郎がつづくわけだが、とくにシベリア抑留中、信仰はどのように彼にはたらいたか。あれだけの過酷な状況を生き抜いたのだ、信仰が大いなる心の支えになったはずである、と考えるのがふつうだろう。ところが、これも本人の言によれば、「帰国後しばしば私は、シベリアで信仰が救いになったかとたずねられた。実は、信仰というものがそのような、危機に即応するようなかたちで人間を救うものではないことを痛切に教えられた場所こそシベリアであったと、すくなくとも私にかぎっていえそうな気がする」（「聖書とことば」）。

信仰はつまり、それほど役に立たなかったのだ。また安西均との対談「背後から見たキリスト」でも、同じように、「ぼくはよく人から聞かれるんですが、シベリヤ抑留中に信仰がささえになったかと。そういうかたちでいえば、ささえになったとは、ぼくはとうてい言えない。ぼくにとってキリスト教というものがだんだんわからなくなってくるような場面が、いくつかあってね。そういうときに、たったひとつ、洗礼を受けたという事実だけがのこるんです。打ち消しようのない事実がね」と述べている。

シベリアで石原の心の支えとなったのは、むしろ亡母憧憬であった。渡辺石夫との対談「単独者の眼差」で石原はこう述懐している。「シベリアにいた時もしここで死んだらどうなるかと考えたことがありますが、僕は四つか五つの時母親をなくしているわけです。その母親の写真なんか偶然に見てイメージがある。そうすると死んだら、おふくろの所へ行けるだろうというのが不思議に安らぎになった」。

帰国後、石原は一時、足繁く教会に通うようになる。しかし、教会の体質――みんなで祈ったりみんなで賛美歌をうたったりというその集団性にどうしてもなじめず、やがて教会から足は遠のいてしまう。単独者という石原独特の存在のあり方が、信仰の強度を凌いでしまうのである。というより、単独者であるかぎりにおいてしか、彼は信仰という姿勢を貫くことができないのである。

詩に書き込まれた信仰

ところで、そういう石原にあって、詩と信仰との関係はどうなっているのだろう。シベリアで信仰の限界を思い知らされたという彼だが、その詩にはどのように信仰が書き込まれているのだろう。そう思って石原の全詩を踏査してみても、信仰というテーマがそれ自体として扱われているケースはあまりみられない。「神」という語も意外なほど出現頻度は少なく、たまに使われていても、「日本の神は／小さな陰茎をもつ」（「やぽんすきい・ぼおぐ」）というように、キリスト教の神を意味してはいない。だいたい石原は、同じキリスト教詩人安西均との対談「背後から見たキリスト」でも述べているように、たとえば八木重吉におけるような、すぐに「神様」を持ち出す素朴な「キリスト教詩」が大嫌いで、まるでそれに対抗するように、つぎのような、神を貶めているとも読める詩なら書けるというふうだ。「あぐらをかいているその男は／たしか神様をみたことがある／おわりもなく／はじめもない生涯の／どのあたりにいまいるのかを／とめどもなくおもい／めぐらしていたときだ／まあたらしいごむの長靴をはいた／足ばかりの神様が／まずしげなその思考を／ゆっくりとまたいで／行かれたのだ／じつに足ばかりの／神様であった／あぐらをかいていたその男が／そのときたちあがったとは／どの本にも書いていない」（「足ばかりの神様」）。

もちろんこの「神」も、キリスト教の神とはかぎらない。余談だが、前出の対談で、「日本における聖書のあやまちは、明治に日本にプロテスタントがはいって来たときに、賛美歌や聖書の翻訳でゴッドや、ヤーウェを「神」としたことですね。（……）中国の古い文献では、神さまの「神」は、鬼神だものね、オニ、鬼道なんだ。決して、キリスト教の神のように人を救済したりするような概念の、絶対者ではないわけでしょう」という安西均の意見に石原は同意して、「ヤーウェはヤーウェのままでつかってきたらよかったんだ」と述べている。

また、『いちまいの上衣のうた』に所収の「大寒の日に」という詩では、祈りという行為が問題にされている。

たとえばいちまいのパンを
二枚の手のひらへ
あつくはさむように
むかえた一日が
なかったといわぬ
かけがえのないいちにちは
ときに　そのように
おとずれる
信ずるに足る
一本の旅程
信ずるに足る一人の敵
信ずるに足る病歴と
信ずるに足る
面罵にささえられ
日は警戒もなく
大寒に入《い》る
寡黙であれ一日の食卓よ

パンは祈りの代償を強いぬから

冒頭と結尾で、「祈り」に与えられた価値がちがっている。冒頭では、敬虔なクリスチャンにおけるように、「祈り」と「パン」とは掌を合わせるという所作のうちに合一している。そういう日が「なかったといわぬ」。ところが、結尾になると両者は乖離してしまう。「大寒に入る」以下、詩人はシベリアを思い出しているようだ。すなわち、過酷な生存の条件のもとでは、パンは「祈りの代償」として与えられるいとまもなく、そこにある。あたかもそれは、さきほどの、「信仰というものがそのような、危機に即応するようなかたちで人間を救うものではないことを痛切に教えられた場所こそシベリアであった」という証言を、あらかじめ詩的に暗示しているかのようである。

こうしたなかにあって、ほとんど唯一、信仰が信仰として過不足なく肯定的に主題化されているのは、やはり『いちまいの上衣のうた』に収められた「麦」という詩ではないだろうか。「いっぽんのその麦を／すべて過酷な日のための／その証しとしなさい／植物であるまえに／炎であったから／穀物であるまえに／勇気であったから／上昇であるまえに／決意であったから／そうしてなによりも／収穫であるまえに／祈りであったから／天のほか　ついに／指すものをもたぬ／無数の矢を／つがえたままで／ひきとめている／信じられないほどの／しずかな茎を／風が耐える位置で／記憶しなさい」――と、まるで牧師が説教しているようだ。もちろん、石原的モノローグの詩学にあって、牧師も自己なら、聞いている相手も自己である。「一本のその麦」はその意味で単独者の象徴にほかならないが、同時に、麦は聖書的植物であり、神によってもたらされた地上の糧の代表である。ということは、単独者としてのありうべき信仰の姿が、この詩においてもっともシンプルにまたもっとも素直（？）に形象化されていることになる。「炎」「勇気」「決意」――そうしたものがひと筋に「祈り」に収束し、「信じられないほどの／しずかな茎」を支えるのである。

時は流れて、自死に近いかたちで世を去った詩人の葬儀の日、彼が所属していた信濃町教会の牧師池田伯が弔辞を述べた。参列した誰彼（たとえば清水昶）の話では、それはある意味死者に鞭打つような、きびしい内容のものであった。牧師はおおむねこう述べたのだった――「石原さんは確かに、バルトに心の琴線が触れ、彼から深く学んだといえる。しかし敢えて申せば、重要な一つのことを学び落とした、あるいはまだ学ぶに到らなかった。それは、神の赦しにおける人間の共同性、とでもいう事柄である。端的に言えば、その共同性の具体的しるしとしての〈教会〉についての理解を、ついにバルトに学ぶことなくして終った、ということである」。

聖書との格闘

かくして、石原吉郎はキリスト教を信仰したが、常識的な意味では、必ずしも熱心なクリスチャンとはいえなかったようだ。聖書を読むことは彼にとってきわめて切実な意味があったけれど、いってみればそれが信仰のすべてであり、実践的な面で生活を信仰が包み込む、あるいは信仰があらゆる行為の規矩《きく》となる、というようなことにはならなかった。

たとえば石原は書いている――「あきらかに、今の私をささえているものは信仰ではない。それは、信仰を、残されたただひとつの支えにしようという、私自身の決意にすぎず、その決意だけが日々あらたに、くずおれかける私をささえ直しているのだ。それは、あくまでも私自身の決意であるから、その限りでは根底のない、たえず挫折の不安にさらされたものである」。

またつぎのようにも――

ただひとつのこと、ただひとつのことだけが私には明らかである。すなわち、聖書のほかに、もはや私には一つも行き場所がないということだ。そうして、そのことから出て来る結論も、決意も、希望も何もない。ただ、自分が〈存在するもの〉として現にあるためには、そこよりほかに行く場所がまったくないということ。そして、その一つのことが、今の私の呼吸をかろうじてたすけているということ、存在者としての意識をささえているということなのだ。いま私は、それ以外のことを何も知ることができないし、知りたくもないのだ。私の信仰は、私の悲鳴に近いものだ。

いずれも、「一九五六年から一九五八年までのノートから」からの引用である。この「ノート」は、第I部でもふれたようにアフォリズムとしてすぐれているが、同時に、この時期の石原がいかに聖書と格闘したかを物語る、いうなれば魂の記録でもある。そこには、聖書をめぐって、それから離反したりまた戻ったりという心情の揺れ動きが、そのままのかたちで生々しく書き込まれている。「私には聖書へ来る自由も聖書を去る自由もあるのだという気持を、どうしてもかくし終せることができない」というふうに。あるいはまた、「「なんじは」と聖書が呼びかける時の、その〈なんじ〉とはほかならぬ私自身である。もし、それが私でなかったら、聖書は私にとってただ空虚な古典であるにとどまる。（……）だが聖書の呼びかける〈なんじ〉が他ならぬ私であることを、誰が一体保証してくれるのか」と。そして結論、信仰とは悲鳴である。

補足的に、ここで、石原とほぼ同世代で同じキリスト者でもあった作家椎名麟三を呼び出しておこう。というのも、ふだん滅多に小説に言及しない石原が、椎名の長篇小説『邂逅』については、「『邂逅』について」というエッセイを書くなど何度も共感を表明しており、この作品を読んだことは、戦前のドストエフスキー読書と並んで、この詩人にとって小説からもたらされたひとつの事件だったらしく思われるからである。

椎名麟三は、いまでこそあまり読む人はいないかもしれないが、野間宏や武田泰淳とともにいわゆる戦後派を代表する作家である。椎名の文学的経歴の特徴は、マルクス主義的傾向からキリスト教へとゆるやかに「転向」したことで、『邂逅』はその結節点にあたる記念碑的作品とされる。つまり「邂逅」とはどうやら作者にとってのキリストとの出会いを意味するらしいのだが、作中でそのことが語られることはなく（主題はむしろ、当時の実存主義的思潮を反映して、戦後の混乱期を生きる人間の自由と責任である）、どころか、古里安志という主人公がクリスチャンであることも、最後に友人によって明かされる程度で、いったい誰が誰と、あるいは何と「邂逅」し回心したというのか、これほどタイトルが内容を裏切っている小説も少ないのではないかと思われる。

しかし、そこにこそ石原は惹かれたのではないか。椎名は、「信仰と文学」というエッセイのなかで、「信仰と文学は、厳密に無関係なのだ」としたうえで、「文学にたずさわっている僕にとっては、小説のなかに、神というただ一つの言葉が入って来ても、それは、救うことの出来ない破滅のように見える」と述べている。これは、さきほどみた石原の、「神」という言葉を忌避する態度とよく似てはいないだろうか。

信仰ないし回心（という事実）は、椎名にとっても石原にとっても、ある種絶対的なものであり、それゆえに伝達し得ないものなのである。だとすれば、なおもそれを言葉として表現しようとするなら、ユーモアをもって処理するしかない。椎名は主人公安志をして、「おれはおれの無力に苦しみ、悩み、疲れている。それがお前たちに対するおれの自由と喜びのユーモラスな告白なのだ」と言わしめているが、石原もまた書いている――

信仰のユーモアについて。ユーモアと「真剣に」取り組むことは、決して滑稽なことではない。ユーモアを「真剣に」扱わなければならないことに深いユーモアがあるのだ。それは〈あたたかいユーモア〉というような情緒的なものではなく、人生のリアリティというものは、結局ユーモアでしか理解できないということなのだ。教会がユーモアをどうとりあげているかということは、今の私にはあまり問題ではない。椎名麟三が回心の体験を〈ユーモアでしか語りえない領域〉と述べていることをよく考えてみなければならない。ユーモアとは、のっぴきならない状態の中ではじめて明らかになるものである。このHumorの意味がほんとうにわかったとき、私たちは、この暗い生の重圧の下で「それでも生きている方がいい」と、安堵してつぶやくことができるのだ。「生きていてよかった」などという言葉を、無傷な世代から押しつけられずにすむのだ。

たとえば『邂逅』の主人公がとんでもないときに浮かべるとまどったような微笑の中に、はげしい怒りでさえも表情となるとき奇妙に変質してしまうような微笑のなかに、私はこのような、この世のユーモアに出会ってしまった男の、望みにみちた困惑を見ることができる。それは「救済された瞬間に」見捨てられた困惑であり、およそ希望は、そのようなかたちでしか私たちを訪れないのである。

（「一九五六年から一九五八年までのノートから」）

石原吉郎にとって、信仰とは悲鳴であり、同時にまた、ユーモアとして表明されるほかないものであった。

補足の第二として、石原における詩作と聖書との関係について書き添えておこう。「現代詩」の章で、石原詩と先行するテクストとの影響関係をあれこれ調べたが、有力な、もしかしたら最有力な源泉として聖書を挙げることも忘れてはなるまい。聖書を読んだ痕跡は、石原作品の随所にあらわれているとみるべきである。文語的な言葉の運びの格調の高さ（石原は文語訳聖書を好んだ）、論理を超えた断定的言い回し、比喩による暗示といった書法的側面から、超越者とのかかわりにも似た石原的主体のどこかしらマゾヒスティックな姿勢にいたるまで。石原自身、「言語体験としての聖書との邂逅は、同時に日本語との邂逅でもある」とまで言い切り（「聖書とことば」）、また「半刻のあいだの静けさ」というエッセイでは、「第七の封印を解き給ひたれば、凡そ半時のあひだ天静《しづか》なりき」という「ヨハネ黙示録」の言葉をエピグラフに掲げたあと、こう述べている。

私は聖書を読むとき、無意識のうちに詩的な発想をさがし求めていることが多い。だから、求道的な読者なら素通りしそうな箇所で長すぎるほど立ちどまったりする。聖句として感動するまえに、詩として感動してしまうのである。

さらに、旧約聖書の「伝道の書」について書いたこともあり（「絶望への自由とその断念――「伝道の書」の詩的詠嘆」）、そこでも「「伝道の書」は旧約聖書のなかでも、最も「不可解」な文章の一つであるが、そのなかでこの章は最も美しいもの、最も詩的なものの一つである。そしてその最初にあげなければならないのは、詩としてのその美しさである」と述べている。

聖書についての石原の発言で、もうひとつどうしても忘れがたいのは、前出安西均との対談でつぎのように語っていることだ。

ぼくは記憶を混同しているかもしれないけれど、たしか、マグダラのマリヤかな、あれを群衆がとりまいてせめていたときに、キリストはだまって指で地面になにかを書いていたというんですね。あのキリストの姿を忘れがたき姿である、といった神学者がいるんですが、あの場面、好きですよ、とても。

四福音書のうち、『ヨハネによる福音書』にだけ採られているエピソードで、私も読んで不思議な印象をもったことがある。姦通の女が連れて来られて、群集はイエスに、モーセの律法にしたがってこの女を罰すべきではないのかと迫る。イエスは答えず、指で地面に何か書き始める。なおも群集に迫られたイエスが「汝らのうち罪なきものまず石を投げうて」と言うと、誰も石を投げうてない。そこでイエスは「我もまた汝を罰せじ」と、姦通の女を解放してやるというわけだが、神の沈黙のおそろしさ、またそこに含まれる無限の赦しの可能性をイエスが体現している場面として、逸話の大筋はなんとなくわかる。わからないのは、ひとつの見過ごされがちな細部、「汝らのうち……」と言葉を発するまで、イエスがずっと指で地面に何か書いていたというところである。この行為に何か意味があるのか、ないのか。神学的に何か解釈が施されているのか、いないのか。キリスト教に疎い私の想像を勝手にひろげれば、そこにはエクリチュールというもののなにかしら原初的な謎、そしてそのようなものとしての福音書全体のいわば中心紋が示されているような気もするのだが（ちなみに、フランス語でこのエクリチュールを大文字でEcritureと表記すれば、そのまま聖書を意味する）、石原もそこに惹かれたのではないか。沈黙のかたわらでの、沈黙とほとんど等価のエクリチュール――ひとしきりそれにいそしむイエスの姿を、無意識のうちにも、自分の詩作になぞらえたのではあるまいか。

信仰と断念と言語と

以上のようなことを確認すれば、ふつう、信仰の問題はそのさきへは行かない。ところが、石原吉郎の場合、ここからがいわば本番なのだ。信仰は、ただ悲鳴として響くだけでなんら実を結ばないことの代償のように、実はこれまで本稿で論じてきたさまざまな問題系とリンクするに至っている——リンクして、なんとかそこからおのれの存在する意味を放ちたいかのように。信仰はこうして、存在、他者、そして言語やポエジーとさえ深くかかわっているのである。これからそのことをみてゆこうと思う。

たとえば他者という問題との関連でいうなら、信仰はさらに愛という問題をも引き寄せる。信仰と愛とは、自己と他者との関係の対比的なあらわれとして考えてみることができるからだ。すなわち、信仰とはある意味、神という絶対的他者の関心を自己に向かわせるということであり、そうして受動的に救済を待ち望むということであろう。愛は逆に、能動的に自己を他者へと向かわせることである。石原吉郎にあっては、まがりなりにも信仰という心性、つまり他者から自己へという方向での関係は機能したが、愛つまり自己から他者へという方向でのエネルギーの移動はどうだったかということになる。十分に行なわれなかったのではないか。そしてそうした関係の一方通交性は、おそらく、幼くして生母と死別したため、本来母親——最初の他者——から与えられるべき無条件の愛を十分に得られなかったという、すでに推測しておいた事情と関係しているのではないか。あたかもその欠落を埋めるかのように、石原は、絶対的他者に向かって自己の救済を悲鳴のようにもとめたのではないだろうか。

しかし、石原にあって信仰が真に興味深いリンクを張るのは、存在との関係においてである。すでにみたように、石原は信仰の内実や実践というより、「自分が洗礼を受けたという事実」を強調し、それが「ぼくをささえてくれた」という。同じことを石原は聖書についても言っている――「重大なことは、私が聖書に接したという事実なのだ」(「一九五六年から一九五八年までのノートから」)。

「洗礼を受けたという事実」あるいは「聖書に接したという事実」にこれほどこだわるとは、いったいどういう心性によるものなのだろう。

私を支配するものは事実であって、思想ではない。私はただ事実によって立っているにすぎない。

どうなっても仕方のないもの。世界とはそういうものだ。

今度は前出「ノート」のつづきといってよい「メモ（一九七二年～一九七三年）」からの引用である。この文章を引いて勢古浩爾は、「あるものはあり、生じるものは生じ、失われるものは失われるという同義反復の世界を承認する傾性があったことは否定できない」としているが、本稿の文脈にそれを移し替えていえば、「あるものはある」ことへのこのオブセッションには、あの存在の「イリヤ」的状況が残響してはいまいか。詩篇「事実」の「そこにあるものは／そこにそうして／あるものだ／見ろ／手がある／足がある／うすわらいさえしている」云々という詩行を想起してもよいかもしれない。そうした事実にささえられるとは、まさしくそこから実存者として立つということ、実詞化されるということであり、つまりあのアンガラ河での体験にまで遡ることができるところの、石原にとっていわば現象学的還元のようなものではないだろうか。

そして実存者として立つということは、石原の場合、位置という言葉によってあらわされる。そう、すでに何度も詩篇「位置」にみた通りだ（とくに「存在」の章参照のこと）。位置はさらに断念をともなう。

私にあって、位置とはまさに断念する地点であり、断念する姿勢であり、その姿勢はいまも私に持続しているといわざるをえない。（「狂気と断念」）

したがって信仰は、断念に結びつく。「詩と信仰と断念と」というエッセイのなかで、石原はつぎのように述べている。

私は出征直前に洗礼を受けましたが、その時の私の、受洗への身がまえは、ある重大な断念を前提としていたはずであり、それは、戦争による死への身がまえの前提となった断念とほとんど等価であったと、私は考えます。

信仰は断念と等価であるという。ということは、信仰という言葉を断念という言葉に置き換えても全体の意味は変わらないということである。敬虔な信者にはそれこそ意味不明ではないだろうか。石原はさらに、つぎのように断念から信仰への復路を描き出す。

このように考えると、断念とは、ある局面へ追いつめられた時に、人が強いられる決断に似た行為であるよりは、むしろ人間が生きて行くうえでの基本的な姿勢なのではないか。そしてここまで来れば、生きるということは、そのままに断念と同義であり、断念の深さはそのままに生きる深さであり、その深さに照応するようにして信仰の深さがある、という逆説へはあと一歩の近さであります。

実存者として立つことが、あるときは位置と呼ばれ、あるときは断念と呼ばれ、あるときは信仰と呼ばれる。こうなるともう、これを信仰の位相からいうなら、信仰はその充実した固有の意味性を抜き取られて、断念と言い換えてもいいし、位置と言い換えてもいいし、さらには単独者と言い換えてもいいというような、要するにそれら石原的な語彙のどれとも交換可能であるような、融通無碍な符牒に変容しているようにさえみえる。

いや、もうすこし生産的に述べるべきかもしれない。石原にとって信仰は媒概念である。彼における信仰は、これまでみてきたように、ある意味絶対的なものではない。どころか、誤解を恐れずにいえば、なかば無内容であり、空虚でさえある。しかしその分、つまりそれ自体として完結していない分、媒概念となり、さまざまな他の概念を出会わせる交通の場、諸概念の十字路となったのだ。これは特筆してよいことかもしれない。信仰という場を、単独者が、断念が、位置が、姿勢が、よぎったのだ。それぞれの固有の意味を、信仰という概念の助けによって付与され、豊かにされて。

石原における信仰は、いわば空虚なシニフィアンであり、それゆえにまた、そのまわりに諸概念を引き寄せる生産的な磁場でもあるということになろうか。信仰は、それがそれとして語られない場所でこそ場所をもつ。椎名麟三の『邂逅』において、他者への主人公のユーモラスな応対のうちに、キリストとの邂逅が語られることなく語られていたように。

そのように捉えるなら、がぜん、信仰の問題は、何よりも詩人石原吉郎を考える本稿文脈の前面にも躍り出てくる。それは言語やポエジーともかかわってくるのだ。じっさい、信仰と言語のかかわりについて、「信仰とことば」というエッセイで石原はつぎのように述べている。すこし長いが、引用するに値する重要な文章である。

信仰とことばとのかかわり、といった厄介な主題に立ちいるまえに、ことばは正確な意味で人に（あるいは私たち自身に）伝わるものだろうか、あるいは現に伝わっているのだろうか、という重大な問いに私たちはまず直面せざるをえない。ここで問題となるのは、およそ関係といわれるものの根源的な媒介単位としての「ことば」であって、情報ではない。情報がその意味を問われるのは、もはやそれはことばではないという次元においてであって、ことばはこの次元の一歩手前で生の一切の主題にじかにかかわり、たちまち焦点を見うしなう危険に生きいきとつきまとわれる。

私がここでいいたいことは、それが「生きいき」した危険であることであって、直面するや否やたちまち拡散させられることへのおそれではない。ことばはつねに「重大なとらえがたさ」であり、たしかな生命にあふれているにもかかわらず、手づかむ間隙を水のようにしたたって、拡散する運命にある。

それはおそらくは、信仰という、永久に安堵し、手なずけることのできない人間の姿勢へ、そのままの輪郭でかさなるものであろう。だがこの辺から私の思考は混乱してくる。本来ありえざるもの、つまりは無へ、しかも生きいきと私たちは引き合わされているのではないか。

信仰とは、いわばありえざる姿勢の確かさである。そしてそのような姿勢にリアリティを与えるものが、不安としてのことばであるように、私には思える。信仰というすがたのあやうさと、ことばのあやうさが、そこで生きいきと対応する。その対応への不安が、信仰のリアリティであり、それをうらがえせば、存在の根源的な不安さのリアリティとしてのことばではないかと私は思う。

信仰は言葉によってあらわすしかないが、その言葉がそもそも「重大なとらえがたさ」のうちにあるというのである。あるいは、不安さのリアリティにおいて信仰も言葉も同じレベルにあり、相互に置き換えが可能だというのである。いやはや、信仰の外縁たるや、流動的エネルギーに満ちた不定な言語活動の場そのものでもあるかのようだ。信仰はこうして、語り得ないものを語るポエジーの境位にも近づく。

カール・バルトに照らされて

それにしても、「信仰という、永久に安堵し、手なずけることのできない人間の姿勢」、「信仰とは、いわばありえざる姿勢の確かさである」——このような信仰の捉え方を石原がするようになったのは、やはり、カール・バルトの影響が大きいのではないかと思う。もとよりバルトは、キリスト者でない私にとって難物だが、この神学者と石原吉郎とのつきあわせを、いよいよやってみなければならないときを迎えたようだ。

カール・バルトに照らされて、何がみえてくるのか。バルトは二十世紀を代表するドイツ語圏スイスのプロテスタント神学者である。一八八六年の生まれで、あのハイデガーと同世代ということも興味深い。戦争と革命に明け暮れた危機の時代にあって、人間主義的な近代神学を批判し、神と人間との断絶を唱えながら、逆説的に信仰の絶対性を回復させようとした弁証法的神学によって名高い。主著『教会教義学』は、トマス・アクィナスの『神学大全』にも匹敵するとされる。

石原が読んだのはバルト初期の『ローマ書講解』という著作で、私も今回、訳者はちがうがこの書物(小川圭治・岩波哲男訳)にざっと目を通してみた。すると、そのまえとあとでは、おおげさにいえば、石原作品の見え方が若干ちがうかのようなのである。丹念に検証することは私の任ではないが、それでも、ああここにはバルトを読んだ痕跡があるな、というか、ああこれはバルトの思考法そのものだなと思える箇所が、いくらでもみつかりそうなのである。

たとえば『ローマ書講解』第一章「導入部」に、いきなり、「キリストとしてのイエスは、われわれにとって既知の平面を上から垂直に切断する、われわれにとって未知の平面である」とあるが、この箇所に私は釘づけとなってしまった。詩篇「位置」に書かれたあのトポロジー、あの「無防備の空がついに撓《たわ》み／正午の弓となる位置」そのものではないか。この詩について、イエス・キリストの磔刑を暗示しているとする解釈があることはすでに紹介した。石原も自作解説でそれにふれ、肯定も否定もせずにやり過ごそうとしているが、もしかしたら図星をつかれて、狼狽したのかもしれない。

青春期に何を読んだかということは、私の経験に照らしても、ほとんどその人の人生を決定する。青春期というのは、まっさらな状態で本に向かうから、容易に感動しやすいし、読んだものをスポンジのように吸収して、たちまちそれを自分の思想の血肉にしてしまうのだ。

石原の場合、もちろんバルト神学の内容そのものに感銘を受けたということもあるだろう。さきほど、石原詩に神という語の出現頻度が少ないということを指摘したが、そうすることによって石原は、慎重に神を遠ざけようとしたのかもしれない。というのも、安易な神との合一は、バルト神学のもっとも斥けようとするところでもあって、神を遠ざけつつ、あるいは神から遠ざかりつつ神に近づくというのが、バルト神学における「信仰の逆説」だからである。『ローマ書講解』第三章

「神の義」から引けば、「不合理なるがゆえにわれ信ず。人間は常にただ神の前に断罪された者として無罪宣告を受ける。生は常にただ死からのみ生じ、初めは終わりからのみ、然りは否からのみ生じる。」

しかしながら、こうした「信仰の逆説」の内容とともに、あるいはそれ以上に、「信仰の逆説」の形式にこそ石原は惹かれたのではあるまいか。言い換えれば、バルトを読む石原のなかで、思考法というか、ものの考え方の根本のところまでバルトの言葉は浸透してゆき、そこから、あろうことか、詩人石原吉郎そのものを立ち上げてしまったのではないだろうか。石原自身、前出安西均との対談のなかで、つぎのように述べているのだ。

ぼくは、バルト神学をちょっとの間読んだんだけれど、最初にびっくりしたのは、これは日本語ですけれど、『ロマ書』の講解です。あの文章はびっくりしたんですけれど、今考えますと、非常に詩の方法に似ていますよ。たとえば、論理がたくさん矛盾してるんです。それをのり越えのり越えして結論に到達するわけです。ですから、その間には「にもかかわらず」とか「垂直に」とか、そういうことばがたくさんはいってくるんですね。ぼくはあれを詩としては読んでいなかったんですけれど、ああいうことばづかいの影響が多いと思うんです。

この「にもかかわらず」という言い方そのものにふれたバルトのページを紹介しておこう。第三章「神の義」の「イエス」の項に、イエスへの信仰は、徹底的な〈にもかかわらず〉であり、その内容である神の義もまた徹底的な〈にもかかわらず〉であることと同じである。イエスへの信仰は、全く「愛のない」神の愛を感じて把握し、いつも不快感と躓きを与える神の意志を行ない、その完全な不可視性と隠蔽性にある神を神と呼ぶ前代未聞のことである。イエスへの信仰はあらゆる冒険の中の冒険である。この「にもかかわらず」、この前代未聞のこと、この冒険が、われわれの指示する道である。

とある。付随して、「イエスへの信仰は……」という反復、「この……」「この……」という畳みかけも、論理的というよりは詩的な言説の様態であり、バルトのページに犇《ひし》めいている。石原の発言に戻れば、「ことばづかいの影響」というところに注目する必要があろう。ひとことでいうならそれは、信仰を逆説として、背理として述べるその述べ方であり、それが石原の信仰のみならず詩作にも、詩的エクリチュールの繰り出し方にも、少なからず直結しているように思われるのである。

逆説と飛躍

そこで、もう一度詩と信仰とのかかわり、より正確にいえば、「信仰のことば」と詩の言葉とのかかわりを検討し直す必要があるかもしれない。石原詩にあって信仰とは、妙な言い方をすれば、表現内容というより、表現形式の問題であるかもしれないからだ。第一詩集『サンチョ・パンサの帰郷』には、福音書に題材をとった詩篇がふたつあるが、そのうちのひとつ、「Gethsemane」を読んでみよう（もうひとつの「その日の使徒たち」は詩としてやや弱い）。

にんげんの耳の高さに
その耳を据え
肩の高さにその肩を据えた
鉄と無花果がしたたる空間で
林立する空壺《からつぼ》の口もとまでが
彼をかぎっている夜の深さだ
名づけうる暗黒が彼に
兵士のように
すぐれた姿勢をあたえた
夕暮れから夜明けまで
皿は適確にくばられて行き
夜はおもおもしく
盛られつづける
酒が盛られるにせよ

血が盛られるにせよ
そこで盛られるのは
彼自身でなければならぬ
雄牛の背のような
偉大な静寂のなかで
彼はうずくまり
また立ちあがり
たしかな四隅へ火の釘を打った
ひとつの釘へは
笞を懸け
ひとつの釘へは
祈りを懸け
ひとつの釘へは
みずからを懸け
ひとつの釘へは
最後の時刻を懸け
椅子と食卓があるだけの夜を
世界が耐えるのにまかせた

暗黒のなかでそれは記され
一切の所在は
そこで嗅ぎとられる
その夜を唯一の
時刻と呼ぶのはただしい
しかし完結と悲惨が
ひとしく祝福であるとき
もはやいかなる夜も
この夜のようであってはならない

ゲッセマネとは、イエス・キリストが、最後の晩餐のあと、ユダの裏切りで逮捕される前夜に、最後に祈った場所である。したがって、詩のなかの「彼」とは、あきらかにイエスのことである。「彼はうずくまり／また立ちあがり／たしかな四隅へ火の釘を打った」という緊迫した詩行に、その祈りの行為が暗示されていよう。にもかかわらず、その夜はすべてが終わる夜、神と人間との断絶という暗黒が頂点に達する夜であり、「その夜を唯一の／時刻と呼ぶのはただしい」。にもかかわらず――そう、「にもかかわらず」の連続だ――終わりの悲惨はそのままで祝福なのだ。逆説が導かれ、世界が転回する。「もはやいかなる夜も／この夜のようであってはならない」。この詩の言葉は強い。直接信仰について述べた石原のどんな言葉よりも強い。なにしろ、まるで夜に向かって命令しているかのようなのであるから。

石原はここで、暗示的にせよ結局のところ信仰を表明しているのだろうか。そうかもしれないし、そうでないかもしれない。むしろ読み取るべきは、信仰をも超えた夜の主題ではないだろうか。私はすでに、「存在」の章において、この詩人にとっての「夜」のイメージの重要性についてふれておいた。「ひとつの釘へは／最後の時刻を懸け／椅子と食卓が在るだけの夜を／世界が耐えるのに任せた」という箇所はそのときも引用している。ここでも、信仰の彼方あるいは一歩手前で、ゲッセマネの夜を、唯一にして無二の暗黒の夜を、存在のあの「イリヤ」的状況に通じるかもしれない語り得ない夜を、それでも逆説のうちに喚起しようとする言葉の運動こそが、この詩の主眼なのではあるまいか。そう、バルトに学んだ「信仰のことば」が、逆説と飛躍に満ちたある特異な言説の様態として詩に浸透し、いつのまにかポエジーの強度そのものと一体化しているのである。

逆説と飛躍を梃にした詩行の運びはいくらでも拾うことができるが、ここでは、やはり多少とも宗教的雰囲気を漂わせている例として、『いちまいの上衣のうた』の掉尾に置かれた「点燭」という散文形式の詩を引いておく。

燭を点ずることが　儀式の拡充である時期をここに終る。あきらかに燭の意味が終るのはそれが点ぜられるときである。すでに点燭をもって　いかなる意味の端緒ともなすことなく点燭をしてそれ自身の無意味さの故に　その位置に佇立させることは　もはや儀式の日の倫理である。たとえ点燭とともに　ひとつの暗黒が終ろうとも　われらに終りを告げたのは　点燭であって暗黒でなく　たとえ燭から燭へ重ねて灯《ひ》を継ぐことがあるにせよ　すべて終焉したものを単独に列挙することでしかない。たとえば燭へ引き継いで行く夜明けのようなものが　やがて華麗な合唱へ立ちのぼることがあるにせよ　われらにとってそれは点燭の終了である。点燭をしてかならず序曲たらしめるな。蠟涙は垂れるにまかせ　われらは鐘鳴のようにここに立つ。いわばこの位置のみが儀式の倫理である。われらものごとの始まるや終る　その位置から他へついに出て行くことはない。

儀式に重きを置く教会への批判、ひいてはそうした批判を通しての独自な信仰の姿勢がみえなくはないにしても、ここでもまた、石原的な「位置」の特異性を浮かび上がらせる逆説の語法にこそ詩の力点があることはいうまでもない。

こうしたバルト流の「信仰のことば」の石原詩への浸透は、じつに、その最晩年の作品にまで及んでいる。すでに「現代詩」の章で引用したが、遺稿詩集『満月をしも』に収められた「疲労について」という詩の全行——

この疲労を重いとみるのは
きみの自由だが
むしろ疲労は
私にあって軽いのだ

すでに死体をかるがるとおろした
絞索のように
私にかるいのだ
すべての朝は
私には重い時刻であり
夜は私にあって
むしろかるい
夜にあって私は
浮きあがる闇へ
かるがるとねむる
そのとき私は
すでに疲労そのものである
霧が髭を洗い　ぬらす
私はすでに
死体として軽い
おもい復活の朝が来るまでは

読まれる通り、「Gethsemane」のような緊迫したイメージの展開は影をひそめ、ただ、「死体として軽い」ことを言うための、逆説と飛躍の語法の骨組みだけが最後まで残ったというふうである。最終行の「おもい復活の朝」という宗教的含意もレトリック以上のものには感じられない。逆にいえば、若き日にカール・バルトに汲んだ「信仰のことば」の力が、詩人石原吉郎の詩法上のスタイルとしていかに血肉化されていたかを、それは物語っているだろう。

Ⅲ　コーダ　石原吉郎と私たち

以上さまざまな問題系に石原吉郎を添わせてきた。存在、言語、パウル・ツェラン、現代詩、他者、信仰——そうした本稿の全体を通して、石原の晩年への言及が少ないことに読者は気づかれたかもしれない。一九七二年頃から、年齢でいえば五十歳代後半になって、石原は私生活では荒廃していったが、詩作の面ではむしろ多産ぶりを示している。一九七四年に第五詩集『禮節』を上梓して以降も、死ぬまでのわずか数年のあいだに、死後刊行も含めれば『北條』『足利』『満月をしも』と立てつづけに詩集を出し、篇数にして一二〇篇以上の詩——ほとんどが短いとはいえ——を書いているのである。にもかかわらず、本稿において、なぜそれらの作品への言及が少ないか。

理由はふたつある。第一に、詩人石原吉郎を通してポエジーの復権をはかるのが本稿の趣旨のひとつであるとして、そうするとどうしても論の比重は前期石原吉郎に傾かざるを得ない。石原自身、「一九五九年から一九六二年までのノートから」にこう述べているのだ、

帰還直後の、混乱してはいたが、生き生きと危機に膚接していた時期を、僕は尊重する。

この詩人の詩業は、極論すれば、「生き生きと危機に膚接していた」第一詩集『サンチョ・パンサの帰郷』に尽きるといってもいいくらいで、最大限譲歩しても、すぐれたポエジーの発現が認め

られるのは第四詩集『水準原点』まで、あとの四冊（『禮節』『北條』『足利』『満月をしも』）は、「現代詩」の章でも指摘した通り、ただ詩という形式を保っただけのアフォリズムのような作品が多く、前期と比べあきらかに衰微している。

もうひとつには、晩年の石原が、ある意味でふたたび存在の「イリヤ」的状況にさらされていたのではないだろうかと思えることだ。あるものはあるという「事実」だけの地平――言うまでもなくそれは石原にとってシベリアでの極限ということだが、晩年にはその地平に生活の荒廃というかたちでふたたび呑み込まれるかのようなのである。じっさい、一九七六年にはアルコール依存症で精神科病院に入院したほどで、緩慢な自殺とでもいうべき事態が進行していた。まるで帰国以後のすべては夢であったかのようだ。同人誌「ロシナンテ」の仲間たちとの交流も、東京近郊の団地にかまえたささやかな家庭も、学生たちが詰めかけたあの石原吉郎ブームも、H氏賞受賞や日本現代詩人会会長という詩人としての栄光も、夢の奥処にフェイドアウトしてゆき、かわって、いつのまに連れ戻されていたのだろう、収容所の東の空が明けそめ、起床を命じる仮借ない声が響きわたる……

石原吉郎における悪循環。痛ましいかぎりだが、問題の所在としてはなにひとつ解決されず、更新されていないのである。かつて石原は、「一九五九年から一九六二年までのノートから」に、

僕にとって、およそ生涯の事件といえるものは、一九四九年から五〇年へかけての一年余のあいだに、悉く起ってしまったといえる。

と書いたが、まさしくその通りになってしまった。石原の晩年を要約する言葉をえらぶなら、「断念」に加えて、「疲労」である。まだしも断念だけならば、それは逆説的に、石原にとって生きるエネルギーであった。断念とは、ひとつの位置を他の位置から切り離すことであって、そこにエネルギーが生じるのである。そのものずばり、「断念」という詩を引けば、「この日　馬は／蹄鉄を終る／あるいは蹄鉄が馬を。／馬がさらに馬であり／蹄鉄が／もはや蹄鉄であるために／瞬間を断念において／手なづけるために／馬は脚をあげる／蹄鉄は砂上にのこる」。

しかし疲労は、ただ無気力に死を先取りするにすぎない。ハイデガー的な意味での「先駆的な覚悟性」からはおよそかぎりなく遠く、前兆としての死が自身の身体や精神にしみ込むにまかせるということであり、ある意味でそれは心地よいことでもあるのだろうが、同時に、「自分の亡霊とかさなりあったり／はなれたり」（「葬式列車」）することであり、さらにいえば、あとでくわしく参照するが、アガンベンが言及するナチスの強制収容所におけるあの生ける屍、あの「回教徒」の状態にやや近づくということだ。そういうふたたびの「極限」をここで詳らかにしてみたところで、何も始まらないだろう。

近年、文芸評論家の山城むつみが、『連続する問題』という大部の著作のなかで石原吉郎にふれ、とくにその晩年の問題を追究しているので、紹介しておこう。山城は、内村剛介の『失語と断念　石原吉郎論』から、「石原が今、苦しんで書き継いでいる抑留エッセイ群が「体験そのもの」に向き直ることができたなら、石原の詩は大化けするかもしれない。しかし、もし彼の散文がみずからを「確固たる加害者」と認知しそこねてそれを彼の自己の中に密閉してしまったなら、それは詩人石原吉郎の死を意味するだろう」という箇所を引き、そのように鞭打たなければ「石原が自死するかもしれないと内村は感じていたのではないか」とコメントする。残念ながらほぼその通りになってしまったわけだが、山城はさらに、つぎのように内村の心のうちを推測し、内村とともにあらまほしき石原の晩年を仮想するのである。『失語と断念』は「死んだのである、石原が」というパッセージで始まる。石原の死に対する内村の無念の重さをこの冒頭文で正確に量らねばならない。マンデリシュタームに化けることを願って内村が石原を鞭打っていたのだとしたらどうだろう、と。内村が石原にシャラーモフ、アフマートヴァ、マンデリシュタームらを強引にぶつけていたのは、生きていれば石原は日本の近代詩史ではなくロシアのアクメイストの詩脈に位置づけられる詩人になっていたと考えていたからなのだとしたらどうだろう、と」。

詩人の死後の生

詩人の晩年につづくのは、もちろん詩人の死後の生、つまり私たちとの関係である。そこからなら、何か始まるかもしれない。私たちにとって石原吉郎とは誰か、あるいは何か、という問いを最後に立てよう。

石原吉郎のアクチュアリティーについては、すでに第Ⅰ部「石原吉郎へのアプローチ」において、「葬式列車」に乗り込んでいるのは私たち自身でもありうるという視点を提示しておいた。あの

「無防備の空がついに撓《たわ》み／正午の弓となる位置」でさえ、いまやそれは私たち自身のとるべき「位置」であるといえるかもしれない。ある意味で、いまという時代状況が石原吉郎を呼んでいるのである。天下太平の時代にはあまり顧みられず、しかし危機の時代になるとしきりに読み返される作家や詩人がいる。石原もそのひとりかもしれない。

石原吉郎のアクチュアリティーは、過去にも一度、やや限定された方向であらわれたことがあった。一九六〇年代の終わりから一九七〇年代前半にかけて、ときあたかも学園紛争、いわゆる全共闘運動が世間を騒がせていた。それはちょうど石原がエッセイというかたちでシベリア抑留の証言を発表し始めた頃にもあたっていたが（シベリア抑留を語る最初のエッセイ「確認されない死のなかで」が「現代詩手帖」一九六九年二月号に発表されたのは、東大安田講堂を占拠した学生と機動隊とのあいだで激しい攻防が行なわれたまさにその直後であった）、運動に挫折した若者たちが、石原のおもにエッセイを読んで共感をおぼえるということがあったのである。運動は集団の論理を押しつけてくる。また、新左翼のセクト間でいわゆる「内ゲバ」が激しくなり、あるいは武装闘争の先鋭化がすすむと、一九七二年の「連合赤軍事件」にみられるように、加害被害の関係が容易に反転しあう極限状況が現出する。そんなとき、石原の、おもにエッセイで語られた「単独者」の思想や「断念」とともに自己に向き合う姿勢が、挫折した若者たちの心をとらえ、ある種の思想的拠りどころともなっていったのであろう。

ひとと共同でささえあう思想、ひとりの肩でついにささえ切れぬ思想、そして一人がついに脱落しても、なにごともなくささえつづけられて行く思想。おおよそそのような思想が私に、なんのかかわりがあるか。

（「一九六三年以後のノートから」）

たとえ、どのような蹉跌があったにせよ、私は変らなければならない。私はまったく別の人間にならなければならない。私はすでに死滅しつつあるのだから、亡びつつあるのだから。私が変ることだけが、世界を全く、根底から変えてしまう唯一つの道なのだから。もはや後には引き返せない。私は断崖とともに走らなければならぬ。断崖はたえず後退し、私はたえず前進する。

（「一九五六年から一九五八年までのノートから」）

世界を変革するために立ち上がり、「連帯」をもとめ、だがすぐさまその世界や「連帯」に阻まれて自己の無力さを思い知った一部の学生にとって、こうした独我論的な自己のスタンスは、コロンブスの卵のようなものであったにちがいない。世界を変革する必要などないのだ、ただ単独者としての生をつらぬくことで、おのずから世界のほうが変わってくれるというのだから……

そののち、一九八〇年代から九〇年代にかけて、高度資本主義下の消費生活の謳歌やいわゆるポストモダンの喧騒に押しやられるように、いったん石原吉郎は忘れられかけたが、いわゆるバブル経済が崩壊し、世紀があらたまる頃から、少数ながらふたたび石原吉郎に関心を寄せる者があらわれるようになる。たとえば一九六一年生まれの詩人河津聖恵は、つぎのようにこの詩人を捉える。

石原吉郎は、戦後約八年間シベリヤに抑留され、その苛酷な期間を「事実上の失語状態」の中で生きのびた。帰国後詩と散文を書くことで極限体験と向き合っていく。「生き生きと危機に膚接」する張りつめた繊細さを持つその言葉は、人間にとって言葉とは何か、あるいは言葉にとって人間とは何かという問いかけを、魂の内奥から突きつける。日常性の次元から根源的な問題の次元へと、読む者は静かに立ち返らせられる。

「言葉」が問題になっているのが印象的だ。また、さらに若く、一九七四年生まれの蜂飼耳は、「石原吉郎の詩は、シベリア抑留という問題とともに、過去の歴史の枠の内側へ、すとんと、収められてしまうところがあるのではないか」と危惧を表明したあと、つぎのように書く。

その詩も文章も、いまの日本で読まれるべきものだ。なぜなら、それらはぎりぎりのところまで深く、抉るように人間を見つめるものだからだ。石原吉郎が描いたのは、どの時代でも、どんな極限状態においても、同じように剝き出しになると思われるような人間の本質だった。（……）抽象した「関係性」を一つ一つ、日本語によってかっちりと止めていった石原吉郎の詩は、重いというよりは、強い。事実と貼り合わせて「歴史」の内側へしまいこむことなく、いまも活きる言葉として読んでいきたい。

こうして、ある意味で、石原吉郎を読むという行為が更新されているのである。政治の季節を背景にして読まれた「単独者」という思想の詩から、より原点に近く、同時により普遍的に、言葉そのものの力を示す詩人の作品として、いまを生きる私たち自身の問題とクロスさせつつ読むという方向へと。3・11以降は、これにカタストロフィーが加わる。カタストロフィーを経てなお生き延びる瘢痕のような言葉の出来事の証人として、石原吉郎はいまや、日本ではパウル・ツェランとともに、もっとも言及されることの多い現代詩の古典となった。そうみなしても、ほぼ間違いないのではないか。

そして本稿執筆中に、第Ⅰ部でもふれた細見和之による評伝『石原吉郎――シベリア抑留詩人の生と詩』（二〇一五年）が出た。細見は詩人であるとともにドイツ現代思想の研究者でもあるが、その感性と学識をバックグラウンドに、石原の生涯と作品を丹念に追った労作である。細見の立脚点は、これまでひとは石原の詩とシベリア体験とをあまりにも無媒介的に結びつけて考えてきたきらいがある、そこでいったん両者を切り離して、そのうえであらためて経験と作品との関係を考えるべきではないのか、というもので、評伝という仕事をまさに今日石原吉郎を読む意味へと繋げようとしている。ツェランの例の「投壜通信」を引き合いに出しながら、細見は言う、

石原の詩とエッセイ、さらにはその生涯もまた、二〇世紀という「戦争と革命の時代」のただなかから二一世紀の私たちに託された投壜通信と呼べるのではないか。本書では、その固い栓を抜き、折り畳まれた紙を開き、ところどころ滲んだその文字を、私なりに読み解くことを試みたい。

そのさい細見は、「記憶の主体としての言葉」という考え方をとる。詩集『サンチョ・パンサの帰郷』を書いていた頃の石原にとって、シベリアを思い出しているのは体験者としての表層的な意識ではない、むしろ「位置」なら「位置」、「姿勢」なら「姿勢」という言葉だというのである。そうした「言葉による省察が同時にシベリア体験の表出であるという特権的とも言うべき作品空間が構成されている」。つまりここでも「言葉の力」が強調されているのであって、奇妙な言い方だが、ようやく詩人石原吉郎が読まれるようになった、ということだろうか。もちろん本稿もそのラインに立って、ポエジーの復権をはかろうとしている。

シベリアはだれの領土でもない

より命法を響かせるように言うなら、言葉の力、つまり詩の本質にかかわる場所へと、石原吉郎を読み替え、解体し、かつ、再生させなければならない。それが、七〇年代のアクチュアリティーから今日のアクチュアリティーへとこの詩人を運び入れるということであろう。本稿もまた、そのプランを実現するべく、石原の最良の詩のひとつ、「耳鳴りのうた」を引用することから開始されたのだった。締めくくりに、もう一度この詩を掲げよう。

おれが忘れて来た男は

たとえば耳鳴りが好きだ
耳鳴りのなかの　たとえば
小さな岬が好きだ
（……）
おれに耳鳴りがはじまるとき
そのとき不意に
その男がはじまる
はるかに麦はその髪へ鳴り
彼は　しっかりと
あたりを見まわすのだ
（……）
笞へ背なかをひき会わすように
おれを未来へひき会わす男
おれに耳鳴りがはじまるとき
たぶんはじまるのはその男だが
その男が不意にはじまるとき
さらにはじまる
もうひとりの男がおり

いっせいによみがえる男たちの
血なまぐさい系列の果てで
棒紅のように
やさしく立つ塔がある
おれの耳穴はうたがうがいい
虚妄の耳鳴りのそのむこうで
それでも　やさしく
立ちつづける塔を
いまでも　しっかりと
信じているのは
おれが忘れて来た
その男なのだ

（「耳鳴りのうた」）

石原吉郎をレヴィナスに引き寄せて読んできた本稿の文脈からすれば、「耳鳴り」とは、存在の「イリヤ」状態へとみちびく不吉なノイズであり、「虚妄の耳鳴りのむこうで／それでも　やさしく立つ塔」とは、ラーゲリの監視望楼をベースにしながらも、なにかしら垂直的な実存者の実存者性を象徴するイメージでもあるということになろうか。

この詩には変奏曲がつけられている。同じ『サンチョ・パンサの帰郷』に所収の「岬と木がらし」と題された詩がそれで、「耳鳴りのうた」の裏面あるいは別バージョンとして読むことができる。「おれが聞いているのは／たしかに木がらしだが／ときおりやつが立ちどまっては／いつまでも思いだせずにいるのも／おれのことにちがいない／ときおりやつがふりかえっては／しうねく聞き耳を立てるのも／おれのことにちがいない／(……)／おもいだしたか　おれのことを／おれが聞いているのは／たしかに木がらしだが／岬をはるかな耳鳴りのなかで／おのれのくるぶしもわすれがちな／腑抜けが　おれをおもいだすなら／夜明けは雪に／ちがいないのだ」。

「耳鳴りのうた」とは逆に、今度は「おれ」が「やつ」によって忘れられている。末尾の雪はあきらかにシベリアを指しているだろう。「おれ」は日本にいて、いかにも日本的な「木がらし」の音を聞いているのに対して、「やつ」はシベリアにとどまり、「岬をはるかな耳鳴り」に捉えられている。この乖離。しかし、彼が「おれをおもいだすなら」、「おれ」も一緒に夜明けの雪をみることになるというのだ。またしても過酷な土地で？　いや、そのかぎりではないだろう。この「雪」という語のコノテーションには、主体をやさしく密やかに包んでくれるものへの待望も含まれているのではないだろうか。

そう、「塔」にあらわれるにせよ、「雪」にあらわれるにせよ、いまやシベリアは両義的である。ということはつまり、どういうことか。疎外された石原吉郎の戦後の生を思うとき、いささか唐突ながら、そしてニュアンスもだいぶ違うが、私はたとえば、あのアンドレ・ブルトンによって見出されたフランス語圏カリブ海の大詩人エメ・セゼールを連想する。

エメ・セゼールは、フランスの植民地支配による搾取と抑圧の島マルティニックに生まれた黒人である。その苛烈な人種差別の現実を嫌悪し、そこからの脱出を願った彼は、さいわい俊秀の誉れ高く、エリートコースに乗るべく宗主国フランスに渡る。しかしやがて、かの地でも黒人の地位は変わらないことに絶望し、同時にアフリカというおのれのルーツ、すなわち抵抗の武器としての黒人性（ネグリチュード）にめざめるのだ。彼は決然とエリートコースを放棄し、故郷の島に逆戻りして、そこでこそ詩人としての生を全うしようとする。こうして生まれたのが、反植民地文学の金字塔とされる長篇詩作品『帰郷ノート』であった。

「耳鳴りのうた」と「岬と木がらし」の一幅対は、いわば石原の「帰郷ノート」ではないだろうか。いや、『サンチョ・パンサの帰郷』という詩集のタイトル自体がなんとも意味深長と言わざるを得ない。それは二段構えなのだ。第一の帰郷は文字通り日本への帰郷である。しかしそこにほんとうの生はなかった。そこで踵を返し、あろうことか、シベリアへと「帰郷」するもうひとりのサンチョ・パンサがいるのだ。「岬と木がらし」の「やつ」は、シベリアにとどまったというより、シベリアに戻っているのであり、その地点からすれば、彼が思い出そうとしている「おれ」のほうこそ、まだ日本にとどまっているのだ。もう一度シベリアから始めなければならない。じっさい、『サンチョ・パンサの帰郷』のあとがきに詩人はつぎのように――すでに第I部で引用した箇所だが――書くことができたのである。

（……）私にとって人間と自由とは、ただシベリヤにしか存在しない（もっと正確には、シベリヤの強制収容所にしか存在しない）。日のあけくれがじかに不条理である場所で、人間は初めて自由に未来を想いえがくことができるであろう。

また、このシベリアへの「帰郷」は、石原に特有の北方志向として語られることがある。「海を流れる河」というエッセイで彼は、例のアンガラ河の一支流のほとりにうずくまった経験にふれながら、「北への指向になぜそれほどこだわったのか、今ではほとんど不可解だが、私にそのとき、母国を目指す南への指向とほとんど等量に、北への指向があったことを不思議に思わずにはいられない。おそらく等量に、母国へ向かおうとする志向と、母国を遠のこうとする志向があったのではないかと思う。それはいわば、ある種の予感のようなものであったのかもしれない」と述べているし、詩集『水準原点』の表題作となった詩にも、こう書かれている――

みなもとにあって　水は
まさにそのかたちに集約する
そのかたちにあって
まさに物質をただすために
水であるすべてを
その位置へ集約するまぎれもない
高さで　そこが
あるならば

みなもとはふたたび
北へ求めねばならぬ

北方水準原点

詩作を通してシベリアに「帰郷」し、シベリアを二度生きること。そうしてはじめて、シベリアは「だれの領土でもない」(「やぽんすきい・ぼおぐ」)、今日の私たちまでつづくハイブリッドな脱領土的領土となったのではないだろうか。シベリアはひとりひとりの単独者のための領土であり、またそれぞれの単独者が他者へとおのれを開く脱領土である。そこでは多言語がざわめき、「直接に人間としてうずくまる場所」が幾重にも重なるのだ。ルーマニア語で数字の「10」を意味する「ゼチェ」という語をタイトルにした詩(詩集『水準原点』に所収)のなかで、石原は書く――「〈ゼチェ〉/まちがえるなそれはロシヤ語でない/ゼチェは旅びとが/滞在をゆるされた日かずだ/まちがえるなゼチェは/かろうじてその村に泊《と》められる/旅びとの数だ」。

さらにいまや、耳鳴りがはじまるこの「おれ」を、私たち自身であるとみなしていけないわけがあろうか。そして「おれが忘れて来た男」こそが石原吉郎その人であると。私たちに耳鳴りが始まるとき、石原吉郎が始まる、私たちの耳穴はうたがうがいい、虚妄の耳鳴りのそのむこうで、それでも「やさしく立つ塔」をいまでもしっかりと信じているのは、私たちが忘れて来たその石原吉郎なのだ……

では、私たちの耳鳴りとは何か。何が私たちに耳鳴りをもたらしているのか。ひとことでいうなら、それはカタストロフィーへの予感であり、あるいはまったく逆に、なにかしら事後を生きているという感覚である。石原流にいうとすれば、猶予、「半刻のあいだの静けさ」。それが私たちに耳鳴りのようなものをもたらしている。

猶予もまた両義的である。「終りの未知」という奇妙な題のエッセイに石原は書く――

執行猶予妄想とは、重大なことはすでに起っており、事態はすでに決定的であるにかかわらず、重大なことは今後に残されており、いまなおなにごとも決定されていないという錯覚が無限につづくことである。（……）

（……）現に最悪の状態にありながら、最悪の状態の〈予感〉にたえずおびえつづけているということ、したがって、そのなかに腰を据えるにも据えようがないということ、いわばこれが強制収容所の日常であり、およそ日常の原型ともいうべきものを、私はそこに見ることができるように思う。

猶予において、事後は予感に繰り延べられ、予感は事後へ折り畳まれる。それはもはや単純に望見できるような未来はないということである。「私は未来を持たない」と石原は「ノート」に書いた。もちろんそれは戦後社会において発せられた言葉であり、シベリア帰りゆえの差別や疎外に直面して方途を見失ってしまった石原の、いわば個人的な事情による。当時多くの日本人は、経済成長に身を任せるにせよ、革命の夢に賭けるにせよ、それぞれの未来をもって生きていた。

　ところが、いまの私たちはどうだろうか。「未来を持たない」というかつての石原の個人的例外的事情が、そのまま、いまの私たちの決して例外的とはいえない事情へとうっすらスライドしてきているような感覚はないであろうか。経済成長への期待も消費社会の謳歌も革命という夢も、ことごとく遠くへ去ってしまった。先に向かっては、少子高齢化による縮みゆく社会、エネルギー資源をめぐる難題、地球規模での環境破壊、そして3・11以降の、カタストロフィーへの事後的な予感。加えて、無限の欲望を推力とする資本主義は、進行一途のグローバル化を遂げる過程で、皮肉にも有限の地球という究極の壁にぶつかりつつある。第Ⅰ部「石原吉郎へのアプローチ」でもたとえた通り、まさにタイタニック号だ。

　いまを生きるとは、端的に言って、半ば未来を奪われながらも、なお生きなければならないということだ。「いわばこれが強制収容所の日常であり、およそ日常の原型ともいうべきものを私はそこに見ることができるように思う」という石原の言葉が、時代を超え、いまの私たちへと、不思議にリアルに響いてくる。もはやひとりひとりの、終わりのない日常しかないのかもしれず、もしそうだとすれば、その日常を生き抜くしかないということ。徹底してたとえば少女でありつづけることによって、逆説的に既存の少女の枠を突き破ってしまうというような事態が、つまりそのようにして外がひらかれるということが、私たちの人生にも一度や二度はあるものではないだろうか。

　私たちへ耳鳴りはそのようにしてもたらされる。私たちの日常は、じつはこのような危機の切迫とともにある。いや、それはもう始まっているといってよいだろう。予感は事後であり、事後は予感であるのだから。「メモ（一九七二年〜一九七三年）」に石原は書いている――「危機感はつねにおくれてやって来る。危機が危機感に先行すること、それが危機だ」。戦争や戦後の変転を経ての、これが石原の実感的な状況認識であったろうが、私たちにおいても然り、ではないだろうか。なるほど、石原吉郎は状況を告発しない。状況を生き、そこでおのれの位置に立っただけだと彼なら言うだろう。しかし私たちの眼からすれば、それはやはり告発である。単独者の特異性というポジションのみが行なうことができた、告発なき告発である。ラーゲリ体験の証言者として生きるという姿勢自体が、すでにして告発なのだ。

アガンベンへの参照

さらに一歩をすすめよう。「告発しない」石原の証言の、しかし、いうなれば積極的意味というものを、いまや付与することが可能なのではないか。証言は告発よりも深い。

私がふまえるのは、ポストモダン以降の現代思想をリードするひとり、イタリアのジョルジョ・アガンベンであり、その思想の核心のひとつをなすいわゆる「生政治」という考え方である。いうまでもなくそれは、フーコーの晩年の思想を継承するラインに立っている。ただ、フーコーが生政治を近代特有の新しい政治形態として捉えたのに対して、アガンベンは、古代から生政治的なモデルは潜在したとして、だがとりわけ、近代のデモクラシーが二十世紀（およびその蝕のなかにある二十一世紀）の全体主義的な体制へ収斂してゆく過程、つまり現代そのものを考察の対象とする。

じっさい、アガンベンは、名高い「ホモ・サケル」三部作を、まず古代ローマ社会に存在した「ホモ・サケル」なるもの——排除的に包含されることによって、殺害可能にして犠牲化不可能となった特殊な人間——と主権的権力との関係を生政治の原型として提示することから始め（『ホモ・サケル——主権的権力と剥き出しの生』）、ついで、『アウシュヴィッツの残りのもの——アルシーヴと証人』（上村忠男・廣石正和訳）において、アウシュヴィッツという二十世紀にあらわれた「表象の限界」の問題を取り上げているのだ。多くの者にとってアウシュヴィッツとは人間の思考や想像力の限界を超えた出来事であり、それゆえ、アドルノの「アウシュヴィッツ以後に詩を書くことは野蛮である」というような命題も出てくる。だが、アウシュヴィッツを考えることの困難さそのものにアガンベンは立ち向かう。いわく、「アウシュヴィッツは「言語を絶する」とか「理解不可能である」と言うことは、沈黙のうちにそれを崇めることに等しい」。

私がここで参照したいのはこの『アウシュヴィッツの残りのもの』である。もちろん、ナチスのユダヤ人絶滅収容所とシベリアのラーゲリとを同一視することはできないだろう。しかしそれでも、石原のたとえばつぎのような記述を読むとき、両者は深く通底していると言わざるを得ない。

（……）人間は徹底的に胃袋と筋肉に還元された。共同の約束をささえる道徳律は食卓のようにひっくり返された。死にたいと思うものは、いつ死んでもよかった。人間性をもちつづけようとする奴は、みんなでよってたかって足蹴にした。一年を経て、バム鉄道沿線の密林地帯から出て来た時、僕らはみんな老人のようにしわが寄り、人間を信じなくなり、生きるためにはなんでも平気でする男になっていた。（「こうして始まった」）

「人間は徹底的に胃袋と筋肉に還元された」という事態は、アガンベンのいう「剝き出しの生」そのものだし、「死にたいと思うものは、いつ死んでもよかった」ということは、人間にとって究極の不可能な可能性であるところの死、しかしそれゆえ人間のもろもろの可能性の源泉であるところの死さえもが貶められ、奪われているという意味で、アガンベンの、「収容所を定義するものは、単なる生の否定ではないということ、それの恐怖は、死に尽きるわけでも、犠牲者の数に尽きるわけでもまったくないということ、損なわれたのは生の尊厳ではなく、死の尊厳である」という指摘に照応する。また、このような死の零落について、フーコーをふまえつつアガンベンは述べている、「死なせながら生きるままにしておく古い権利は、それとは逆の姿に席をゆずる。その逆の姿が近代の生政治を定義するのであって、それは生かしながら死ぬがままにしておくという定式によってあらわされる」。

したがって、アウシュヴィッツをめぐるアガンベンの考察は、石原吉郎における証言の意味をあらためて考えようとする場合にも、実に多くの示唆を与えてくれるように思われるのである。ついでながら、もうひとつアガンベンを援用したいと思う理由として、この思想家が言語哲学をベースに据えているということ、とりわけ、ハイデガーの「弟子」らしく詩に深い関心を寄せ、詩と哲学とを本源的な関係のうちに結びつけているということを挙げておこう。

さて、その『アウシュヴィッツの残りのもの』において、アガンベンは問いかけている——収容所における状況のあまりの過酷さのなかで、すでにガス室に向かう以前に言葉を失い、生ける屍と化してしまった者たち、アウシュヴィッツの囚人たちのあいだで「回教徒」と呼ばれていた者たちこそが、完全な意味での証人としての資格を有しているのであり、生き残って証言する者はその代理でしかない。とすれば、人間のもとでほんとうに証言しているのは、脱主体化した非-人間であるということ、人間は非-人間の受託者にほかならず、非-人間に声を貸し与える者であるということを意味していることにならないだろうか、と。そしてアガンベンは、みずから答えてこう述べているのである。

「人間」とは中心にある閾にほかならず、その閾を人間的なものの流れと非-人間的なものの流れ、主体化の流れと脱主体化の流れ、たんに生物学的な生を生きているだけの存在が言葉を話す存在になる流れと言葉を話す存在がたんに生物学的な生を生きているだけの存在になる流れがたえず通過する。これら二つの流れは、外延を同じくするが、一致することはない。この結合の非-場所たる「人間」という閾において生起するものこそが証言にほかならない。

石原吉郎もこのような証言を担ったのだとすれば、どうだろう。いくらか救われるのではないか。たとえば『いちまいの上衣のうた』に所収の「生涯・1」という詩は、「存在」の章でレヴィナスの「イリヤ」の発現として引いた作品だが、そのまま、さきほどの、アウシュヴィッツの囚人たちのあいだで「回教徒」と呼ばれていた者のひとりを、「結合の非-場所たる「人間」という閾」に立って描いたものとして読んでも、十分通用してしまうのではないだろうか。今回は全行を掲げてみる。「生涯というものではなかった／生涯とよぶためには／ひとつの黒い柄のようなもの／たとえば　兇悪な／意図が欠けていた　あるいは／生涯そのものがそこで／思いもかけず欠けて／いたかもしれぬ／なんびとが葬り去ったにせよ／花と／火によって埋葬されたと／いう事実はない／さいごの記憶へ／彼がとどめたのは／くろい軍鶏《ぐんけい》の／脚であったといわれる／さしだされた粥は／ながい躊躇ののち拒まれた／なお時刻があった／逃げかくれもできぬ白昼へ／口ごもりながら／おれたちは　と語り／おれは　と語り／やがて語ることをやめた／さいごにそれがやって来た／むろん死ではなかった／死であるためには／すでに生涯が欠けていた」。

またたとえば『サンチョ・パンサの帰郷』のなかの「事実」という詩、これも「存在」の章では「イリヤ」にふれた経験の詩的表出として読んだわけだが、いまやこの詩をアガンベンの文脈で読むことができよう。「そこにあるものは／そこにそうして／あるものだ／見ろ／手がある／足がある／うすらわらいさえしている／見たものは／見たといえ」。

「見たもの」――具体的には引き裂かれた身体像としての「手」「足」「うすらわらい」――が脱主体化の流れであり、「見たといえ」が証言のポジション、すなわち「結合の非 - 場所たる「人間」という閾」である。「見たもの」と「見たといえ」のあいだには越えがたい時間的空間的溝があるが、詩だけがそのうえを行き来することができるとしたら？

証言から詩へ——異言の潜勢力

さきを急ぎすぎたようだ。何はともあれ、この「結合の非 - 場所たる「人間」という閾」——それは加害／被害の倫理的アポリア（それが石原に「告発」を断念させ、単独者の位置に立たせたのだが）を超えて、また存在することの有罪性という宗教的レベルさえも超えて、いまここの私たちにも十分リアルに届くのではないだろうか。

アガンベンが直接「脱主体化した非 - 人間」というカテゴリーに置いたのは、強制収容所の被害者のほかに、9・11以降アメリカの主権権力によってホモ・サケル的にグアンタナモの収容所に送り込まれた「テロリスト」容疑者や、国籍をもたずに国家と国家のあいだを漂流する難民などであるが、彼がつよく主張するのは、現代社会というのは、いつどこにおいてもそうした強制収容所的状況をつくり出す可能性があるということである。アウシュヴィッツやシベリアのラーゲリは、ただ規模や程度において途方もないだけで、決して特殊例外的な事例ではない。恐竜とイグアナの違いがあるだけだ。すでに第I部「石原吉郎へのアプローチ」で述べておいたように、存在の極限は、いつでも私たちになり代わって石原吉郎が経験したともいえるのであり、潜在的な可能性としては、いつでも私たちの生の基底をなすものなのである。石原の言葉を借りるなら、「日常の原型」である。したがって、ラーゲリの極限を生き、帰国してからもついにそこから完全には脱けきれなかった石原吉郎もまた、いまもなお、いやいまだからこそ、まぎれもなく私たちの隣人であるといえるのだ。

あるいは私たちの内に生きている。ラーゲリから戦後へ、石原が生きた痛苦や孤独、またそれによる空しさや寂寥感が、いつのまにか私たちの内面そのものとなりおおせているのかもしれないのである。それをどのように「閾」としてトポロジー的に変換し、ふたたび外へとひらくことができるか。もちろん石原はただ証言を担ったのであって、なにか処方箋的な解決の道を示したわけではない。そんなことは不可能だし、私たちにとってもあまり意味のあるものではないだろう。

むしろ、繰り返すが、証言は告発よりも深い。「見たものは／見たといえ」。そして証言は詩の問題とも通底しあう。これまで私は、抒情と証言というような二項対置的言い方で、漠然と抒情はパフォーマティヴな、証言は事実確認的な記述というふうにみなしてきたが、アガンベンを参照すると、証言自体に内在する問題がいろいろとあることがわかってくる。それはまた、告発より深い証言がさらに詩へと深まる可能性を探求することでもある。

アガンベンによれば、証言は言語の問題であり、証言がはらむ証言の不可能性――「言語は、証言するためには、非‐言語に席をゆずって、証言不可能性をあらわにしなければならない」――という問題を避けて通ることはできない。『アウシュヴィッツの残りのもの』の第1章「証人」においてアガンベンは言う、「証人は、通常は真実と正義のために証言する。そして、その言葉は、この真実と正義から充実と充足を得ている。しかしここでは、証言は、本質的には、それに欠けているもののゆえに価値がある。ここでは、証言は、その中心に、証言しえないものを含んでおり、それが生き残って証言する者たちから権威を奪っている」。こうして「証言することの不可能性」を強調したあと、アガンベンはさらにこう書くのである――「詩も歌も、不可能な証言を救出しようとして介入することはできない。反対に、証言のほうこそが、もしできるとすれば、詩の可能性を基礎づけることができるのである」。

どういうことか。アガンベンはつぎに、奇跡的にアウシュヴィッツを生き延びたイタリアの作家プリモ・レーヴィが語るひときわ印象的な逸話を紹介する。それは収容所の犠牲となったフルビネクという名前の子供に関するもので、彼は死の床でひとつの単語を繰り返し口にしたのだが、レーヴィをはじめ回りの者は、どれほど理解しようとしてもその単語に――それはmass-klo、ないしはmatiskloと聞こえたが――何の意味も見出せなかった。

おそらくこの秘密の言葉こそ、レーヴィがツェラーンの詩の「雑音」のうちに消失してしまっていると感じたものである。しかしそれでも、かれはアウシュヴィッツで、証言されないものになんとか耳を傾け、そこからmass-klo、matiskloという秘密の言葉を受け取ろうとした。この意味では、おそらくあらゆる言葉、あらゆる文字は、証言として生まれるのではないだろうか。だからこそ、それが証言するものは、けっして言葉ではありえず、けっして文字ではありえない。それが証言するものは、証言されないものでしかありえない。そして、これは、欠落から生まれてくる音であり、孤立した者によって話される非-言語である。非-言語を言語が引き受け、非-言語のうちで言語が生まれるのだ。（欧文略――引用者注）

アガンベンはさらに、第三章「恥ずかしさ、あるいは主体について」でも、キーツやランボーら

詩人たちの詩的体験を引き合いに出しながら、

ところが、ひとたび言語外のあらゆる現実をぬぎ捨てて、言表行為の主体となると、かれは、自分が到達したのは発語の可能性であるよりも語ることの不可能性であること、あるいはむしろ、自分が統御することも手にすることもできない異言の力によってつねにすでに先取りされていたものであることを発見する。

と述べる。この異言の潜勢力こそは詩だ。それはまた『アウシュヴィッツの残りのもの』という表題にもなっている「残りのもの」という概念に結びつけられる。「ヘルダーリンの「残っているものを詩人たちは創設する」というテーゼは、詩人たちの作品は時を越えて永続し残るものであるという陳腐な意味に解してはならない。そうではなく、そのテーゼが意味するのは、詩的な言葉はそのつど残りのものの位置にあるものであるということであり、このようなしかたで証言することのできるものであるということである。」(欧文略――引用者注) アガンベンはそして、詩と証言との結びつきを以下のように同定するのである。

このような言語はなにを証言するのだろうか。事実であれ事件であれ、記憶であれ希望であれ、歓喜であれ苦悶であれ、すでに語られたことのコルピュスのなかに記録できるようなものをだろうか。それとも、語ることを語られたことへと還元することの不可能性をアルシーヴのなかで検証する言表の行為をだろうか。そのいずれでもない。作者が自分の話すことの無能力を証言することに成功する言語は、言表しえないもの、保管しえないものである。そこでは、それを話す主体たちのあとに生き残るひとつの言語が、言語のこちら側に残っている話す者と一致する。その言語は、レーヴィがツェラーンの作品のなかで「底の雑音」として増大していくのを感じた「闇」であり、語られたものの図書館のなかにも言表されるものの古文書館のなかにも自分の席をもたないフルビネクの非 - 言語である。（欧文略――引用者注）

詩はもっとも深められた証言としての抒情であり、もっともなまなましい抒情としての証言であるという私の定式を、アガンベンによって補強し深化させれば、だいたい以上のようなことになるだろうか。証言と詩はべつものではない。証言は詩を内在させ、詩の可能性を基礎づける。私たちは石原の一連のエッセイ、その執筆が石原自身には生活の荒廃をもたらしたあのエッセイから、証言と言語との本質的な関係のうちに、もう一度、『サンチョ・パンサの帰郷』に戻ることができ、その詩的言語を「シベリアの残りのもの」として聴き取ることができるのである。

わけても、「望郷と海」（初出一九七一年）というエッセイが、詩への特別な通路となるように思われる。本稿では第Ⅰ部「アプローチ」と第Ⅱ部「存在」の章と、二度引用している。前者では海の変容を語るくだりを、後者では風が主体となるくだりを引用したが、いずれのパッセージも非論理的な飛躍を介して、ほとんど散文詩といってよいくらい濃密なエクリチュールによって書かれている。それゆえ、このエッセイを読む者はおそらく、詩人にあってはあるまじきことに、皮肉にもエッセイにおいてかつての詩が甦ったかのような印象に襲われることだろう。

慧眼の細見和之も、前出の評伝のなかで、「それまでの石原のシベリア・エッセイとは異なった文体が見られる」と見抜き、つぎのようにこの「望郷と海」を位置づけている。

> 帰還後の石原が詩によって「混乱を混乱のままに書く」ということができたとすれば、このシベリア・エッセイは、石原の散文に特徴的なあの黙想的な論理を排して、「混乱を混乱のままに散文で書く」ということを実現していると言える。石原の黙想的な論理を散文が切り崩していったその軌跡――。それはしかしまた、石原のなかでエッセイがついに詩に追いついたということでもある。

「エッセイがついに詩に追いついた」――作者の側の事情としてはそうかもしれないが、しかし私たち読者としては、このエッセイを時間錯誤のための装置として、つまりいわば『サンチョ・パンサの帰郷』へ戻るタイムトンネルとして使うこともできるのではないだろうか。「望郷と海」をくぐって私たちは、時系列的には詩人晩年の寂滅的世界に出るはずだったのに、あにはからんや、気がつくと『サンチョ・パンサの帰郷』の詩的世界に戻っているではないか……

そのときこそ、繰り返すなら、シベリアはだれの領土でもない。異言の潜勢力がざわめき、詩の可能性が基礎づけられる――ほとんど未知の、といってもよい――証言の大地である。

その日実感として
それはやって来た
かつて眠り足りたことの
ない空の下で
いちじくはただ
いちじくへ実りつぎ
おれはただおれに
実りついだ日のことだ
鉄と砂とを
合金する過程で
われらのどこかを軋るように
亀裂が走ったのだ
実に慟哭のような
亀裂であった
われらはいっせいに斧を置き
かつて祈りのように
郷愁が目指したものへ
すべてその背を向けた

われらはその日
実感として忘れ去られた
縄のように世界を降《くだ》りながら
ついに他人の
意味となることのない
完璧な言葉を口ごもりながら

〈忘れるなシベリヤのけものには
毛深い腋が四隅あることを〉

第二詩集『いちまいの上衣のうた』に所収の「シベリヤのけもの」の全行。前半では、あのカラガンダで重労働二十五年の刑を言い渡された日の衝撃が、「亀裂」というメタファーによって詩的に暗示されている。後半、その「亀裂」から「残りのもの」があらわれ、最後の二行が「完璧な言葉」としていかにも謎かけのように置かれるにいたる……

テクストの構成としてはそうなるだろうが、私はこの最終的な謎かけへのプロセスをこう読み解く——すなわち、アガンベンの用語を借りるなら、「他人の意味」とは、「ビオス」すなわちコミュニケーションを土台とする政治的生の世界のこと、「シベリヤのけもの」とは、「ゾーエー」すなわち生物学的な生の状態に還元されてしまった「剝き出しの生」としての「われら」のことであろう。

「ビオス」から「ゾーエー」へと「世界を降りながら」、しかし、そうした主体化と脱主体化のはざまで、「われら」はあの「フルビネクの非-言語」のような「完璧な言葉」を「口ごも」る——「忘れるなシベリヤのけものには／毛深い腋が四隅あることを」。言葉の入れ子のように、この「毛深い腋」こそは異言の潜勢力のメタファーであり、逆説的な意味で——秘密を秘密のままに保持するがゆえに——「完璧な言葉」なのだ。

可能性としての石原吉郎

以上要するに、私たち自身の問題として、可能性としての石原吉郎を語ること、あるいは、石原吉郎という古い意味から、なにかしら新しい意味を取り出すことが問題になっているのだ。可能性としての石原吉郎。じっさい、二十一世紀になってからの石原吉郎論は、冨岡悦子のものにせよ斉藤毅のものにせよ、すでにみたように、たとえば他者なら他者へとひらかれた、まさしく可能性としての石原吉郎が語られようとしている。

石原の言う「位置」にしても、「断念」にしても、「姿勢」にしても、「単独者」にしても、それ自体としてはすぐれた詩的認識の言葉であると思う。ただ、いかんせん静的である。それ自体として閉じているような、同一性に安定し固着してしまっているようなところがある。可能性としての石原吉郎は、したがって、位置が位置としてゆらぎ出すことのうちに、断念がより存在論的に切断と言い換えられることのうちに、姿勢がそれ自身の振動のうちに消えさることのうちに、もとめられるだろう。冨岡は前出『パウル・ツェランと石原吉郎』の第八章「人間と神」で、第四詩集『水準原点』に所収の「海嘯――銭塘江残照図」という詩を引用している。

どのように踏みこえたか
それを知らねばならぬ
生涯でこえたといえる
およそ一つのもので
あったから
残照へあかく殺《そ》いだ
落差とも
断層ともつかぬ壁の一列が
わずかに風と拮抗した
そのつかのまを
見すえてから
その位置を不意に
踏み出したのだ
めりこんだ右の
おや指から

海がその巨きさで
河をおびやかし
河がその丈《たけ》で
一文字にあらがうさまに
わずかに彼は耐えた
からくもにぎりすてた
砂のいくばくへ　もし
神が顫《た》つのであれば　そのときを
おいてなかった
海嘯がたける位置へ
およそ何歩であったろう
大またに一挙に
ありえざる距離をあゆみ捨て
さいごのひときわを
ふみこえたのだ
海も空も一時に凤《（ママ）》いだ
海とも呼べ
河とも呼べるきわで

その姿は消えた
あやうく見すごした
その両岸《ぎし》のしずかなものへ
彼は　おわりの
想いをかけた
河はその果てであふれ
海はそのすがたで満ち
神を信じうるまでの距離を
人は　さいごに
見うしなった

石原作品にしてはめずらしく、不思議に壮大かつダイナミックな叙景を伝える詩である。「海嘯」とは、満潮が河川を遡るさいに、前面が垂直の壁となって、激しく波立ちながら進行する現象。冨岡はこれを迫り来る戦争の比喩ととり、詩全体を、「戦争による死への身がまえの前提となった断念」と「否応なく死と向かい合う場に顕現する」「一瞬の神との邂逅」とを語るアレゴリーとして読み解いているが、もうすこし広く解釈してもよいような気もする。すなわち、信仰のレベルにとどまらず、より普遍的に、位置のダイナミズム、位置による位置の解消という至高点まで読み取れるのでないか。石原にとって「海」は存在そのものの、「河」はあるべき存在者のそれぞれメタファーであり、両者の出会うところに「位置」が生じるのだが、いまや問題なのは、「海とも呼べ／河とも呼べるきわ」なのである。そこに位置する者の「姿はきえ」、「神を信じうる距離」も「見うしな」われてしまうような――そして幸福と死とがひとつに収斂してしまうような――至高点、それをこそ石原は、たとえ一瞬にせよ詩的に生ききったのではあるまいか。

なお冨岡は、この詩の解釈に先立ち、石原的断念について、最晩年のエッセイ「断念と詩」からの引用を連ねながら、「こうした言葉から見えてくるのは、石原の詩学の核となる「断念」が、いわばブレーキの役目を果たしていたということである。これを石原は「さまざまな試行や屈折の果ての、折り返し点」と呼んでいる。すなわち、自らを正義とする「告発」、自己犠牲による自らの神格化、自死という、ひとつの方向に突き進む精神の動きへの遮断が問われているのである。このような遮断の機能において、ツェランの「息の転回」と石原の「断念」には同質の精神性が見られる」と述べているが、きわめて重要な指摘であろう。「石原よ、断念するな」と批判的に呼びかけた内村剛介への方向とは逆に、石原的断念はこうして、遮断もしくは切断と言い換えられ、ツェランの「息の転回」（吸気から呼気への息の一瞬の停止）やヘルダーリンの「区切り（中間休止）」（律動的な言葉の連鎖においてなされる反律動的な中断）と問題圏を共有し、さらにはアガンベンによる詩の定義、「音と意味のあいだの躊躇」にまでリンクを張ることが可能となるのである。

単独者についていえば、可能性としてのそれは、単独者がそれ自身他者であるような単独者に変容しつつ、単独者同士の共同体――これもアガンベンを援用すれば「到来する共同体」――へと動き出すことのうちに、もとめられるだろう。『サンチョ・パンサの帰郷』中の屈指の名篇でありながら、これまで引用する機会のなかった「サヨウナラトイウタメニ」という詩の、とくにその後半部を、いまやこのような文脈に置くことが可能なのではないだろうか。

オボエテイル　石ノナカノ声ヲ
オレハソレヲユサブッタ
キミハソレヲユサブッタ
ソウシテフタリデ耳ヲ
オシアテテ聞イタノダ
ツイニ石女《ウマズメ》ノヨウニ
ヨワヨワシク厚イ内部デ
納得シテイッタ声ヲ
ダマラネバナラナカッタ　ナゼ
ワカレネバナラナカッタ　ナゼ
火ヲヌスンダプロメテノヨウニ
目ノサメルヨウナ

清洌ナ非難ニ追ワレ
トオイ堤防ノ突端ヘ
ユックリト膝ヲツキ
シグナルノヨウニトモリ
シグナルノヨウニ
火ヲ消スノダ　イツカ
フタタビマブシイ風ノナカデ
キミガオレヲヨビトメ
オレガキミヲヨビトメ
モウイチド石ヲナゲアウコウニ
サヨウナラトイウタメニ

「サヨウナラトイウタメニ」とは単独者として立つという表明の謂いであろう。しかし同時に、「キミ」という人称があらわれ、「オレ」とふたりで「石ノナカノ声」——異言の潜勢力——をゆさぶったというのである。さらにふたりは、告別したあとでも、まぶしい風のなかで再会し、互いに呼び止めあうというのである。たとえそれがもう一度「サヨウナラトイウタメニ」であっても、石すなわち異言の潜勢力の胎を投げ合うように別れるのだ。

まさに石原吉郎と私たちではないか。どこからともなく告別の気分が高まってきているけれど

（本稿もいよいよ大詰めだ）、同時にそのとき、私たちは「キミ」と呼びかけられ、存在という石を渡されるのである――「石ノナカノ声」、異言の潜勢力を聴き取るようにと。

単独者から、単独者同士の共同体へ。アガンベンは、「ホモ・サケル」三部作に先立つ『到来する共同体』（上村忠男訳）において、「なんであれかまわない単独者の政治、すなわち、その共同体がなんらの所属の条件によっても、そうした条件のたんなる不在によっても媒介されることなく、所属それ自体によって媒介されているような存在の政治とは、どのようなものでありうるのだろうか」と問いかけたのち、一九八九年五月に起きた中国のあの天安門事件を想起しつつ、つぎのように夢を語る。

（……）複数の単独者が寄り集まってアイデンティティなるものを要求しない共同体をつくること、複数の人間が表象しうる所属の条件をもつことなく共に所属すること――これこそは国家がどんな場合にも許容することのできないものなのだ。
（……）所属そのもの、自らが言語活動のうちにあること自体を自分のものにしようとしており、このためにあらゆるアイデンティティ、あらゆる所属の条件を拒否する、なんであれかまわない単独者こそは、国家の主要な敵である。これらの単独者たちが彼らの共通の存在を平和裡に示威するところではどこでも天安門が存在することだろう。そして遅かれ早かれ戦車が姿を現わすだろう。

現代においてアナーキズムを語るとすれば、このようなものになるであろうかと思わせるような、そんな一節である。そこに私は、言葉のアナーキーによって実存を耐え抜く者の、つまり詩を書き詩を読む者の共同体という面を加えたい。すなわち、石原吉郎と私たちにとってもうひとつ希望があるとすれば、それはポエジーそのもののうちに、「石ノナカノ声」をともにゆさぶることのうちに、もとめられる。

すくなくとも石原は、ポエジーを通じて、その証言――もっとも深められた証言としての抒情、あるいはもっともなまなましくひらかれた抒情としての証言――が悦びをもたらすこともあるのだということを示したのではないだろうか。石原吉郎においてさえも、存在とは悦びであったのだ。

エピローグのエピローグへ

その悦びとは？　石原吉郎を読んできて、そのもっとも感動的な場面のひとつに出会うとしたら、それは名前の喪失と回復をめぐる出来事ではないだろうか。悦びもそこにひそんでいる。エピローグのエピローグとして、それを以下に書き添えておこうと思う。

第Ｉ部「石原吉郎へのアプローチ」のなかで私は、自作詩を引用しながら人間存在と固有名の関係について述べ、ついで、バム地帯のラーゲリで石原が目撃した、姓名をめぐる痛切なエピソードを紹介したのだった。それをもう一度引いておく。「北へのぼる日本人と、南へくだる日本人とが、おなじペレスールカ（囚人を移送するための一時的な収容施設――引用者注）で落ちあうことがある。

（……）つまり、言いたいことは山ほどあるにしても、そのようなあわただしい場面で、手みじかに、明確に相手に伝えなければならない、さいごの唯一つのものは、結局は姓名、名前でしかないわけです。その姓名の、自分にとっての重さというのは、結局はその人にしか分らないのですが、せめて名前だけは、南へくだって、さらに別の人へ伝えてほしいという願いの痛切さだけは、相手に伝わるわけです。そのようにして、言いつぎ語りつがれた姓名が、いつの日かは日本の岸辺へたどりつくことがあるかもしれない。その時には、自分はもうこの世にはいないかもしれないけれど、せめて自分の姓名がとどくことによって、その時までは自分が生きていたという確証はのこる」（「詩と信仰と断念と」）。

人間にとってもっともつらい出来事のひとつは、無名に帰せられるということである。なぜなら、無名に帰すことは死ぬということにかぎりなく近いからだ。死は人から固有名を奪う。私の詩のなかで、老婦人が息子の名前を教えなかったのは、そのようにして名前をまもることが、息子を死からまもることにひとしいと思われたからだ。逆にラーゲリの日本人たちの場合は、名前を見ず知らずの相手に伝え、あるいは壁に刻むことによって、あらかじめの墓碑銘のように、なお名前という痕跡においてみずからの生を生たらしめようとしたのである。名前はそのとき、生の唯一の、そして最後の証であった。

さいわい、名前が決定的に石原を離れることはなかった。文字通りに生きながらえて故国に戻り、だがそれからさらに十数年という歳月を過ごしたあとのある日、石原は「フェルナンデス」（詩集『斧の思想』に所収）という詩を書く。

フェルナンデスと
呼ぶのはただしい
寺院の壁の　しずかな
くぼみをそう名づけた
ひとりの男が壁にもたれ
あたたかなくぼみを
のこして去った
　〈フェルナンデス〉
しかられたこどもが
目を伏せて立つほどの
しずかなくぼみは
いまもそう呼ばれる
ある日やさしく壁にもたれ
男は口を　閉じて去った
　〈フェルナンデス〉
しかられたこどもよ
空をめぐり

墓標をめぐり終えたとき
私をそう呼べ
私はそこに立ったのだ

初出は一九七〇年。いろんな意味で石原に苦痛を強いたエッセイの執筆が始まり、それとともに、痛ましいというべき晩期の荒廃も始まろうとしていた時期である。この詩を書いたとき、おそらく詩人は、バム地帯でのあの姓名をめぐる痛切なエピソードを想い起こしていたのではないだろうか。多田茂治の『石原吉郎「昭和」の旅』によれば、「大野新によると、石原は急死の四日前、東村山市立中央図書館で「現代詩について」という講演をした際、この詩を自分で朗読して涙したという」。それほどまでに石原はこの詩への愛着をもっていたということで、つぎのような自作解説を施してもいる。

この詩は、自分でも好きなものの一つです。ずいぶん昔のことになりますが、もしここに一人の心やさしい男がいて、ある日壁にもたれたのち、どこへともなく立去ったとしたら、彼がもたれた固い壁に、たぶんあたたかく、やわらかなくぼみが残るのではないかという発想が唐突にありました。
　その発想のみなもとは、今でも不可解なままですが、たぶん、追いつめられた苦痛な詩を書きつづけていたときでしたから、反射的な救いのように私を訪れたのではないかと思います。

けれどもその発想を一篇の詩へ展開させるちからは、その時の私にはまったくありませんでした。発想は発想のままメモに書き残され、十年近くの時がすぎました。

ある日、なにげなく外をあるいていたとき、「フェルナンデス」という不思議な名前がふと口をついて出て来ました。フェルナンデスというのはスペインによくある男の名前ですが、その名前を口にした時、反射的にそれが今いった発想に結びつきました。

ことばに出会うという機縁の不思議さを、その時ほど痛切に感じたことはありません。

私にはめったにない感動的な瞬間でした。私はそのことばを手ばなすまいとして、一時間ほど町を歩きまわっているうちに、詩のほとんどを頭のなかで書きあげました。

（……）

ここに私がもっとも感動した石原吉郎のページがある。たった二〇行ほどの詩なのに、書き上げるまでに十年近くを要しているのだ。あたかもその長い年月のあいだ、ただひたすら、「フェルナンデス」という語の訪れを待っていたというように。詩的真実というものは、しばしばそのようにして訪れるのである。じっさい、「そのことばを手ばなすまいとして一時間ほど町を歩きまわっているうちに」――この行動は同じ詩人として痛いほどわかるので、ほとんど落涙しそうになったほどだ。詩人になってよかったと思える稀有な瞬間が石原に訪れたのであり、それがそのまま私にも電流のように伝わってきたのである。

生きるとは「くぼみ」を残すことである。単独者という名の「くぼみ」。それは私たちのそれぞれがこの地上にたしかな実存者の重みとして存在したということの証である。そこでは存在がいわば重力としてはたらいたのだ。

そこはまた、かつては分身的他者のひそんでいた場所でもある。『サンチョ・パンサの帰郷』に所収の「さびしいと　いま」という詩に、「さびしいと　いま／いったろう　ひげだらけの／その土塀にぴったり／おしつけたその背の／その　すぐうしろで／さびしいと　いま／いったろう／そこだけが　けものの／腹のようにあたたかく／手ばなしの影ばかりが／せつなくおりかさなって／いるあたりで／背なかあわせの　奇妙な／にくしみのあいだで／たしかに　さびしいと／いったやつがいて／たしかに　それを／聞いたやつがいるのだ」とある。このあとテクストは、イメージの非論理的な飛躍をみせ、「いったやつ」と「聞いたやつ」のあいだで「冗談のように　あつい湯が／ふきこぼれ」たりするのだが、最後は「あのしいの木も／とちの木も／日ぐれもみずうみも／そっくりおれのものだ」と、自我による世界の不可解な所有のうちに結ばれる。「フェルナンデス」ではそうはならない。くぼみをつくった男は去り、入れ替わるように「私」がそこに立って、「私＝くぼみ」になっている。つつましいのだ。それをフェルナンデスと呼べと、なぜか「しかられたこども」に話者は呼びかけている。

命名のファンタスム

実存者の重みとしてのくぼみ。だが同時に、そのくぼみにフェルナンデスという名が与えられるとき、存在の重みは解き放たれ、軽やかさを得て今度はあたかも上昇し始めるかのようだ。それはちょうど、石原にとっての海の場合と逆のプロセスである。第I部でみたように、シベリアの石原には「わたるべき海」があり、その海は「日本海」、ヤポンスコエ・モーレと名づけられていなければならなかった。というのも、ナホトカから帰国の船に乗ったとたん、この詩人の眼に海は、ヤポンスコエ・モーレという固有名を奪われて、ただの鈍重な「無限の水のあつまり」へと変容してしまったからである。フェルナンデスという名の発見は、石原にとって、海の喪失というかつての出来事へのいわばリベンジであったのかもしれない。

なお、細見和之は、第I部でふれたエッセイのなかで、このフェルナンデスという名前をめぐって、「「位置」「条件」「納得」「事実」といった重たい漢字・漢語の内在的な展開による作品がそれらの漢字・漢語をつうじてシベリアを原郷としている石原の「世界」を構成しているのにたいして、「クラリモンド」「フェルナンデス」「フランソワ」「ユーカリ」などロマンス語系の語彙はシベリアとは別のいわば反世界を志向していて、それらの語彙は石原が若いころから身につけていたエスペラントに淵源している」と述べている。細見の最新刊の労作『石原吉郎』においても、第六章「詩集『サンチョ・パンサの帰郷』の世界」にほぼ同じ叙述がみえる。興味深い指摘であろう。「シベリアとは別のいわば反世界」とは、「自転車にのるクラリモンド」に代表されるような明るい「未知の物語の場」らしいが、私の文脈に移し替えれば、夢見られた「だれの領土でもない」シベリア、多言語が飛び交う脱領土化されたシベリアということになろうか。それはともかく、「フェルナンデス」という詩が「位置」ほかの初期の作品とはかなり趣を異にしていることはたしかである。

というのも、私の考えでは、名は存在を軽くする。そういえばあのクラリモンドもそうだったのではあるまいか。「自転車にのるクラリモンドの／自転車のうえのクラリモンドの／幸福なクラリモンドの／幸福のなかのクラリモンド」……　この「自転車にのるクラリモンド」には、「クラリモンド」と題された初期形もしくは別バージョンがあり（のちに、第四詩集『水準原点』に収められた）、そこでは、このロマンス語系の名前をバネに、「それから　クラリモンド／僕らはいっしょにつまづいたね／いっしょにころんだね／アドリア海の波の上に／いくつも宝石がばらまかれた」というふうに、いっそう自由な空想が踊っている。

あるいは、名は存在に光を与える。かつて大岡信は、「地名論」という詩のなかで、「燃えあがるカーテンの上で／煙が風に／形をあたえるように／名前は土地に／波動をあたえる／土地の名前はたぶん／光でできている」と書いたが、それは固有名全般についても言えることだろう。光には意味などない。フェルナンデスやクラリモンドという固有名にはそのシニフィアンの響きのほかに何の意味もない。意味がないからこそ光ることができるのである。これが名前の神秘だ。命名のファンタスムだ。

ファンタスムとは精神分析の用語で「幻想」のこと。たとえば私がある女性をみて、「あ、女」と指さしたとしても、動物的な性欲以外、何の情動も呼び起こさないだろう。ところが、「久美」と呼びかけたとたん、相手は恋の対象に変容している。「久美」もまた言葉である以上、差異の網の目から成る言語システムのうちにあることは確かだが、同時に、意味の媒介をほとんど経ることなしに、シニフィエなきシニフィアンとして直接指示対象に結びつき、主体をして、指示対象をまさに固有のものとしてなまなましく浮かび上がらせるように思わせる。それが——私が勝手にそう呼んでいるにすぎないけれど——命名のファンタスムである。

詩集『斧の思想』では、「フェルナンデス」から数えて四篇目に、「フェルナンデス」を引き継ぐように、それを注釈しそれを深めるように、「姓名」という詩が置かれている。

朝は一条の姓名となる
姓名を恥じる
さらに一条の姓名となる
名づけがたい静寂のゆえに
わたしは
それを名づけた
空へ尖塔をゆるすように
風がめぐる脊柱
雲のとどまる頭蓋
名づけられたものの
祝典のような恥じらいに
夕べは無名のまま
立ちつづけるであろう

命名のファンタスムは「名づけがたい静寂」、「無名のまま」の「夕べ」を絶対の胎とするし、名づけられたものの「祝典のような恥じらい」をも伴わないではいられない。「空へ尖塔をゆるすように」――「尖塔」は、「耳鳴りのうた」のあの「やさしく立つ塔」に繋がる石原独特のオブセッションだが、いまやそれを空に赦すことは、名づけるという行為と等価であるとされる。また、つぎの「風がめぐる脊柱」「雲のとどまる頭蓋」は、石原がシベリアで書いたとされるシベリア詩篇（『全集』では「未刊詩篇」として四篇収録されているが、どれも文語調で、石原作品とするには未生というほかない詩群である）のひとつ、「雲」と題された詩――「ここに来てわれさびし／われまたさびし／われもまたさびし／風よ脊柱《せきちゅう》をめぐれ／雲よ頭蓋にとどまれ／ここに来てわれさびし／さびしともさびし／われ生くるゆえに」――の変奏である。シベリア詩篇と「姓名」という詩とで、差異はあきらかだろう。前者から後者へと、シベリアは脱領土化されたといってもよい。極限に身を置くかぎりむなしい願望にすぎなかった「風」や「雲」との合一は、いまやしっかりそれとして知覚されている。こうして、「尖塔」も「わたし」も「風」も「雲」も、つまり世界全体が一体となって命名のファンタスム――「朝」という「一条の姓名」――を担っていることが示されるのだ。

このくぼみ、このフェルナンデス

もう一篇、名づけをテーマにした詩に、やや痩せた趣はあるが、詩集『禮節』に所収の「名称」

という作品がある。すでに第I部で言及した詩だが、もう一度引こう。「風がながれるのは／輪郭をのぞむからだ／風がとどまるのは／輪郭をささえたからだ／ながれつつ水を名づけ／ながれつつ／みどりを名づけ／風はとだえて／名称をおろす／ある日は風に名づけられて／ひとつの海が／空をわたる／この日は　風に／すこやかにふせがれて／ユーカリはその／みどりを遂《と》げよ」。

「ある日は風に名づけられて／ひとつの海が／空をわたる」、これはさきほど述べた通り、海がたとえばヤポンスコエ・モーレと名づけられれば、「空をわたる」こともできるということだ。

それよりなにより、この詩は「辞書をひるがえす風」という美しいエッセイの冒頭に掲げられ、見事な――それ自体散文詩のような――自作解説を導いている。私があれこれ注釈を試みるより、それを引用するのがいちばんであろう。石原は書く――「この詩を書きはじめたとき、私には「風はみずからの輪郭を求めて流れる」という重大な発想があった。そしてその発想は、「風が途絶え、消滅したとき、風ははじめてその輪郭を持ったのだ」という、さらに重大な発想へひきつがれた」。そう、「フェルナンデス」において、「もしここに一人の心やさしい男がいて、ある日壁にもたれたのち、どこへともなく立去ったとしたら、彼がもたれた固い壁に、たぶんあたたかく、やわらかなくぼみが残るのではないかという発想」があったように。だが、例によってそれだけでは一篇の詩にならなかった。

風の流れるさまを、私たちは現実に見ることができない。ただ水が波立ち、樹木がざわめくとき、風が流れることに私たちは気づく。風は流れることによって、ものたちの輪郭をなぞり、ものたちに出会う。それが風の愛し方である。私にはそれが、風がそれぞれのものを名づけて行く姿のように見える。それが風のやさしさである。辞書のページをひるがえすように、これは海、これは樹木と、手さぐりで世界を名づけて行くとき、風は世界で最もうつくしい行為者である。そしてそのときはじめて、ものごとの輪郭にまつわる発想は、いわば命名衝動ともいうべき発想へその道をゆずる。

そう、不意にフェルナンデスという固有名が主体に訪れたように。ここで命名行為は風に託されているが、石原の想像的世界にとって風は、第Ⅰ部でも指摘したように、霊的なもの、プネウマ（ギリシャ語）もしくはルーアッハ（ヘブライ語）とみなしてもよいほどに重要である。いまやそれが名づけの主体となったのだ。石原はさらに書く――

人はそこでは、絶えまなく姓名を奪われながら、その都度、青銅のような声で背後から呼ばれる。「なんじの姓名へ復帰せよ」。

おそらくこのような瞬間をこそ、この詩人は探していたのではあるまいか。詩篇「フェルナンデス」に戻れば、そう、驚くべきことに「十年近く」ものあいだ。実存者の実存の重みとしての「くぼみ」の発見だけでは詩にならなかった。それに、そのような「くぼみ」は、ありきたりの言語では本来名づけえないものなのである。それゆえ、「くぼみ」は「フェルナンデス」という、およそ関係のありそうにない別の言葉を、だがかつて「青銅のような声で」その「くぼみ」に結びついていたかもしれない「異言の潜勢力」（アガンベン）を、すなわち非意味を、呼び寄せなければならなかった。それはシュルレアリスムでいうところの、「解剖台のうえのこうもり傘とミシンとの偶然の出会い」（ロートレアモン）にも近いものなのかもしれない。そしていま、十年という待機の果てに、ようやくその出会いが果たされたのである。

極限を体験し、その極限に照射されるようにしてしか生きることができなかったひと。ひたすら自己にまなざしを向け、寂寥にまで、いや不毛とぎりぎりに接する地点にまでその罪や断念や疲労の意味を追い求めたひと。石原吉郎とはそのような詩人であった。だが、それがどうしたというのだろう。そのさなかに、不意に、フェルナンデスという非意味が訪れ、閃いたのだ。これ以上の悦びがあろうか。

不意に、とはいっても、何の待ち受けもなしにということではない。戦後のさまざまな苦闘があり、なによりも忍耐づよい詩作の積み重ねがあった。不発に終わった詩作もあったろう。同じロマンス語系の固有名を登場させている詩に「橋をわたるフランソワ」（『いちまいの上衣のうた』所収）というのがあるが、「明日のないフランソワは橋をわたる／フランソワ／どうするフランソワ／／明日のないままで／橋をわたるフランソワよ」と言説は堂々めぐりするだけで、そのあとの展開がない。フランソワはただの人名以上のものではなく、「くぼみ」と結びつくような魔力はもっていないのだ。やり直しだ。この「くぼみ」、この「しずかな／くぼみ」……

というようなことが何度もあったにちがいない。それだけの準備のうえでの「不意に」であった。

思えば石原は、詩人としての自己をサンチョ・パンサになぞらえるところから詩作をスタートさせたのだった。そしてそのなかから、私の読み解きでは、シベリアへと「帰郷」するもうひとりのサンチョ・パンサが登場する。偶然かもしれないが、細見によってロマンス語系の石原的語彙に数えられたフェルナンデスは、さらに限定するなら、サンチョ・パンサと同じスペイン語の固有名である。フェルナンデスは、詩人の分身であるサンチョ・パンサの、たとえ一瞬にせよ、ついに輝かしく変容した姿への命名かもしれない。

悦びのあまり、詩ではある種の倒置法になっている。「フェルナンデスと／呼ぶのはただしい」という唐突な書き出しは、読者を遠ざけつつ、惹きつける。どういうことなのだ、人名を呼ぶのが正しいとは？　そのあとで、ようやく読者は、それが「寺院の壁の　しずかな／くぼみ」を名づけた名前であることを知るという仕組みである。

このくぼみ、このフェルナンデス、それこそは詩だ。眩暈《めまい》であり、錯誤であり、命名のファンタスムであり、いや、ほとんど恩寵といってもよいこの幸福のまえでは、石原における屈折した信仰の問題も、晩年の悲惨な生活ぶりも、そのなかでの滑稽とも思える「日本的美意識」へののめり込みも、私にはもうどうでもよくなってしまうかのようなのである。

時間は私たちから決定的なものを奪い、また与える。石原吉郎における戦後。それは暗くネガティヴに捉えられてしまうことが多い。だが、このような幸福な瞬間もあったのだということを忘れてはならないと思う。逆に、この幸福な瞬間を生きるために、石原吉郎にとって戦後という時間が必要であったのだともいえる。もう一度想起するなら、フェルナンデスという固有名が不意に訪れたとき、それを手放すまいと、石原は一時間も町をさまよったのだ、おそらくはときどき、欣喜雀躍としながら。エッセイを執筆するさいにも、彼は歩きながらでないと思考がめぐらないため、何時間も町をうろつかなければならず、足には豆ができるほどであったということは、すでに紹介した。それとのなんという違いであろう。

経験はそれだけでは経験とはならない、とゲーテは言っている。他のもうひとつの経験によって乗り越えられたとき、初めてひとつの経験になる、と。存在の極限を生きたことによる単独者という経験、それは戦後において命名のファンタスムというもうひとつの経験によって乗り越えられたとき、はじめてひとつの経験、すなわち生きる悦びにまで高められたのではないだろうか。またリルケは、詩とは経験であると言った。敷衍するなら、しかじかの経験が、たとえどのようなつつましいものであれ、長い年月の果てに一篇の詩へと結実するのであれば、詩人としてはもって瞑すべしである。詩それ自体が、経験を真に経験たらしめるもうひとつの経験なのだ。

繰り返そう。このくぼみ、このフェルナンデス。人生には、ささやかながら、ただそれ自体を輝かせるための純粋な出来事が、そのつどの恩寵のように訪れる可能性があるということ。あえていうなら、それはどんな弁証法的な神学の啓示よりも宗教的な法悦をさえ、石原にもたらしたのではないだろうか。そして、私たちにも。石原吉郎が私たちに、すくなくとも私にもたらしてくれた贈り物のうち、それがおそらく最大のものであろうと思われる。

あとがき

「もう秋なのか！」――『地獄の季節』最終章「告別」の冒頭にランボーが書き記したこの詠嘆の言葉を、いま、年甲斐もなく想い起こしている。このあとランボーは、「でもなぜ、永劫変わらぬ太陽なんか惜しむことがあろう、もしもわれわれが聖なる光の発見にたずさわる身であるならば、――季節のまにまに死んでゆく人々から遠く離れて」とやや高揚した調子でつづけるのだが……

本書を私は、今年（二〇一五年）の一月一日に書き始め、九月一日に書き終えた。「聖なる光」を発見できたかどうかはともかく、まるまる八カ月にわたる楽しい苦闘であった。

奇妙な言い方になるが、本書を書きながら私は、ほかならぬ石原吉郎と出会いつづけた。着手するまで、この詩人について実は一本の論考を書いたこともなかった。いわば、リハーサルなしで本番に突入してしまったようなもので、文字通り書きながら読み、調べ、また書くということを繰り返すそのつどに、未知なる石原吉郎に出会い、あるいはそういう石原をいわば「発見」していったのである。それが楽しくて、スリリングで、もっと出会いを、と心が急くうちに、いつのまにか長篇評論の量を積み上げてしまったというのが、偽らざるところだ。

スピード、飛躍、横滑り。あとを振り返るひまはなかった。各章を横断的もしくは同時進行的に書きすすめるような反則技（？）もいとわなかった。そういうエクリチュールの波に乗らなければ、私の場合、何であれ「発見」はむずかしいように思われる。それでも全体としてなんとかまとまりがついたのは、本書執筆のまえに、『哲学の骨、詩の肉』（思潮社より近刊）という、詩と哲学との関係をめぐる長篇評論を書いて、基礎的原理的な探求、つまり地ならしをしておいたからかもしれない。ハイデガー、レヴィナス、アガンベンという哲学の文脈を石原吉郎の読み解きに導き入れるとき、何がみえてくるか、それが本書のコンセプトのひとつであるわけだが、そういう意味で本書は、『哲学の骨、詩の肉』の応用篇でもある。

もちろん、私というこれまた詩人のフィルターを通して「発見」された詩人石原吉郎は、当然偏りがあり、歪みがあるということになろう。だがそこから、多少とも詩人の死後の生としての、あるいは可能性としての石原吉郎が析出されているのであれば、爾余の批判は甘んじて受けよう。たとえば抒情という概念の拡張的使用（本書ではやや広義に、ポエジーとほぼ同じ意味で使っている）について違和をおぼえるひともいるだろうし、ほかの戦争文学やラーゲリ文学との比較とか、石原がその詩的歴程の初期と晩期に実作まで試みた短詩型文学（俳句短歌）とのかかわりとか、積み残してしまった論点も多々あろうかと思う。同時代の詩人・批評家たちからの評価や、粕谷栄市や清水昶ら後続の詩人たちに与えた影響についても、スペースの関係で割愛せざるをえなかった。それらについては、いずれ別個に論じる機会を待ちたい。また、これはいまにしてふと、後の祭りのように思いついたのだが、執筆にさきがけて、あるいはそのさなかにも、一度シベリアを訪れておくべきではなかったか。

なお、本書は、石原吉郎を深く読み込んでいる白水社編集部杉本貴美代さんの熱心な慫慂によって着手された。執筆中も、前述のように手探りで書きすすめるなかで、何度も中間報告をしては杉本さんの意見をもとめ、それをもとに加筆や修正をほどこしていった。本書がなんとか一般にもひらかれた言説のレベルにまで達しているとすれば、それはひとえに杉本さんのおかげというほかない。ここに深く感謝の意を表したい。

白水社編集部には同郷同窓の先輩稲井洋介さんもいる。稲井さんを介して杉本さんと三人で新宿の居酒屋で飲んだとき、杉本さんが飯吉光夫訳『パウル・ツェラン詩文集』の編集を担当したということもあって、ツェラン愛読者の私と話がはずみ、だったら、ツェランと共通する点も多い石原吉郎について何か書きませんかと水を向けられたのだった。実は父もシベリア抑留者でして、とうっかり口をすべらせたのが、すべての始まりであったか。この場を借りて稲井さんにもお礼を申し述べておきたい。

二〇一五年仲秋

東京世田谷の寓居にて

著者識

作品名索引

あ行

か行

さ行

た行

な行

は行

ま行

や行

ら行

わ行

参考文献

石原吉郎の著作

『石原吉郎全集』全３巻、花神社、1979〜80 年

『現代詩文庫 26　石原吉郎詩集』思潮社、1969 年

『新選現代詩文庫 115　新選石原吉郎詩集』思潮社、1979 年

『石原吉郎詩文集』講談社文芸文庫、2005 年

『現代詩読本２　石原吉郎』思潮社、1978 年

石原吉郎関連文献（著者名 50 音順）

鮎川信夫『鮎川信夫全集』思潮社、1989 年

粟津則雄「詩を超えたものとの対話」、『現代詩読本２　石原吉郎』所収、思潮社、1978 年

内村剛介『失語と断念　石原吉郎論』思潮社、1979 年

河津聖恵「石原吉郎 ── 危機をおしかえす花」、『闇より黒い光のうたを ── 15 人の詩獣たち』所収、藤原書店、2015 年

郷原宏「岸辺のない海」、『現代詩読本２　石原吉郎』所収、思潮社、1978 年

郷原宏「三つの断面」、『石原吉郎全集Ⅰ』月報、花神社、1979 年

斉藤毅「石原吉郎の詩における他者のトポロジー」、岩野卓司編『他者のトポロジー ── 人文諸学と他者論の現在』所収、書肆心水、2014 年

佐々木幹郎「錯誤のリアリティとその方法」、『現代詩読本２　石原吉郎』所収、思潮社、1978 年

佐々木幹郎「失語という戦慄」、『石原吉郎詩文集』解説、講談社文芸文庫、2005 年

清水昶『石原吉郎』、国文社、1975 年

菅谷規矩雄「修辞的倫理 ── 晩期の詩」、『現代詩読本２　石原吉郎』所収、思潮社、1978 年

勢古浩爾『石原吉郎　寂滅の人』言視舎、2013 年

多田茂治『石原吉郎「昭和」の旅』作品社、2000 年

谷川俊太郎「〈文章倶楽部〉のころ」、『現代詩読本２　石原吉郎』所収、思潮社、1978 年

冨岡悦子『パウル・ツェランと石原吉郎』みすず書房、2014年
畑谷史代『シベリア抑留とは何だったのか──詩人・石原吉郎のみちのり』岩波ジュニア新書、2009年
蜂飼耳「石原吉郎を読む」、『現代詩文庫201　蜂飼耳詩集』所収、思潮社、2013年
細見和之「ひとりの詩人について書くことの困難──自分なりの石原吉郎論を書き終えて」、『季刊びーぐる』第28号、2015年
細見和之『石原吉郎──シベリア抑留詩人の生と詩』中央公論新社、2015年

その他

阿部嘉昭『換喩詩学』思潮社、2014年
鮎川信夫『鮎川信夫全集』思潮社、1989年
アルチュール・ランボー「見者の手紙」、『ランボー全集』所収、鈴村和成訳、みすず書房、2011年
アンドレ・ブルトン『シュルレアリスム宣言』、『アンドレ・ブルトン集成5』所収、生田耕作訳、人文書院、1970年
アンドレ・ブルトン『ナジャ』、『アンドレ・ブルトン集成1』所収、巖谷國士訳、人文書院、1970年
ヴィクトール・E・フランクル『夜と霧──ドイツ強制収容所の体験記録』霜山徳爾訳、みすず書房、1961年
エマニュエル・レヴィナス『実存から実存者へ』西谷修訳、朝日出版社、1987年
エマニュエル・レヴィナス『全体性と無限──外部性についての試論』合田正人訳、国文社、1989年
エメ・セゼール『帰郷ノート／植民地主義論』砂野幸稔訳、平凡社ライブラリー、1997年
大岡信『大岡信全詩集』思潮社、2002年
小田久郎『戦後詩壇私史』新潮社、1995年
折口信夫「詩語としての日本語」、『現代詩読本　現代詩入門』所収、思潮社、1983年
オーシプ・マンデリシターム『言葉と文化──ポエジーをめぐって』斉藤毅訳、水声社、1999年
カール・バルト『ローマ書講解』上・下、小川圭治・岩波哲男訳、平凡社ライブラリー、2001年

城戸朱理・野村喜和夫『討議戦後詩――詩のルネッサンスへ』思潮社、1997年
北村太郎『北村太郎の全詩篇』飛鳥新社、2012年
キルケゴール『死に至る病』斎藤信治訳、岩波文庫、1939年
黒田三郎『現代詩文庫7　黒田三郎詩集』思潮社、1968年
小林康夫・大澤真幸『「知の技法」入門』河出書房新社、2014年
椎名麟三『邂逅』、『椎名麟三全集4』所収、冬樹社、1970年
椎名麟三「信仰と文学」、『椎名麟三全集14』所収、冬樹社、1937年
清水昶『現代詩文庫54　清水昶詩集』思潮社、1974年
ジャン＝ポール・サルトル『存在と無――現象学的存在論の試み』上・下、松浪信三郎訳、人文書院、1999年
ジョルジョ・アガンベン『ホモ・サケル――主権権力と剝き出しの生』高桑和巳訳、以文社、2003年
ジョルジョ・アガンベン『アウシュヴィッツの残りのもの――アルシーヴと証人』上村忠男・廣石正和訳、月曜社、2001年
ジョルジョ・アガンベン『到来する共同体』上村忠男訳、月曜社、2012年
ジル・ドゥルーズ『差異と反復』財津理訳、河出書房新社、1992年
ジル・ドゥルーズ『意味の論理学』岡田弘・宇波彰訳、法政大学出版局、1987年
田村隆一『田村隆一全詩集』思潮社、2000年
テオドール・W・アドルノ『プリズメン』渡辺祐邦・三原弟平訳、ちくま学芸文庫、1996年
日本聖書協会『舊新約聖書　文語訳』1982年
パウル・ツェラン『迫る光――パウル・ツェラン詩集』飯吉光夫訳、思潮社、1972年
パウル・ツェラン『死のフーガ――パウル・ツェラン詩集』飯吉光夫訳、思潮社、1972年
パウル・ツェラン「子午線」、『パウル・ツェラン詩文集』所収、飯吉光夫訳、白水社、2011年
萩原朔太郎『萩原朔太郎全集』第1巻、筑摩書房、1975年
フランツ・カフカ「皇帝の使者」、『カフカ寓話集』所収、池内紀編訳、岩波文庫、1998年
マルティン・ハイデッガー『存在と時間』上・下、細谷貞雄訳、ちくま学芸文庫、1994年
マルティン・ハイデッガー『ヘルダーリンの詩作の解明』、『ハイデッガー全

集』第4巻所収、濱田恂子・イーリス・ブフハイム訳、創文社、1997年
マルティン・ハイデッガー『真理の本質について』、『ハイデッガー全集』第34巻所収、細川亮一・イーリス・ブフハイム訳、創文社、1995年
ミシェル・フーコー『知への意志』渡辺守章訳、新潮社、1986年
山城むつみ『連続する問題』幻戯書房、2013年
斧谷彌守一『言葉の現在――ハイデガー言語論の視角』筑摩書房、1995年
吉岡実『吉岡実全詩集』筑摩書房、1996年
吉本隆明『戦後詩史論』大和書房、1978年
ルートヴィヒ・ウィトゲンシュタイン『論理哲学論考』野矢茂樹訳、岩波文庫、2003年
ルートヴィヒ・ウィトゲンシュタイン『哲学探究』、『ウィトゲンシュタイン全集8』藤本隆志訳、大修館書店、1976年
ルネ・シャール『眠りの神の手帖』野村喜和夫訳、Rene Char, *OEuvres completes, bibliotheque de la Pleiade*, Paris, Gallimard, 1983.

装幀　奥定泰之
装画　香月泰男
《運ぶ人（シベリヤ・シリーズ）》
一九六九年作

［著者略歴］
1951年10月20日、埼玉県生まれ。早稲田大学第一文学部日本文学科卒業。戦後世代を代表する詩人のひとりとして現代詩の先端を走り続けるとともに、小説・批評・翻訳なども手がける。著訳書多数。
詩集『特性のない陽のもとに』（思潮社）で第4回歴程新鋭賞、『風の配分』（水声社）で第30回高見順賞、『ニューインスピレーション』（書肆山田）で第21回現代詩花椿賞、評論『移動と律動と眩暈と』（書肆山田）および『萩原朔太郎』（中央公論新社）で第3回鮎川信夫賞、『ヌードな日』（思潮社）および『難解な自転車』（書肆山田）で第50回藤村記念歴程賞、英訳選詩集 *Spectacle & Pigsty*（Omnidawn）で 2012 Best Translated Book Award in Poetry（USA）を受賞。

証言と抒情——詩人石原吉郎と私たち

2015年11月10日 印刷
2015年11月30日 発行

著者 ©野村喜和夫《のむらきわお》
発行者 及川直志
発行所 株式会社白水社
〒101-0052
東京都千代田区神田小川町3-24
電話 営業部 03-3291-7811
編集部 03-3291-7821
振替 00190-5-33228
http://www.hakusuisha.co.jp
印刷所 株式会社精興社
製本所 株式会社松岳社

乱丁・落丁本は、送料小社負担にてお取り替えいたします。
ISBN978-4-560-08476-2
Printed in Japan